2024中国年选系列

2024年
中国悬疑推理小说精选

华斯比　选编

长江出版传媒　长江文艺出版社

图书在版编目（CIP）数据

2024 年中国悬疑推理小说精选 / 华斯比选编.
武汉 ： 长江文艺出版社，2025.1. --（2024 中国年选系
列）. -- ISBN 978-7-5702-3872-9

Ⅰ. I247.5

中国国家版本馆 CIP 数据核字第 2024ZE9828 号

2024 年中国悬疑推理小说精选
2024 NIAN ZHONGGUO XUANYI TUILI XIAOSHUO JINGXUAN

| 责任编辑：刘兰青 余慧莹 | 责任校对：程华清 |
| 封面设计：胡冰倩 | 责任印制：邱 莉 胡丽平 |

出版：长江出版传媒 | 长江文艺出版社
地址：武汉市雄楚大街 268 号　　邮编：430070
发行：长江文艺出版社
http://www.cjlap.com
印刷：武汉市籍缘印刷厂

开本：680 毫米×980 毫米　　1/16　　印张：17.25
版次：2025 年 1 月第 1 版　　2025 年 1 月第 1 次印刷
字数：274 千字

定价：35.00 元

目录

漫漶之网

易　孟

【作者简介】

　　易孟，天蝎座。喜读书，好幻想，业余时间为倡导低碳而深宅家中，平日最大爱好是把脑中的奇思异想落诸笔端。所著《错爱成殇》入选第三届华文推理大赛典藏集《亚布罗悖论》；出版发行《疑案揭密官》系列探案集；《血字的裁决》《幻域谜情》等数十篇作品刊于《推理》《推理世界》杂志；《焚心之证》《殉舞之偶》《灼魂之镜》等在《传奇故事·推理》陆续发表；长篇小说《铁十字密咒》连载于《推理周刊》。

序　章

　　夜幕低垂，群山环伺。掩映在晦暗月色下的湖泊如同一面巨大的黑镜，闪烁着诡异的粼粼波光。

　　一阵汽车马达轰鸣声响起，打破了四周的宁静。一辆红色宝马车猝然出现在湖畔南侧一处七八米高的堤岸上，犹如脱缰的野马一般，顺着斜坡俯冲，一路加速冲进了水中！四周激荡起巨大的涟漪，车身在湖面上悬停片刻之后缓缓下沉。

　　冰冷的湖水漫灌车内，坐在驾驶席上的男人从昏迷中醒来，浑身打了个寒噤，挣扎着想要起身。一阵刺骨的剧痛从他胸口处传出，疼得他龇牙咧嘴。恍惚之间，男人瞥见副驾驶席上坐着一个面色惨白的熟悉女人，大惊失色，一边叫喊一边摇晃女人的肩膀，然而女人依旧双目紧闭一动不动。一口冰凉的湖水涌入男人的喉腔，呛得他连连咳嗽。短短一会儿工夫，水已经从小腿上涨到他的脖颈处。

男人意识到自己身处险境，顾不得疼痛，用尽全身力气想要推开车门逃生，但巨大的湖水阻力犹如泰山压顶，让他的一番拼搏变成徒劳。男人透过车窗，看到岸边站着两个黑影，急忙拍着车窗大声呼救！然而岸上的人却如同两根木桩伫立不动。陷入绝望的男人最终放弃了挣扎，在车身沉入湖底的前一刻，他忽然咬紧牙关，高高举起攥紧的左拳！

岸边旁观的女人似乎发现了什么异样，声音颤抖地开了口："车里好像有人呼救，你听到了吗？"

"那是你太紧张看错了。"身边的男人冷冷摇头，"我往车里搬人时仔细查看过，这对男女早就死翘翘了。"

"这样一来，我们真的就没事了吗？"

"你就安心回家睡个好觉吧。这地方平时很少有人来，就算这辆车多年后浮出水面，尸体肯定已被鱼虾吃光，没准儿连白骨都不剩！"

"我们这样做，是不是太残忍了？"

"人不为己天诛地灭。这次要是不果断出手解决，倒霉的就是咱俩。"

刚刚吞没整辆轿车的黑色湖面上，忽然冒出一连串汩汩作响的巨大水泡。那声音听起来毛骨悚然，宛若能够吞噬世人灵魄的可怕咒语。

女人浑身发抖："你听，这不会是老天给我们发出的警告吧？"

"别自己吓唬自己，这世上弱肉强食，哪有什么……"

男人话音未落，身后忽然传来一阵奇怪的异响。两人闻声回头一看，男人猛地全身僵住，女人则发出一声惶恐的惊叫……

一

栈海市刑警大队办公室，放在桌上的手机忽然响了，一声紧接一声。

生着一双黑亮杏眼、扎着马尾辫的年轻女警方诗妍，闻声放下手里的拖布，从走廊跑回办公室，拿起手机一看，来电者是韩琴。上周方诗妍去同和小区宣讲预防电信诈骗知识，就是这位小区居委会主任出面接待的她。

方诗妍不清楚韩琴这么早打电话有什么事，抬手按下接听键，对面立刻传来一个焦急的女声："方警官，不好了，汤美丽死了！"

"谁？汤美丽？"

"没错，就是我们小区3号楼楼下'美丽发廊'的女老板！"

"明白了。她是怎么死的？"

"不知道呀。"

"那她死在什么地方？"

"我也不知道。"

"什么，这些你都不知道？"方诗妍被对方说糊涂了，"韩主任，你别心急，慢慢给我讲一下究竟发生了什么。"

听了女刑警的劝慰，韩琴逐渐缓过神，长吁了一口气。

"事情是这样的。刚才我接到莱东市公安局刑警大队李警官打来的电话，问我认不认识汤美丽。我说当然认识，我以前经常去她的发廊剪发。然后我问李警官，汤美丽是不是出了什么意外。李警官一开始没透露，反问我怎么会知道她出了意外。"

"对呀，你是怎么知道的？"方诗妍也有同问。

"我说昨晚汤美丽酒后给我打过几通电话，声称自己有危险。既然你们刑警现在都出面了，我有这种怀疑不是很正常吗？"

"说的也是。"

"李警官说在汤美丽的手机上，查到她生前最后一通电话是打给我的。我这才知道汤美丽真的死了。李警官还说汤美丽的丈夫司晨也跟她死在一起，因为我是死者的重要关系人，要求我马上赶到莱东市，配合警方调查取证。"

"原来是这么回事。"

"我挂掉电话后头脑一直在发蒙。真是不敢相信，汤美丽昨晚还在发廊里给我打电话，短短几小时后，竟然和丈夫一起死在两百公里外的莱东市！我可不敢一个人去外地认尸，想请你陪我一起去。"

"哦，我知道了。"这时方诗妍见面容英朗的刑警任溢走进屋中，抬手向他打招呼，接着按下免提键，"韩主任，你跟汤美丽的关系怎么样？"

"挺好的呀。我俩都住在同和小区，汤美丽利用自家临街房的客厅开了一间发廊。我去那里剪发经常跟她聊家常，挺佩服这个自立自强的女子。"

"她的丈夫司晨什么情况？"

"切，那个渣男！"韩琴不屑地说，"汤美丽和司晨原在同一家英语培训机构任职。后来培训学校垮掉，他俩双双失业回家。为了生存，汤美丽运用自身所长开美发店创业，司晨却不顾她的反对痴迷网络赌博，结果赔光老本，变成一个靠老婆赚钱养活的闲汉。可他不知感恩，在家中颐指气使，还迷上网聊，听说还成了某聊天室女网红的榜一大哥。"

"一个大男人这样沉湎网络就有点过分了。"

"还有更过分的呢！半个月前的一天我去发廊，遇见司晨要钱不成正在殴打汤美丽。我看不惯上前制止，司晨还想跟我动手，我拿出手机说要报警才吓走了他。"

"这家伙还有家暴的恶习？汤美丽就没想过改变这种不正常的生活状态吗？"

"她早就跟司晨提出离婚，但司晨哪肯轻易放过这棵摇钱树？两人撕破脸之后，司晨明着不再跟汤美丽要钱，暗中却不断偷刷她的银行卡。汤美丽为了达成离婚愿望一再忍让，谁知到头来还是被司晨逼上了绝路。"

"汤美丽的遭遇的确很令人同情。对了，她生前最后一通电话，怎么会打给你？"

"那次我制止司晨家暴，汤美丽感谢我出手相助，特意留了我的电话号码防备丈夫再犯浑。但此后我并没接到过她的求助，直到昨晚，她忽然接连给我打来四通电话！"

"什么事这么着急？"

"等我看下通话记录啊。"韩琴那边停顿片刻，"找到了！昨晚9：53，汤美丽打来第一通电话，说自家发廊里进了贼。可还没等我询问详情，她又说门外有熟人喊她，迅速挂断了电话；10：28她又打来电话称自己看错了，店里一切正常。11：32她第三次给我打电话，称自己在路上遇见一个女鬼，还没等我做出回应，她又说自己参加朋友聚会喝了点酒，刚才在跟我开玩笑。"

"开玩笑？这话听起来倒像是完全喝醉了啊。"

"今天凌晨2：13分，她第四次给我打来电话，把我从梦中惊醒，可她喊了一声'救命'之后又挂掉电话，我回拨时发现她已经关了机。我以为汤美丽还在借酒胡闹，便没再关注她。谁能想到，她最后打给我的那通求救电话竟然是真的！"

"汤美丽的话反复无常，最后出事也怪不得你。"方诗妍安慰道，"等我跟领导汇报一下情况，请好假之后就陪你去一趟莱东。"

"好的方警官，我等着你！"

方诗妍放下手机望向师傅，任溢理解地挥了挥手："人命关天，马上出发吧。"

两小时后，方诗妍驾车送韩琴来到莱东公安局刑警大队。她俩在接待室见到了给韩琴打电话的副队长李睿。简短交流过后，李睿得知眼前的马尾辫女孩是自己的同行，还是神探任溢的亲传弟子，立刻改变原先的严肃态度，热情地起身跟她握手："久闻栈海任、方两位警官联手屡破大案的威名，今天见面可要好好领教。"

师徒俩声名远播，方诗妍内心不禁有些小得意，脸上却故作淡定："咱们兄弟单位本该互相协助，李队赶紧带我们去辨认一下死者吧。"

"方警官可真爽快，请跟我来！"

阴冷而静谧的鉴证科解剖室内，摆放着两张不锈钢制的手术台，身覆白布的两具尸体并排平躺其上。李睿走上前掀开盖在那具女尸头上的白布，顷刻之间，一张毫无血色面目扭曲的女性头颅显现出来。尤其令人触目惊心的，是横亘在她颈部一道几乎割断了气管的刀痕。面对如此惨状，韩琴低呼一声转过头去，方诗妍也不由得倒吸了一口凉气。

"这人是你认识的那个汤美丽吗？"

听到李睿发问，韩琴面色沉痛地点了点头："真是不敢想象，她凌晨给我打过求救电话之后，到底遭遇了什么？"

李睿转身掀开男尸身上的白布，韩琴很快认出此人正是司晨。方诗妍见韩琴脸色苍白快要昏倒，嘱咐她先去门外等候。李睿又让旁边一位法医帮忙，将司晨的尸体翻了个身，露出后背上一道深及内脏的伤口。

"咦，司晨也死于刀伤？"方诗妍皱起眉头。

"没错，杀人凶器就是这个。"李睿举起塑料证物袋中一把沾满血污的尖刀。

"现场什么情况？"方诗妍追问。

"今早8点，九峰山派出所两名警察例行环山巡逻，开车行至半山腰一处无名湖，发现湖畔停着一辆白色的两座丰田SMART轿车，车旁躺着一个男人，盘山道路边还趴着一个女人。我们接到报案赶赴现场，发现两人均已死亡。查看过死者携带的驾驶证，我们得知了二人的名字；经过法医验尸，确认两人的死亡时间均在凌晨两点半左右。"

"原来汤美丽给韩琴打来最后一通求救电话之后，马上就遇害了啊……"

"案发现场布满两人杂乱的脚印和血迹，车前盖上有挤压的凹痕，汤美丽身后有一道5米长的爬行痕迹。她的手机被摔坏，这把尖刀紧紧握在她手中，刀柄上只有她一个人的指纹。所以我们目前得出的结论是——案发当晚，夫妇二人一起赶赴九峰山，把车停在湖边并发生了激烈的肢体冲突。汤美丽用刀捅入司晨后背，发现丈夫死亡后畏罪自杀。"

"畏罪自杀？"方诗妍摇了摇头，"司晨有家暴前科，两人正在闹离婚，汤美丽一时义愤激情杀人的可能性的确存在。可就算她要跟丈夫同归于尽，在我们栈海有的是合适地方可选，干吗非要跟司晨连夜赶路，一起死在两百公里之外的九峰山？"

"这里还真有一个挺充分的理由。"李睿耐心解释，"我们在现场找到司晨的手机，发现他昨晚最后一通电话，是午夜时分打给大学同学汪继成的。司晨的这位同窗在莱东发展得不错，两个月前在九峰山买了一处山顶别墅，昨晚邀请了一众老同学携带家属去他那儿通宵狂欢。司晨可能是出于面子需要带着汤美丽同行，他们二人停驻的湖畔，正是从山下赶往汪继成别墅的必经之路。"

"所以李队的意思是，两人本来开开心心地要去同学别墅参加通宵狂欢，可半路上突发矛盾，汤美丽一时失控激情杀人？"

"对呀。汤美丽昨晚给韩琴打电话，不是亲口承认她去参加朋友聚会了吗？"

"可问题是，司晨夫妇昨晚直到午夜都没赶到山顶别墅！话说回来，汪继成作为昨晚聚会的东道主，就没有对老同学产生过担心和怀疑吗？"

"汪继成昨天上午接到司晨的电话，得知他当天有急事要办，可能会迟到，所以早有思想准备。再加上昨晚聚会不巧又闹出乱子，两名早有宿怨的男同学喝醉酒打架，还见了血。汪继成见横竖劝不住，只好打110报了警。所以等午夜司晨再次来电，汪继成已经无心关注他的动向，草草应付几句就挂了电话。"

"原来是这样。"方诗妍只能放弃怀疑此人，注意力回到昨晚接听的电话上，"既然汤美丽没跟司晨一起赶到别墅参加狂欢，那她死前就不应该喝酒吧？"

"的确如此，我们在两人体内都没检测出酒精成分。"

"昨晚汤美丽给韩琴打电话，除了提到参加朋友聚会，还提到有贼潜入店内，半路上还遇到过女鬼。既然她没喝醉，说这些奇怪的话究竟是什么意思？跟她激情杀死司晨又有什么关系呢？"

"这其中还真有关系！你刚才说司晨经常偷刷汤美丽的银行卡，试问这与贼何异？至于汤美丽提到的女鬼嘛，"李睿指指旁边物证袋里的一套女装，"瞧，司晨在案发现场就穿着这身连衣裙，还戴着一个披肩假发。听说汪继成特别要求受邀的同学穿出花样，烘托狂欢气氛。司晨是为了在同学面前搏出位，才故意把自己装扮得如此辣眼睛吧。"

"照李队这么分析，汤美丽口中的小偷和女鬼指的都是司晨？"

"没错。肯定是汤美丽跟司晨发生争执，给韩琴打电话骂了他这些难听的话。最后自己情绪失控，掏出尖刀走了极端。"李睿自信地说，"目前看来，这个案子的脉络比较清晰，侦破难度不大，似乎没有什么方警官发挥聪明才智的余地啊。"

"但愿如此吧。"

离开鉴证科之前，方诗妍满腹疑虑地回望了一眼躺在解剖台上的年轻女子——汤美丽，李队刚才所说是你昨晚的真实遭遇吗？为了这个无情无义的渣男，你真的会如此草率地赔上自己的性命吗？

二

配合调查取证工作完成，方诗妍和韩琴准备离开莱东，李睿又向她出示了鉴证科刚经过技术处理的一份新物证。那是一张沾血的皱巴巴的 A4 纸，上面打印着几排文字——

借 条

今借胡雯雯人民币八十万元整，月息 10%，三个月归还。

借款人：司晨（指印）

借款时间：2023 年 4 月 24 日

方诗妍读完皱起眉头："没想到司晨死前 3 个月居然还背上一身高利贷。"

"看到这个方警官应该完全放心了吧？"李睿由此进一步确信了自己的推断，"这张借条是法医从司晨所穿连衣裙口袋里翻出的。它的出现，正是压垮汤美丽的最后一根稻草。毕竟离婚之前，她还有义务和丈夫一起归还这笔巨额的高利贷。"

"嗯，说的也是。"证据面前，方诗妍只能认同对方的观点。

"唯一有点奇怪的是，我们从借条上提取到的一组指纹都不属于司晨。借款人姓名旁边按下的，竟然是司晨的一枚脚趾印！因而从严格意义上讲，这张借条并不具备法律效力。如今司晨死亡，这事应该也不重要了。现在的问题是，我们没能从他的手机上查到'胡雯雯'的联系方式。希望方警官回栈海帮忙找到债主配合调查，以便我们搞清事实尽快结案。"

"好的，我一定尽力。"

事已至此，方诗妍也想尽快找到这位胡雯雯，落实这张借条的真伪，追究她在本案中应当承担的责任，于是一口答应了李睿的要求。

当天下午，方诗妍回到刑警大队，向师傅汇报了莱东之行的情况。任溢听后非常重视，嘱咐女弟子先去鉴证中心，调出指纹库比对一下莱东警方从借条上提取的那组指纹。然而方诗妍白跑一趟，胡雯雯此前并无犯罪记录。方诗妍又从网上调出司晨近一年的银行账单，也没发现那 80 万元的转账记录。

难道这么大一笔巨款，两人竟然会使用现金进行交接吗？

方诗妍心中犯疑，跟任溢商量了一下，认为有必要去司晨和汤美丽的住处实地勘查。正在这时方诗妍的手机响了。接起来一听，又是韩琴打来的。她火急火燎地说，刚刚接到邻居的电话，听说"美丽发廊"又发生了一起新的命案！

警情就是命令。师徒二人计划提前，当即出发赶赴同和小区。两位刑警下了车，远远看到一群邻居围在美丽发廊门前窃窃私语，他们赶紧拨开众人进入屋内，跟韩琴和另一位神情慌乱的女邻居吕秀玲见了面。

在方诗妍的安慰下，吕秀玲回忆起自己的可怕经历。下午两点，她按照昨天跟汤美丽约好的时间来发廊烫发，结果发现发廊大门虚掩，屋内却没有人。她以为汤美丽午睡过了时间，于是自行进屋，走到发廊后侧的居住区。吕秀玲正打算敲门喊人，忽然发现卧室门板上有一个血掌印；她吓得后退两步，感觉脚下发黏，低头一看地面上也有一大摊血！吕秀玲吓得大叫一声跑出发廊，赶紧打电话通知了居委会主任。

弄清了事情原委，方诗妍让韩琴带着吕秀玲先行离开，她和任溢一起勘查现场。师徒俩发现后侧居住区走廊地面上，果然有一大摊尚未干涸的鲜血，四周还杂乱地分布着十几个沾血的鞋印；卧室门板上，还遗留着大半个令人触目惊心的血手印。

任溢小心地推开卧室房门，所幸迎面并没躺着一具可怖的尸体。但室内椅子歪倒在地，床上枕头被子团成一堆，床单也不知所踪。

方诗妍见状松了口气，但也由此确信了汤美丽的真凶身份："师傅，这里没有新的被害人却有大量血迹。看来昨晚汤美丽因为那张借条跟司晨动手，愤然捅了他一刀，此处才是无名湖案的第一现场！"

任溢发问："要是这样的话，他们的尸体为什么又会出现在九峰山？"

"或许汤美丽要面子，不愿让邻居看到自己在家中跟丈夫火并，所以开车载着重伤的司晨赶赴九峰山，目睹丈夫死去然后畏罪自杀。"

"这个推测倒也能自圆其说。可司晨中刀之后，为什么只在卧室门外留下明显痕迹，通往大门的地面上却没有丝毫滴落状血迹？还有莱东警方提供的现场照片上，也没发现他家那辆 SMART 轿车内有血迹遗留。"

方诗妍目光再次扫视现场，忽然有了新的发现："师傅您看，卧室床上的枕头和被褥乱堆在一起，但缺少了床单。一定是汤美丽抽掉床单裹起受伤的司晨，所以通往大门的地上和车上才没留下血迹。"

"这样的话，的确可以解释血迹缺失的疑问。可受伤的司晨为什么会这么配合汤美丽的行动？他总不会打算带伤去莱东参加同学的狂欢聚会吧？"

"当然不会。或许是司晨受伤后陷入昏迷，只能听任汤美丽的摆布吧。"

"可从你带回的尸检照片上看，汤美丽体形娇小，应该很难搬动身高体壮的司晨。再说从这里到发廊门口，地面上也没有任何拖拽过的痕迹。"

"说的也是……"方诗妍思索片刻，提出新的建议，"师傅，我们还是依据汤美丽给韩琴打来的 4 通电话做个现场推断吧——司晨在此处被汤美丽捅伤陷入昏迷，汤美丽误以为丈夫死亡。她心慌过后立刻给韩琴打去第一通电话，告诉她店里进了贼。"

"你的意思是说，汤美丽打算掩盖自己故意杀人的罪行，想把司晨描述成一个潜入店内的贼，自己出于正当防卫误杀了丈夫？"

"正如李队所说，司晨经常偷花汤美丽的钱，被叫成贼一点都不冤！司晨为了参加当晚的同学狂欢聚会提前换了女装，偏巧可以增加汤美丽看走了眼的可信度。"

"既然如此，那她为什么又迅速否定了这个计划？"

"那是因为汤美丽给韩琴打完电话后，忽然又想到一个更好的解决方案，可以让司晨的尸体不被怀疑地出现在别处。于是她又给韩琴打去第二通电话，称自己刚才看错了，店里一切正常。"

"这个'更好的解决方案'，该不是汤美丽想到要利用司晨参加同学会的机会，把丈夫的尸体丢在去山顶别墅的半路上吧？"

"正是如此！"方诗妍说得兴起，眼前似乎浮现出案发当时的一幕幕情景，"汤美丽研究过电子地图，把抛尸地点定在九峰山无名湖边。她费尽力气把司晨背上车，驾车行至半路，忽然发现裹在被单里的丈夫在后座上晃动！惊慌之下，汤美丽又给韩琴打去第三通电话，惊呼自己在路上遇见一个女鬼。但她很快意识到那是山路崎岖颠簸造成的错觉，于是又谎称自己参与朋友聚会喝了酒，刚才在跟韩琴开玩笑。"

"描述得很生动。接下来呢？"

"午夜时分，汤美丽终于把车开到目的地。这时她忽然想明白，司晨这个人渣根本就不配活在这个世上，自己因为杀他而坐牢非常不值。于是汤美丽拿出司晨的手机，用假嗓给组织聚会的汪继成打去一通电话，表明他是一个人来的。"

"呵呵，你的这段推理可是加入了一定的想象情节。简而言之，就是汤美丽此时不仅要抛尸无名湖，还打算完美脱罪喽？"

"就是这么回事。"方诗妍点头，"当晚聚会恰巧发生了斗殴事件，汪继成忙于处理，没工夫去管司晨，于是汤美丽计谋得逞。她把司晨拖下车，打算伪造一个强盗抢劫杀人的现场，但这时意外真的发生了——昏迷一路的司晨奇迹般地苏醒了。"

"整个过程还很曲折呀。"

"司晨对汤美丽实施偷袭，她边跑边给韩琴打去第四通呼喊救命的电话，但不幸绊倒在地，手机掉在地上摔坏了。两人继而发生肉搏，身负重伤的司晨用力过猛伤口迸裂，失血过多终于倒地而死。不过一番折腾之后，汤美丽体力也已耗尽，无法清理并重新伪造现场，绝望之下她举起尖刀自刎身亡。"

任溢耐心地听女弟子说完，微笑着问："整段推理听起来逻辑自洽、合情合理。但根据韩琴对汤美丽的描述，她是这样一个头脑精明、行事狠辣的人吗？"

方诗妍听后一怔，脸上露出不太自信的神色："说实话，经您一提醒，我怎么隐隐觉得，刚才说的那些还真不像是汤美丽能做出来的事呢？"

"当然话也不能说得这么绝对，兔子急了还咬人呢。"任溢拍拍女弟子的肩头，"马上通知小宋他们过来，一切都交给证据来说话吧。"

然而令人遗憾的是，方诗妍的不祥预感很快就成了真。

当天晚上，她从鉴证中心取回一个令人失望的检验结果——法医从美丽发廊提取的血迹样本和半个血掌纹，不仅跟被害人司晨不匹配，跟杀人嫌犯汤美丽也毫无关系！

如此一来方诗妍的推理全盘崩塌，那个血手印和满地的血迹到底是什么人留下的呢？

在任溢的提醒下，方诗妍收拾起沮丧的心情，带着试试看的心态，又让小宋把那个血手印中提取到的指纹送进指纹库进行比对，没想到这次竟然匹配成功，电脑屏幕上赫然冒出一个名叫"乔大雷"的中年男人正面照！

方诗妍重新兴奋起来，赶紧查看此人的个人资料，获知今年42岁的乔大雷曾任职于"易利金融服务有限公司"。7年前，该公司主营的网络贷款业务，因涉及非法集资被法院查封，乔大雷作为公司骨干被判刑入狱，直到去年年初才提前释放。乔大雷出狱后去向待查，但在他的亲属关系一栏中，赫然写着"前任配偶胡雯雯"一行字。

"师傅您看，在美丽发廊遗留血迹的人是乔大雷，而借给司晨80万元的那位债主，恰巧是乔大雷的前妻胡雯雯！"方诗妍赶紧把这个意外发现告诉了任溢，"由此看来，乔大雷遇袭并非偶然，极有可能跟那笔巨额借款脱不了干系！"

任溢听后眉头深锁："真是这样的话，这个案子的脉络就得重新梳理了。我们对乔大雷的受伤情况还不得而知，目前的首要任务，就是赶紧跟他取得联系！"

"好的，我马上办！"

方诗妍找出乔大雷留下的手机号码，立刻给他拨打电话，但是对方已经关机。她只好动用警方专用网络渠道进行调查，获知乔大雷和胡雯雯半年前已经复婚，目前居住在北城小区 5 单元 602 户。然而，被派去登门探访的居委会干部很快传来一个坏消息——乔大雷家房门紧锁，对门邻居已经整整一天没见有人从他家中进出过。

"什么，乔大雷夫妇失踪了？"

方诗妍得到消息心中一沉，隐约意识到一幕新的悲剧即将拉开帷幕。

三

"瞧，出水了，汽车出水了！"

"真可惜，竟然是一辆崭新的宝马！你看，驾驶员位置是不是趴着一个人？"

"不对，他旁边还露出一个人脑袋。妈呀这车里至少死了两个人！"

伴随着驾驶室内两位吊车司机的低语，一辆四边捆着钢缆的红色宝马轿车，被紧急征调至此的大吊车挥动长臂从湖中打捞出来，轻轻移至岸边。顷刻之间，注满车内的湖水从破碎的车窗奔涌而出，迅速浸湿了四周的泥土。

伫立湖边良久的一众刑警见状松了口气。李睿扭头对任溢说："幸亏今天的打捞一切顺利，没让任队从栈海过来白跑一趟。"

任溢笑着摆了摆手："李队，这个案子现在由我们两家联合侦办，干吗这么客气？趁着这会儿汽车排水，咱们还是接着聊聊案情吧。"

"好的好的。"李睿有些尴尬地话归正题，"也怪我之前把问题想得有些简单，只勘查了两名死者现场周边 20 米的区域，没想到 30 米之外的这处堤岸，竟然会是这个案子的第二处杀人现场！好在你们发来的协查通告很及时，不过太简短，我到现在也没搞清，你们凭什么认定九峰山上还隐藏着另外两名死者和他们的汽车呢？"

"这可是小区监控立的功。"一旁的方诗妍接口道，"昨天我们去美丽发廊，见到了乔大雷遭遇袭击的流血现场。我们想找到他，却发现他和老婆胡雯雯一起失踪了。于是我们调取了北城小区案发当晚的监控录像，发现乔大雷驾驶自家红色宝马于 8:37 离开，从此再没回来。我们又去同和小区调取监控录像，看到那辆宝马于当晚 9:44 开进了大门。"

"两人主动上门，应该是去找司晨讨要那 80 万元的高利贷吧？"

"监控录像显示，案发当晚 7:35，司晨已经驾驶自家白色 SMART 轿车离开小区。所以在发廊接待乔大雷夫妇的应该是汤美丽。"

"难道是借款人的老婆被逼急了，用刀捅了乔大雷夫妇？"

"目前还不能做出这种推断。美丽发廊地面上只留下乔大雷一个人的血迹，我们无法确定胡雯雯当时的遭遇。"方诗妍谨慎地说，"红色宝马于 10:57 驶离同和小区，这时驾驶员却由乔大雷换成了汤美丽。考虑到她随后命丧此处，宝马车也随之消失，于是我们怀疑，案发当晚，汤美丽把受害的乔大雷夫妇一起运到了九峰山。"

"原来如此。"李睿感叹，"幸亏这地方人迹罕至，时隔两天之后，我们还能根据遗留的车辙找到这辆沉入湖中的宝马车。"

任溢点头认同："也多亏李队接到我们的通告后，立刻做出围绕湖畔现场扩大范围搜寻的决定。不然九峰山面积这么大，山高林密，跟这里类似的无名湖都有 3 处，我们要想找车找人还真得费不少劲。"

"这也不是我有多高明，功劳应该归功于那两位报案的巡警。"李睿回忆道，"九峰山盘山公路刚修建完成，沿途网络天眼还没安装完成，每天日间都有巡警驾车巡逻。案发当晚午夜时分，两名巡警正在派出所值班，接到汪继成拨打 110 报警，称有同学在他家山顶别墅打架滋事。他俩立刻开车上山，一直到凌晨两点多钟才处理完。"

"哦，他们半夜出动是为了解决纠纷。"

"两位巡警返程下山路过无名湖时，听到前方传来两声奇怪的响动，似乎有什么重物坠入湖中。他俩还以为有巨石滚落，但沿途又没发现异常情况。当时天太黑看不清楚，他俩只好先回了派出所。第二天一早再次巡逻时，他俩有意来到这处湖畔查看，于是发现了司晨和汤美丽的死亡现场。"

"原来这一切并非偶然啊。"

"两位巡警恰巧听到宝马车入水的声音，我当时却只留意到岸边，说来还真有些惭愧呀！"李睿在两位外地同行面前倒也不避讳什么，"对了，两位巡警后来还提到一个细节，他俩当晚接到报警驾车上山时，曾经见过司晨一面。"

"是吗，具体什么情况？"

"两位巡警行至九峰山盘山公路入口处，发现路边停着一辆白色SMART轿车。他俩停车上前查看。发现一个坐在驾驶席上的女人，正在跟身旁的另一个人热吻。"

"哈，热吻？"方诗妍有些诧异。

"深更半夜的，他们也觉得两人的做法有点不合常理，于是上前敲车窗，提醒对方不要停车占道。女驾驶员闻声回头，表示他们马上就把车开走。这时两位巡警才看清，面前的这个女人长得好丑。有了这个深刻的印象，第二天一早他们发现穿着连衣裙的司晨横尸湖边，一口咬定他就是昨晚遇到的那个人。理所当然，在司晨不远处躺着的汤美丽，就是凌晨跟他在车里亲吻的那个人。"

方诗妍听后摇头："汤美丽正在跟司晨闹离婚，肯定不会跟他有这种亲密的举动。那两位巡警到底看清对面那人的长相了没有？"

"当时天太黑，而且司晨有意用身体挡住对方，他们并没看清。"李睿挠头，"对了，这家伙是个花心大萝卜，还在女网红直播间撒钱当榜一大哥。既然方警官否定了汤美丽的可能性，司晨热吻的对象会不会就是那个女网红呢？"

方诗妍追问："果真如此的话，那个女网红为什么要跟司晨来九峰山？后来又去了哪里？她看到司晨被人杀害为什么不报警？"

"难不成女网红被随后赶到的汤美丽撞破奸情，然后用刀……不对，或许当时车内根本就没别人，司晨在路边等候汤美丽到来，为了不引起巡警怀疑才故意上演了一场独角戏。"

任溢见这事一时间也理不出个眉目，话归正题："李队，车内积水已经排空，咱们还是先过去看看吧。"

李睿点头答应，三位刑警走到车旁现场勘查。只见车内前排两张座椅上，歪靠着两具被湖水泡得肿胀的尸体，一男一女，全都身体扭曲面目狰狞。尤其是驾驶席上的男人，左臂高举过顶，像是要用尽全力击碎阻碍自己逃生的车顶，却未能如愿。方诗妍强忍着胃部的不适，拿出两张资料照片跟死者仔细比对了一番。

"方警官，这俩是不是咱们要找的人？"李睿有些紧张地问。

"没错，他们的确是乔大雷和胡雯雯！"方诗妍面色凝重地点了点头。

当天下午，莱东市刑警大队办公室。三位刑警围坐在办公桌前，有些焦急地等待着法医的尸检结果。李睿招呼两位客人喝茶，故作轻松地说："任队，我们这个小地方的检测设备可比不上栈海先进，您恐怕还得再等会儿。其实咱们已经去无名湖现场亲眼看过，我觉得可以给这个案子做出一个最终的结论了。"

任溢笑问："你认为这个案子应该怎么定性？"

"只能是汤美丽、司晨夫妇内讧之前蓄意杀人！"李睿毫不迟疑地说，"乔大雷出狱后本性不改，跟老婆胡雯雯一起重操放高利贷的旧业。司晨借了80万元后没有如期归还，夫妇俩登门讨债，跟负责接待的汤美丽发生了争执。汤美丽恼怒之下杀死二人，然后把这个消息通知了正在赶往九峰山的司晨。"

任溢转头问女弟子："案发期间汤美丽跟司晨有过电话联络吗？"

方诗妍点头："当晚10：23分，汤美丽的确给司晨打过一通电话，正好在她给韩琴打第一通和第二通电话之间。"

"果然没错吧？"李睿信心倍增，"司晨听后很震惊，但他急中生智，让老婆驾驶红色宝马将乔大雷夫妇的尸体运到九峰山会合。汤美丽听从司晨的建议火速出发，但并不知道丈夫换上了女装，刚跟他见面时以为遇见一个女鬼。不过到底是多年的夫妻，她很快便弄清了这是一个误会。"

"嗯，这的确可以解释汤美丽给韩琴打去的第三通电话。"

"两人开车去了无名湖畔，将两具尸体放置到红色宝马前座，发动汽车自行开进湖中，伪造出夫妇二人驾车郊游不慎坠湖的假象。这样一来一箭双雕，不仅掩盖了汤美丽的杀人罪责，连司晨的那80万元欠款都不用归还了。只要宝马车不被发现或者晚几年才浮出水面，这个计划还真就可以得逞呢！"

听李睿洋洋洒洒地说完一大段推理，方诗妍却没感到十分信服。

"李队，我一直觉得汤美丽不是一个本性恶毒的女人。她情急之下或许能出手杀死司晨，也能在不得已的情况下把乔大雷夫妇的尸体运来九峰山。但她应该不会为了帮司晨这个渣男逃掉80万元的欠款，凶残地杀死此前根本就不认识的两个人！"

李睿听后不以为然："方警官以前跟汤美丽也不熟吧？知人知面难知心，你怎么能够证实，她不是一个善于伪装的恶毒之人呢？"

方诗妍的确无法证实，退了一步提出质疑："假如你说得没错，可汤美丽和司晨明明已经化解矛盾，联手犯下这么残忍的一宗罪行，怎么转眼间又在湖畔厮杀双双毙命？"

"说实话，这个转折的确来得有点快。"李睿挠头想了一阵，忽然有了新的灵感，"对了，你不是说汤美丽不是一个本性恶毒的女人吗？将两具尸体推进湖中之后，或许她幡然悔悟，想要拉着司晨一起自首。但对方不肯，于是二人再次发生激烈搏斗，期间汤美丽挣扎着给韩琴打去一通求救电话，最终捅死丈夫悲愤自杀。"

这个解答着实有些牵强，方诗妍正要继续反驳，法医拿着一份尸检报告走了进来。李睿接过报告看了一眼，脱口而出："啊，乔大雷和胡雯雯体内都检测出了强力安眠药！"

"什么，安眠药？"方诗妍一怔。

"具体成分是氟西泮。"李睿回过神来，"不过想想也对，汤美丽一个弱女子，要想在短时间内制服两个大活人，少不了得靠安眠药来帮忙。"

任溢追问："两人的死因确定了吗？"

"这个就有点奇怪了。法医在乔大雷的肺中检测出水藻成分，看来他胸前挨的那一刀并未致命，是在昏迷状态下被塞进宝马车，最后死于溺毙。而胡雯雯的舌骨断裂，脖颈处有明显的绳索瘀痕，是死于绞杀之后才被投入湖中的。"

"什么，两人的死亡方式和死亡时间居然都不相同？"任溢听后提出质疑，"汤美丽已经使用了强力安眠药，完全可以直接把陷入昏迷的乔大雷夫妇送进湖底，而且不留痕迹。她为什么还要多此一举，追加两种暴戾的手段致人于死地呢？"

"没错，事出反常必有妖！"方诗妍表达自己的观点，"李队，我觉得你刚才的推论有些武断。乔大雷和胡雯雯之死,恐怕并非汤美丽所为!"

"不不不!"李睿自信地摆了摆手,"等方警官看到下面这两个证据,就会停止感情用事,完全认同我的推论了。"

"什么证据?"

"首先,法医在乔大雷屁股底下找到了一块沾血的床单。"

"啊,沾血的床单?"方诗妍心中一沉。

"还有,乔大雷高举的左拳中紧握着一小块纱质裙边,那是司晨所穿连衣裙的一部分。这个被乔大雷有意保存下的证据,想必是他被塞进汽车时从昏迷中醒来,顺手从司晨身上扯落的。"李睿说到此处忽然提高了声调,"假如汤美丽不是凶手,那块床单从何而来?假如司晨不是帮凶,那块裙角又是怎么落入死者手中的?"

铁证面前,方诗妍和任溢无从反驳,陷入一阵令人窒息的静默。

四

夕阳西下,华灯初上。方诗妍驾车跟随一眼望不到头的车流,在拥堵的道路上且行且停。她一边点踩刹车,一边郁闷地叹了口气:"唉,这案子办到现在,就像下班时段的汽车一样寸步难行。或许李队做出汤美丽是真凶的推断完全正确,我们现在的调查,的确是在感情用事浪费时间!"

"人命关天,哪怕我们的付出最终被证明无效也值得一做。"身旁的任溢严肃回应,"不过这次的案子的确有点意思,至今连一个活着的当事人都没见到。我们必须在没有口供的情况下,仅凭搜集到的物证做出推断,寻找新的侦破方向。"

"可我们刚才重返美丽发廊复查现场,既没发现盛放安眠药的水杯,又没找到用于作案的绳索,甚至连胡雯雯的生物检材也没提取到一星半点,简直是毫无收获!"

"我认为恰恰相反。汤美丽案发当晚离开发廊之前,连最能暴露自己行凶的血迹都没清理,自然也没必要隐藏其他作案工具。除非安眠药和绳索这两样东西根本不存在,或者被别的什么人收走。这本身不就是一个重大收获吗?"

"对呀,师傅!"方诗妍受到启发眼前一亮,"我们怀疑汤美丽一个弱女子，不可能在短时间采用暴戾手段夺取二人性命，可乔大雷夫妇又在美丽发廊被害。既然作案工具有可能被别人收走，那人完全还可能是辅助汤美丽作案的帮凶，甚至他才是暗藏的真凶！"

"这个说法倒是一个新思路。可司晨早在案发前两小时就驾车离开了同和小区，难道是汤美丽暗中找来了一位新的帮凶？果真如此的话，这个帮凶是谁？他是怎么潜入的发廊？他为什么甘愿以自己的生命为赌注，帮汤美丽犯下这桩残忍的血案？"

"师傅，我知道接下来的侦破方向了。我们应该调查一下汤美丽身边的密友！"

"除此之外，我们还可以逆向思维，或许帮凶并不是汤美丽而是司晨找来的。别忘了，那两位巡警可是亲眼见过司晨在车里跟人热吻！"

方诗妍兴奋地一拍方向盘："没错，我们还应该重点调查一下司晨追逐的女人，尤其是那个引得他大把撒钱的女网红！"

任溢点头赞同："我支持你的这个想法，抓紧时间行动吧！"

前方路口漫长的红灯终于转绿，方诗妍脚下加油，通过了一个拥堵的十字路口。

次日下午，栈海市刑警大队办公室。

方诗妍一边用纸巾擦拭脸上的汗，一边步履匆匆地走进来。"师傅，我回来了！今天了解到的情况是……"

"不急不急，坐下慢慢说。"任溢走到饮水机旁，倒了一杯温水递给女弟子。

方诗妍接过水杯一饮而尽，不歇气地说："我今天先去同和小区找了居委会主任韩琴，向她咨询平时都有什么人跟汤美丽走得比较近。韩琴自己不太清楚，打手机问了一圈邻居姐妹，终于探听出一个小道消息——最近两个月，有个男青年趁司晨外出鬼混的夜晚，经常去美丽发廊跟汤美丽私会。"

"哦，有人了解那个男青年的具体身份吗？"

"这个倒没有。不过有人去美丽发廊剪发，凑巧看到过他们见面的情景，推测那个长相帅气的男青年是汤美丽新结识的男友。但他来去匆匆，似乎故意不让别人发现。"

"这个信息很重要。男青年跟汤美丽交往离不开手机和网络，就算他们做得再隐秘，总要留下一些沟通过的痕迹吧？"

"您说得对。我这就让小张全部恢复汤美丽手机中的删除信息，力争找到新的线索。"

"很好。司晨这边进展如何？"

"正要跟您汇报呢。"方诗妍举起手中一份打印材料，"我调取了司晨近半年的上网记录，在'午夜心跳'聊天网站找到了他当榜一大哥的那个女网红'欣欣'。此人全名万可欣，是该聊天网站的签约女主播。但网站负责人说，欣欣已经 3 天没有按时登录上班，拨打她的手机也一直显示关机。"

"万可欣在失联之前，有没有什么异常的表现？"

"听跟她关系比较好的一位同事透露，欣欣最近情绪有些烦躁，声称受了一个穷光蛋的骗，发誓要向对方索赔，不然就找他哥狠狠报复。但更多细节，那位同事却不知道。"

"这样啊，我们需要跟进追查这个女子的下落。"

"好的师傅。目前这两个'帮凶'候选人都找不到，我们能否再换个角度思考一下，案发当晚汤美丽的帮凶并非外来，而是出自现场其余两人之中呢？"

"哈哈，这个设想很有趣。你是说乔大雷、胡雯雯两位死者中，汤美丽只对其中一人下手，另一人则死于他们夫妻二人之间的内讧？"

"汤美丽和司晨能在湖边反目相杀，乔大雷和胡雯雯为什么就不能呢？毕竟两人之前还离过一次婚！"方诗妍认真地说，"如果这种情况属实，一定是乔大雷抢先出手杀死了胡雯雯，作案地点也不在美丽发廊！"

"为什么这么肯定？"

"在同和小区案发当晚的监控录像中，我们看到戴着口罩的乔大雷开着红色宝马进了大门；我们昨天去美丽发廊复查，却没找到胡雯雯死于发廊的丁点证据。这就证明，乔大雷大概率是在别处杀死了胡雯雯。"

"你的意思是，乔大雷是载着胡雯雯的尸体去找的汤美丽？"

"没错。事实上当晚只有他一个人进了美丽发廊逼债。乔大雷体形偏瘦，就算是汤美丽一个人，应该也可以做到把他捅伤并背进宝马车这种程度。"

"假如真是这样，汤美丽上车后见到胡雯雯的尸体，应该感到非常吃惊吧？"

"吓一跳那是肯定的。但反正已经动手杀了人家的丈夫，把之前死去的老婆一起拉去水葬，应该也是一个没有办法的选择吧。"

"说得也有道理。既然如此，你认为我们下一步该怎么做？"

"当务之急，应该是搜查乔大雷夫妇的家，看看那里是不是杀人的第一现场！"

"就这么办。我跟李队沟通一下，你马上去申请搜查令！"

当天傍晚，一辆熟悉的警车在滨海大道上一路狂奔。车内，方诗妍一边猛打方向盘一边提醒："师傅，我要左转，您可坐稳了！"

任溢抓紧车扶手，有些紧张地劝道："喂喂小妍，慢点儿慢点儿。行车不规范，亲人两行泪啊！"

"嘻，我这不是担心去晚了让那两个家伙跑了吗？"方诗妍不情愿地松开脚下油门，拍拍放在座位旁的一个证物袋，"谁能想到我们搜查乔大雷的家，没发现什么杀人现场，却有这样一个意外的收获！"

任溢点头称许："多亏你眼神好，从乔大雷夫妇收藏的这一沓借条中找出一张复印件，一眼看到借款人'万可为'的名字，并把他跟那个女网红欣欣联系到一起。"

方诗妍不无得意地笑了笑："男的叫'万可为'、女的叫'万可欣'，欣欣恰巧又有个哥哥。要说他俩之间一点联系都没有，那得多没天理呀！这次也多亏了小张动作麻利，迅速从本市暂住人口户籍中落实了他俩的兄妹关系和暂住地址。"

"怎么，你已经确定了这对兄妹跟无名湖案件有关？"

"师父您听啊，哥哥万可为，因电信诈骗入狱3年，一年前刑满释放，为了还债借了狱友乔大雷的老婆胡雯雯80万元的高利贷；妹妹万可欣，情感聊天室女网红，引诱司晨跟老婆撕破脸要钱，给她刷礼物当榜一大哥。这样一对极品兄妹凑在一起，怎么可能跟这个案子没有牵连？"

"讲真，他们以前的履历的确不怎么光彩。"

"可惜案件已经发生了好几天，万可为兄妹都已关机失联，他名下一辆绿色的福特轿车也不见了踪影。我现在唯一担心的，是他俩听到风声已经逃往外地。"

"放心吧，现在的道路天眼星罗棋布，只要他们敢驾车露头，就一定会被发现！"

任溢话音刚落，方诗妍的手机响了。她急忙拿起来接听："喂，小张……你说什么？太奇怪了。"挂断电话，方诗妍有些费解地说："小张刚刚恢复了汤美丽的手机信息，上面显示出一个被删除的联系人'乔大雷'。"

"什么，乔大雷就是汤美丽的秘密情人？"

"可问题是，那位新冒出的联系人被汤美丽署名为'乔大雷'，但他使用的手机号，却跟我们刚找到的万可为的手机号分毫不差！"

"乔大雷，万可为——这两人之间竟然会有一层假冒关系？"任溢皱起眉头思忖片刻，忽然一拍车座，"我明白了！小妍，你刚才说得还不够确切，这个万可为何止跟无名湖案件有牵连，他简直就是躲在这张捕猎暗网之后的最大操盘手！"

"师傅，您的意思是……"

"时间紧迫，一切等我们行动结束后再说！"

"好咧，师傅您再坐稳了！"

方诗妍脚下加油，警车如同一支离弦之箭，刺破夜空直向目标射去。

30分钟后，两位刑警站在栈海市郊清水湾小区7栋2单元301户门前。被紧急找来的男房东不知发生什么变故，有些紧张地用备用钥匙打开紧闭的房门。

两人迅速拔枪冲了进去，搜索一番之后却没发现人影。方诗妍有些失望地回到客厅进行勘查，片刻过后她眼前一亮，指着身前的茶几激动地叫道："师傅您看，这上面有两个没喝完水的茶杯！"

"唔，马上把它们带回去检测一下！"任溢会意地点点头，走到沙发前弯腰捡起一根结实的绳子，"你瞧，这又是什么东西？"

"绳索？见鬼，胡雯雯竟然是在这里被人勒死的！"

这时任溢的手机响了。他看了下号码急忙拿起来接听："喂，李队你好。我们已经找到了杀害胡雯雯的第一现场。你那边情况怎么样？"

"太好了！任队，我这边也有一个新发现。"对面传来李睿激动的声音，"下午听了你关于汤美丽有个帮凶的推断，我觉得有必要论证一下，于是又调用高精度探测仪，对无名湖畔重新进行一次现场勘查。结果在距离汤美丽尸体8米远的盘山道路上，发现了一些橡胶碎渣和两道模糊的汽车轮胎印，跟红色宝马和白色SMART轿车都不匹配。"

"是吗，轮胎印周围有没有出现新的脚印？"

"这倒没有。我们目前采集到的，依旧是跟汤美丽和司晨底纹相同的两组鞋印。"李睿分析道，"无名湖南侧堤岸有些陡峭，平时根本没人在路边停车。这些成形的轮胎印大概率跟案件有关。至于地上没有新的脚印，或许是驾驶员只是停在此处没有下车吧。"

"好的李队，请把轮胎印照片传给我。"任溢挂断电话望向女弟子，"案发当晚无名湖畔除了4位死者，果然还有一个没被我们发现的当事人！"

"从两个人死磕变成至少5个人参与，案件的走势越发复杂了。"方诗妍冷笑，"好在我们及时找到了暗藏的嫌犯，只要抓捕万可为兄妹归案，就一定能揭开所有的谜团！"

"希望一切如你所愿。"任溢抬手揉揉额头，意味深长地说，"所有的被害人与施害人都已现身，但愿事情到此为止，不要让我们再找到一处新的死亡现场！"

五

第三天上午，栈海市刑警大队会议室。一众刑警围坐在会议桌前，方诗妍和任溢对远道而来的李睿及4位外地同事表示过欢迎，大家马上开始探讨案情。

李睿笑着开口："任队果然不愧是传说中的神探。他没有受到我错误推断的影响，坚持不懈地调查取证，终于侦破了这个复杂烧脑的无名湖案件！今天有幸当面领教，大伙儿可都得竖起耳朵好好听啊。"

"李队太客气了。要是少了你的帮助，这个案子也不会有今天的进展。"任溢也笑，"不过你刚才的表述有些不确切，我既不是什么神探，也没有完成侦破。我们目前只是对无名湖案件的整个事发过程有一个大致的推演。今天请诸位同人过来参加讨论，如有不同意见还请及时指出。"

"一定一定!"

"还有,我刚才委托李队的事……"

"放心吧,我已经派人去了九峰山。只要一有消息,他们会在第一时间向我汇报。"

"太好了。小妍,我们开始吧。"

方诗妍点头起身,走到会议桌前按下投影仪遥控器的按钮,大屏幕上显现出6位案件当事人的照片及相互关系图——

汤美丽:司晨之妻,万可为的秘密情人;

司晨:汤美丽的丈夫,欣欣的榜一大哥,万可为的网络密友;

乔大雷:胡雯雯的丈夫,万可为的狱友;

胡雯雯:乔大雷的妻子,万可为的债主;

欣欣(万可欣):司晨的情人,万可为的妹妹;

万可为:汤美丽的秘密情人,司晨的网络密友,乔大雷的狱友,胡雯雯的借款人,欣欣的哥哥。

方诗妍清了清嗓子道:"各位同人,简单概括,这是一起因网络而结识,又因轻信招来祸患的惨痛案件。通过这个页面,大家应该清楚地看出,谁才是那个把所有人都串联起来的关键人物吧?"

众人看后不由得低声议论了一阵。方诗妍见目的已经达到,继续开讲:"事情的起因,是汤美丽的丈夫司晨出轨聊天直播间女网红欣欣。汤美丽知情后与司晨闹起离婚。她经营发廊多年,攒下一笔不小的积蓄,无业宅家的司晨不肯放弃这棵摇钱树,他被汤美丽逼急了,暗中起了杀妻谋财的心。这天司晨又一次登录直播间给欣欣捧场,结识了同好'乔大雷'。"

"乔大雷?"李睿问道,"就是我们在宝马轿车里捞出的那个被害人吗?"

"我们复原了被司晨删除的全部微信聊天记录,从中发现了联系人乔大雷的名字。但那个微信号的拥有者却不是乔大雷,此人的真名叫作万可为。"方诗妍手中遥控器的光标,定位在一位长相帅气的男青年的照片上,"据调查,万可为是一名有过电信诈骗前科的刑满释放人员,也是女网红欣欣的哥哥。"

"万可为假借乔大雷的名字登录妹妹的直播间，是盯上司晨这个新的诈骗目标了吧？"

"的确如此。只是他这一次诈骗的主要目的不是要钱，而是报复。"方诗妍解释道，"我们查看过欣欣和司晨的私聊记录。一开始司晨大把撒钱成为她的榜一大哥，两人情意绵绵，欣欣跟他上了床，还做起婚后当阔太太的美梦。后来她才知道司晨已有老婆，还是一个失业在家的软饭男，感到受了欺骗，于是找哥哥替自己出头。"

"原来如此。不过就算万可为很生气，也不能为了这种事出手杀人吧？"

"万可为一开始的报复手段并非暴力，而是用上了自己的诈骗专长。他先是以乔大雷的名义结识了司晨，通过聊天弄清司晨跟老婆关系不睦，正在闹离婚。于是万可为继续假借乔大雷的名义，主动申请成为汤美丽的微信好友，利用她此时的精神脆弱，甜言蜜语乘虚而入，很快成了汤美丽的秘密情人。"

"怎么突然感觉剧情的走向变得狗血起来了呢？"李睿嗤笑，"万可为的报复计划，该不是要给司晨戴上一顶绿帽子吧？"

"当然没有这么简单。我们复原了汤美丽手机上的微信聊天记录，发现两人秘密关系确立不久，万可为就开始以各种借口跟汤美丽借钱。截至案发当日，汤美丽给他的汇款金额已经超过30万元。"

"原来万可为为妹妹报复的第一步是釜底抽薪！可他不想暴露自己的真实身份，随便编个假名字就好，为什么一定要栽赃乔大雷呢？"

"这个就要说回万可为跟乔大雷之间的关系了。"方诗妍又在投影仪上显示出那张借条复印件的照片，"乔大雷因非法网贷被判刑7年，4年后万可为因电信诈骗入狱，他们成了狱友。两人刑满释放后，乔大雷找到前妻胡雯雯复了婚，夫妻俩重操旧业做起了高利贷生意；身无分文的万可为则成了乔大雷的客户，从胡雯雯手中借了80万元。"

"这个乔大雷，当年跟胡雯雯以离婚为手段，隐匿下来的钱还真不少！对了，司晨从胡雯雯手中借的那80万元，该不是万可为从中牵的线吧？"

"胡雯雯手中共有13张借条，除了万可为那一张复印件，其余11张原件我们都已向借款人核实了真实性。唯独司晨借的这80万元，我们并没发现他跟胡雯雯或真正的乔大雷有过直接联系。"

"什么意思，司晨跟自己的债主居然不认识？"

"万可为一直在假借乔大雷之名招摇撞骗，我们推测，这80万是万可为授意妹妹向司晨索取的青春损失费。债主名字之所以署名胡雯雯，应该是万可为意识到这笔钱根本要不到，于是为下一步杀人嫁祸准备了一个伪证。"

"这可真是一个敢要价、一个敢画押。司晨对欣欣言听计从，他就不担心有朝一日还不上那笔巨款惹祸上身吗？"

"李队忘了吗？司晨按在借条落款处的可不是他的手指印，而是一个脚趾印。现在想来，应该是司晨不想吃这个哑巴亏，可又没法拒绝，于是趁欣欣不在眼前偷偷以脚代手了吧？"

"哈哈，没想到这张假借条，竟然引出了一场骗子之间的欺诈表演赛！"

"司晨这次虽然蒙混过关，但没钱的日子终究难过。此前万可为跟司晨上网聊天，为了拉近两人关系，声称自己也是一位饱受老婆欺凌的可怜虫，司晨因而把他当成密友。两人越谈越投机，司晨为了尽快摆脱困境，竟然提出一个丧心病狂的建议。"

方诗妍边说边在大屏幕上调出一张微信对话框的截图——

> ……
>
> 乔大雷：啊，你有办法让我们杀掉自己的老婆，却不被警察发现？
>
> 司晨：对喽，那个好办法就是交换杀妻！我们等一个出差的机会，我去莱东杀掉你老婆，你来栈海杀掉我老婆。这样案发时你我都有不在场证明，警察就不会查到咱俩的头上！
>
> ……

"什么，交换杀妻？！"

李睿读到这令人心惊的4个大字，不由得眉头紧锁。众人见后议论纷纷。

"真没想到，这个系列杀人案的始作俑者竟然是司晨！"

"这家伙可真歹毒，为了有钱搞外遇，连自己的老婆都不放过！"

"恶有恶报，他机关算尽，最后不也挨了一刀陈尸湖边吗？"

方诗妍等待同事们发完感慨，继续讲解："万可为听到司晨的提议吃了一惊，并没马上答应，但随后几天发生的两件事让他改变了主意。首先是乔大雷上门逼债，早已把借款挥霍一空的他根本无钱可还；其次是汤美丽提出要万可为一起出面，跟司晨摊牌离婚。"

李睿摇头："这两件事一个要钱、一个要命，万可为大事不妙啊！"

"于是被逼上绝境的万可为忽然想起司晨，主动联系他，同意执行交换杀人的计划。"

"可这个计划本身存在问题呀。所谓的交换杀妻，司晨这边有汤美丽可杀，难道万可为那边要献祭自己的妹妹？"

"当然不是。此时万可为给自己选定的'妻子'就是胡雯雯。"

"什么，胡雯雯？"李睿一怔，"这个阴险的家伙，原来他是打算借刀杀人！为了斩草除根，他也没准备放过真正的乔大雷吧？"

"的确如此。为了脱罪，万可为还准备把杀死乔大雷的锅甩到汤美丽身上。"

"啧啧，究竟是什么样的魔鬼才能想出这样的谋杀连环计？"

"万可为这边磨刀霍霍，自作聪明的司晨已经开始行动。案发前一天司晨接同学来电，受邀参加第二天晚上在九峰山举办的狂欢聚会。此前司晨和万可为已经交换过家庭住址和房门钥匙，他见行车路线恰巧经过万可为的租屋，且当晚留宿山顶别墅，自己有充分的不在场证明，立刻通知万可为次日夜晚10点正式实施交换杀人计划。万可为挂断电话后大喜过望，立刻联系了乔大雷，声称明晚还钱，但要求乔大雷带着胡雯雯一起过来。"

"胡雯雯是债主，万可为的这个要求倒也不过分。"

"时间很快到了案发当晚。这边司晨为了不暴露自己，故意穿上女装上路。那边万可为用安眠药迷晕了应邀前来的乔大雷夫妇。接着他把胡雯雯留在客厅，背起乔大雷下楼，塞进来时驾驶的红色宝马车中。然后万可为戴上口罩，驾车直奔当晚的目的地美丽发廊。"

"万可为这边忙着动手，他妹妹欣欣又在做什么？"

"我们分别查看过两个小区的监控录像，发现红色宝马离开清水湾小区，抵达同和小区时，欣欣都驾驶着自家的绿色福特紧随其后。由此看来，她当晚的任务是给她哥打接应。哦，趁胡雯雯昏迷时，或许是欣欣从她身上搜出哥哥那张真借条予以销毁，然后拿出司晨的假借条，按上了胡雯雯的指纹吧。"

"哼，这样说来她至少也是个同案犯。"

"司晨经过两小时的疾驰，终于赶到清水湾小区。他来到楼上开门进入万可为的租房，一眼看到躺在沙发上的胡雯雯。他见此女跟万可为描述的一样，被下了药陷入昏迷，于是掏出准备好的绳索缠到胡雯雯脖子上，毫不费力地勒死了她。几乎与此同时，万可为抵达了同和小区，他把陷入昏迷的乔大雷背下车，打开美丽发廊的房门悄悄潜入。由于身上背着一个人，万可为进屋时不小心弄出一阵响动。"

"稍等一下！"一位莱东刑警听到此处提出质疑，"方警官，你之前讲的那些事件进程都有复原聊天记录、实物照片和监控录像作证，可疑犯进屋时弄出响动这个细节，你该不是为了描述生动凭空臆想出来的吧？"

方诗妍听后不由得一愣。李睿替她发声："谁说方警官口说无凭？韩琴在案发当晚接到汤美丽打来的4通电话。第一通就是告诉韩琴店里进了贼。合理推测一下，这一定是汤美丽躺在卧室里，听到门外传来异常响动的应激反应吧？"

一直在旁边倾听的任溢这时开了口："谢谢李队替小妍解围，不过大家提醒得对。小妍，接下来的案情陈述，你要避免主观臆断，多拿确凿的证据说话。"

"好的，我一定注意。"方诗妍虚心地点了点头。

六

"万可为走到卧室门前，把背上的乔大雷平贴到房门上，然后他用左手撑住乔大雷的身体，右手掏出一把尖刀刺入他的胸口！乔大雷吃痛从昏迷中醒来，捂住胸口挣扎了一下，随即垂下手臂再次陷入昏迷。"方诗妍在大屏幕上调出数张发廊的现场照片，"我们推断出这段过程的依据，是乔大雷遗留在走廊地面上的喷溅状血迹，以及卧室门板上这半个手指朝下的血掌印。"

众警官试着伸手比画了一下，点头对这个观点表示认同。

"万可为刺杀乔大雷之后，喊起汤美丽的名字——哦，这个是她在打给韩琴的电话里亲口所说。汤美丽听到情人'乔大雷'的声音，放下警惕推开卧室门，看到了倒卧在地的真正的乔大雷。汤美丽面对一具'尸体'恐慌万分，于是给司晨打去一通求助电话。"

"奇怪，汤美丽见到尸体为什么不打电话报警，反而要向正在闹离婚的丈夫求助？"

面对李睿发问，方诗妍实话实说："我们只查到汤美丽于10∶23给司晨打去一通电话，确实不知道两人谈话的具体内容。但从汤美丽随后驾驶宝马车，载着乔大雷的尸体赶赴九峰山与司晨会合这个事实上，做出了她打电话是向司晨求助的这个推断。"

"就算这个推断无误，可汤美丽为什么会牺牲自己，甘愿替万可为这个连真名都不肯透露的爱情骗子掩盖罪行呢？"

"既然万可为是个骗子，自然就有办法说服汤美丽。当然与所谓的为爱情牺牲相比，我们更愿意相信，当时万可为应该是把汤美丽诬陷成了杀人凶手。"

"哦，他是怎么做到的？"

"万可为是把乔大雷按在卧室门上捅了一刀。假如这时他不松手就喊汤美丽出来，她毫无提防之下猛地一推门，那会造成一个什么假象呢？"

"什么假象？"李睿起身走到会议室门边，猛地抬手推了一下，恍然大悟，"我明白了！万可为一定是声称自己夺过潜入室内窃贼的尖刀，把他按在门上正要制服，汤美丽忽然推门，结果尖刀被一股猛烈的反推力撞进乔大雷的胸膛！如此一来，杀人凶手就从万可为变成了汤美丽，她为了自保，主动运走尸体销毁证据也就可以理解了。"

任溢向他竖起大拇指："李队的推理很精彩，唯一可惜的，就是缺少有力的证据来支持。"

"这个没关系，等我们抓到万可为之后，他自然会亲口做出交代。"

方诗妍脱口而出："万可为吗？我们恐怕抓不到他了。"

李睿一怔："方警官，你这话什么意思？"

方诗妍正要进一步解释，任溢抬手打断了她："好了小妍，先不要说没有依据的话，继续往下进行吧。"

李睿也没在这个问题上多费脑筋，接着问道："就算汤美丽受骗，主动给丈夫打电话求助，可司晨凭什么会答应帮这个正在跟自己闹离婚的女人？"

"司晨当然不会大发善心，除非迫不得已。"方诗妍解释道，"案发当晚10:15，司晨给万可为打去一通电话。常理分析，那应该是他在跟万可为确认交换杀妻的成果。电话刚结束，司晨就载着胡雯雯的尸体奔向九峰山。如果没有猜错，一定是万可为坐地起价，要求司晨把'自己妻子'的尸体从家中运走并处理掉。司晨骑虎难下只好答应，临时决定半路抛尸。"

"万可为这种阴险狡诈的小人，肯定能干出这种趁火打劫的事！"

"司晨开车行至半途，忽然接到汤美丽打来的电话。刚一接通，就听汤美丽称自己杀了一个闯进店内的男人！司晨慌乱之下，以为万可为杀人不成被反杀。为了不暴露自己交换杀妻的罪行，他只能要求汤美丽载上尸体开车赶赴九峰山，打算一不做二不休，把乔大雷夫妇一起送进无名湖底！"

"哈哈，万可为这个瞒天过海的诡计，早在他答应司晨交换杀妻的时候，就已经在他脑中构思好了吧？"

"这个很有可能。反正万可为诡计得逞，汤美丽听从他的建议，给韩琴打完第二通报平安的电话之后，驾驶红色宝马载着乔大雷的尸体上了路。"

"凭什么确定汤美丽是一个人载着尸体出发的？"

"我们从同和小区的监控录像中看到，汤美丽驾驶的红色宝马刚刚驶离，万可为就驾驶着自家的绿色福特紧紧跟在后面，妹妹万可欣坐在他的旁边。可能是刚才包裹尸体过于忙乱，万可为连进小区时脸上的大口罩都忘了重新戴。"

"智者千虑必有一失。万可为此时的心思，恐怕都用在监视汤美丽了吧？"

"这边汤美丽上路不久，那边司晨已经到了九峰山盘山公路的入口处。他担心汤美丽迷路找不到自己，停下车等候她的到来。恰在这时，两位上山处理斗殴事件的巡警路过此处，看到一辆轿车这么晚停在路边，于是停车检查。"

"哦，这个我知道！两位刑警走到车前，看到驾驶席上一个丑女人正在跟另一人热吻，他们还有些不好意思……哎，且慢！"李睿说到这里顿了顿，"当时车上除了司晨，只有被安置在副驾驶座上胡雯雯的尸体，难道说司晨热吻的对象竟然是……"

方诗妍鼻子里冷哼一声："没错，为了保命，这个人渣也是拼了。"

众人听后忍不住笑，接着低声议论起来。任溢摆摆手批评道："小妍，有些不太重要的细节简要说明就好，不要掺杂个人感情。"

"好的，那下面有些情节我就一掠而过了。"方诗妍继续开讲，"接近午夜时分，汤美丽终于赶到九峰山。司晨下车迎接，却被汤美丽看成一个女鬼，又给韩琴打去第三通告急电话，但她很快认出来者是自己的丈夫，于是又声称自己喝醉了酒跟韩琴开玩笑。这时司晨来到宝马车前，认出车里躺着的人并非万可为，而是一个从没见过面的中年男人。"

"哈，真是很难想象，司晨当时的心理阴影面积该有多大！"

"事已至此，司晨也不敢详细追问汤美丽，只好将错就错。他开车在前，带领汤美丽把车停到无名湖畔。然后司晨把两具尸体一起塞进红色宝马前排车座，启动汽车自行开进湖中，企图伪造出两人深夜驾车不慎坠入湖中身亡的假象。"

"稍等一下。汤美丽见到胡雯雯的尸体，难道就没有起疑吗？"

"她当然会起疑。应该是司晨随口编谎，比如路上不小心撞到这个女人，谁知她就这样死掉之类的谎话蒙混过关吧。"

"说的也是。反正汤美丽也误杀了一个人，两人谁也不用嫌谁黑。"

"螳螂捕蝉黄雀在后。万可为兄妹二人悄然跟踪而至，把车停在路边，躲在车内密切关注事态发展。等司晨带着汤美丽把红色宝马弄进湖中之后，万可为主动现身了。哦对了，为了不留下破绽，他和万可欣应该提前换上了跟乔大雷夫妇一样的鞋。"

"嗯，这个合理。"李睿不无戏谑地说，"毕竟大家关系这么亲密，想要了解对方穿什么鞋并不是一件难事。"

"汤美丽见到万可为大吃一惊。心里有鬼的司晨当然更加害怕，他想要上前劝阻，但万可为还是毫不留情地揭穿了司晨怂恿自己交换杀妻的阴谋。"

"没错，挑拨二人内讧这种事，万可为肯定干得出来。他甚至还有可能把坠湖的胡雯雯硬说成自己的老婆呢！"

"汤美丽听后非常生气。司晨恼羞成怒猛扑过去，把万可为按倒在自家那辆 SMART 轿车上，于是在车前盖留下了身体挤压的凹痕。危急时刻，汤美丽趁机拿起刺杀乔大雷的尖刀，狠狠刺进了司晨的后背！司晨中刀倒地而亡。汤美丽救下万可为，要求情人带自己走。万可为假装跟她拥抱，乘其不备，伸手攥紧汤美丽握着尖刀的右手，猛地抬起她的手臂，用汤美丽手中的尖刀割向她的脖颈！"

李睿一惊："什么，原来汤美丽不是自杀，而是死于万可为之手？"

"暂且不论汤美丽喉咙被割的超大力度，她要是决定自杀，怎么会给韩琴打去求救电话，又怎么在自己身后留下一道五米长的求生爬行痕迹呢？"

方诗妍面带悲悯地说完这话，四周一片寂静。许久，李睿轻叹一声："唉，被自己心爱的男人背刺，难怪汤美丽不甘心这样默默死去。"

"汤美丽突遭袭击倒在地上，万可为以为她已经死亡，于是招呼欣欣下车，戴上手套开始伪造现场。两人先删除掉司晨和汤美丽手机中跟自己有关的信息，然后走到司晨身边，把那张 80 万元的假借条塞进他的口袋中。"

"这个狡猾的家伙！"李睿骂道，"万可为的如意算盘，是警察发现了 4 具尸体，再看到这张借据之后，会确信杀害乔大雷夫妇的就是司晨和汤美丽！可问题是他如果不搞假借条这一出，我们还不能这么快就发现湖底的红色宝马呢！"

"万可为自以为销毁了那张真借条，从此死无对证。没想到胡雯雯心细，居然还在家中藏了一张复印件！这就叫聪明反被聪明误。"

"除了借条，他们伪造现场的阴谋也没得逞吧？"

"两人正在忙碌，清醒过来的汤美丽悄悄爬到福特车前，举起手机向韩琴呼救。万可为见状，急忙冲过去夺走手机摔在地上，接着一脚把她踢开！汤美丽失去最后获救的机会，倒在地上终于死去。万可为正要继续伪造现场，又一个意外发生了——盘山公路上，一辆闪着红灯的警车从山上开了下来！万可为大吃一惊，急忙招呼妹妹一起钻进汽车拼命逃窜。"

"哈哈，没想到是两位凌晨下山的刑警无意中又立了功！"李睿转向任溢，"任队，你让我安排人去九峰山下游的两处无名湖搜寻打捞，难道你认为万可为驾车出了事故？"

任溢点头认同："还记得两位刑警下山时听到两声奇怪的响动吗？我

们一开始误以为那是红色宝马坠入湖中发出的声音。但仔细想想，宝马车入水时发出的响动应该只有一声，而且时间不应该晚于司晨和汤美丽死亡。因而发出这个声音的，只能是案发之后，行驶在现场附近盘山公路上的另外一辆……"

任溢话音刚落，李睿的手机响了。他急忙拿起来接听："喂，老吴，情况怎么样……什么，离案发现场700米的另一处无名湖中，你们找到了一辆绿色轿车?!"

一众刑警听后全都起身，激动地鼓起了掌。李睿兴奋地走过去跟任溢握手道贺。来到方诗妍面前，他忍不住道出心中最后一个疑问："万可为为了诡计得逞谋划得如此周密，怎么偏偏就发生车祸轻易丧生了呢?"

——这人坏事做绝，最后却一头钻进了自己编织的网。这如果不是老天惩罚，就一定是……遭遇了被害者的诅咒吧。

方诗妍当然不能当众道出这段内心独白。她的目光转向大屏幕，只见汤美丽略含忧伤的脸上，似乎露出了一抹暗藏深意的微笑。

尾 声

深夜，九峰山盘山公路上，驶来一辆没亮车灯的绿色轿车。浑身沾满鲜血的年轻男子坐在驾驶席上，借助头顶的晦暗月光悄然前行。

旁边坐着的女子回头一看，指着身后发出尖叫："不好！哥，警察发现我们追过来了!"

男子闻声一惊，眼睛的余光盯紧后视镜——果然，车后不到百米远的道路上，一道闪烁不停的红蓝光影，正风驰电掣般地向他们逼近！

"黑更半夜的，哪儿冒出来的110坏了我们的好事?"

男子赶紧猛踩油门，汽车像一只亡命逃窜的野兽，在崎岖险峻的山路上疾速狂奔!

"车开这么快，你想颠死我啊?"女子大声嗔怪。

"忍忍吧姑奶奶，逃命要紧!"

男子继续玩命向前疾驰。经过一个转弯路段，他突然加速试图甩掉警车，忽听汽车左侧传来"砰"的一声巨响，接着车身侧歪，在路面上擦着火花急速滑行起来!

"啊，搞什么鬼？"女子失去重心，一头撞到挡风玻璃上。

"妈的，车胎爆了！"男子攥紧方向盘的手满是冷汗，"早不爆晚不爆，偏偏这会儿出状况！刚才那个老女人爬到车旁，一定是她用刀戳破了车胎！"

"太可怕了！我不想死，赶快停车让我下去！"

"来不及了，车刹不住！"

男子见汽车马上就要撞向路边的岩石，慌不择路猛打方向盘，谁知车身突然扭转90度，撞破护栏跌落悬崖！

女子绝望地捂住脑袋。男子发出撕心裂肺的吼叫，双手用力捶击紧闭的车门。然而失控的轿车还是以自由落体的姿态，一路加速坠向张开巨口的无底深渊……

天上阴云密布，四周人声嘈杂。任溢和方诗妍再次来到九峰山，两人站在盘山公路下方的另一处无名湖畔，目睹李睿指挥着大吊车，将一辆摔得稀烂的绿色轿车从湖中打捞出来。

方诗妍跟任溢对视一眼，长舒了一口气："太好了，师傅。案件终于告破了！"

"其实并没有。"任溢摇头苦笑，"我们只是根据现有物证，对整个案发过程做了一个大致的推理还原。按照相关规定，在完全没有嫌犯口供的情况下，本案只能成为一个永久封存起来的悬案。"

"可这完全不公平呀？"方诗妍皱起眉头，"6名男女在这个离奇的案子中死于非命，但他们有的罪有应得，有的罪不至死，有的根本就是遭人陷害。难道我们就没有办法还被害人一个公道，给其家属们一个交代，只能把他们跟凶手一起从这个世上一笔勾销吗？"

任溢沉默半晌，幽幽地说："天网恢恢，疏而不漏。就算他们在人间留下永远的恩怨纠结，他们的灵魂，也一定会在天堂或地狱得到公正的审判吧。"

昏暗的天空中隐隐响起一阵雷声，仿佛在回应两位刑警的祈愿，也像是在警醒善良的世人，睁大自己的双眼，远离那些充满诱惑和欺骗的罪恶之网。

原载于《传奇故事·推理》（2024年8月）

忆"浮云华尚案件"始末

晓 贝

【作者简介】

晓贝，华文推理坚定的支持者之一、推理作家鸡丁老师的众多男粉丝之一、是被甩于十九线外的推理小说作者马甲之一、影像与ACGN 爱好者、半个诗人、00 后 doomer。曾有作品发表于《诗青年》。喜焦虑，苦思如何应对存在主义危机。时常伴随夜晚虫鸣，练习写无人问津的推理小说，以此对抗城市的喧嚣。

他转动着他疯狂的眼睛，而所有活过的东西，像一泓有罪的池水积存在他目光中。

——塞萨尔·巴列霍《黑色的使者》

安缜侧卧在床上，目不转睛地盯着面前的雾面屏幕笔记本。屏幕里播放的是根据他创作的漫画改编的动画化作品《暗街》。由于自己是原作者，所以已经知道大部分的剧情走向了。困意骤然而来，不过随后音响里面传出一个震动惊醒了他。

"啪唧！"

是《暗街》某一案件所呈现的一具"坠亡"的尸体。

回忆顺着尸体被摔碎的响动，钻进安缜的耳膜。把他带回了那个调查"浮云华尚公司不可能坠亡事件"的炎热盛夏。

那个时候，安缜还不是一名漫画家，也不认识钟可、梁良和冷璇，更不知道在未来他会面对像死亡速写师那种棘手的高智商罪犯。在他的回忆中，他应该是一名"犯罪事件顾问"。

"安缜啊，你听说了吗？之前在浮云华尚公司发生的那起坠楼事件。"

安缜喝了一口柠檬汽水，透过金边眼镜，发现对面的刑警一直在注视着他，等待他的回答。

之后安缜有些不好意思地放下了饮料，从脚边的简易小冰柜又抽出一罐，询问对面的刑警。

"老韩，你要喝一罐吗？"

那个名为老韩的刑警连忙摆手。

"不不不，我'三高'。享受不了这些东西。"

"这是无糖的。"安缜用手指了指易拉罐上的"无糖"标志。

"那来一罐。"老韩看到这，就不客气了。他从安缜的手里夺下了那罐柠檬汽水，打开之后，猛喝了一大口。

"哎，别呛到！我听说了，然后呢？具体情况我不清楚。"

"尸体发现的时间是在早上，死者名叫胡韦恩。检验结果大概是，尸体全身骨折伴有出血，当场死亡，而且推断真正坠亡的时间是在前一天晚上。目前，我们警方正在确定是他杀还是自杀。"

"要说他杀的话，在公司里面没有查到任何与胡韦恩结仇的人。也没有在死亡时间确凿的附近，发现可疑的嫌疑人。在死者的衣物与身体上也未发现打斗与争执过的痕迹。"老韩摸了摸下巴上粗糙的胡子。

"尸体正上方的楼顶边缘处，有摩擦的痕迹，可能是死者鞋留下的痕迹。房顶并没有发现争执的痕迹。"

"那就是自杀喽。好啦，结案！"安缜一个拍手打断了老韩的叙述。

老韩没有理会安缜的举动，接着说。

"要说是自杀的话，我们并没有发现他家里或者办公位留有类似遗书的东西。再加上，胡韦恩临死的前几天，刚入账一大笔收入。"

"他收入了多少钱？"

"整整 1000 万元人民币。他本人也没有用过高利贷的历史。"

"那好吧，他好像完全没有自杀的动机。"安缜挠了挠夹杂着银丝的微卷发。

"还有，我们发现胡韦恩是某非法赌场的常客。他这 1000 万元，也是大赢一场之后得来的。"

"但是我还听说一件奇怪的事，我听赌场的服务员说，胡韦恩确实是那里的常客，但平时玩的钱只有几千元，最多也就两万元左右。后来就突然来了一笔如此巨款，他拿了50万元做本钱。"

"那他那天晚上一定是打了一场漂亮的胜仗。"安缜确信地说。

"但事实上，他是出了老千。"

"什么？"

"在赌场的一个男服务生，前些日子辞职了，我一查，那人和胡韦恩是认识的，确认行踪之后，被当作嫌疑人抓获，他全吐出来了。"

"他承认了和胡韦恩合作出老千。在他送热红酒的时候，偷偷给胡韦恩塞一张万能的可替换卡片。"

"啊？就这样吗？手法还挺简单的。"安缜笑了笑。

"在非法赌场里面做这种事，一旦被人发现的话，这会不会算是被杀的充分理由？"

"如果被发现出老千的话，赌场那边估计也会当场检查胡韦恩的身体，可是没有证据。这种地方，到了某些紧要关头，也会做各种手法企图不让客人赢。客人也用出老千的手法来对抗，也算一种正确手段了。"

"哈哈哈，那可真是黑社会的一种'君子协定'了。"

"嗯，据该男子说，他此后一直保持安静，直到热红酒冷却一段时间，计划半年后把钱平分。虽说有君子协定，但那是赌场和客人之间的事。如果赌场方面的服务员帮助客人出老千的事被发现的话，钱肯定会石沉大海。"

"胡韦恩死了，这分一杯羹的事不也是照样石沉大海喽。"安缜有些戏谑地笑了笑。

"之后我们调查了胡韦恩的公寓，只发现了950万元。"

"950万元？他赌博拿到的不是一千万元吗？如果是被杀的话，只拿走50万元？这，这有点难以理解。胡韦恩赌博用的本钱，也是来历不明的对吧？"

"是的，其实胡韦恩就是一个普通公司职员，工薪阶层，我们还查了他的账户，里面没有多少钱，他几乎是个月光族。但存折印章之类的还在，没有被拿走。"

"那消失的 50 万元会不会是他自己花的?"

"也没有,最近一周,胡韦恩也没有买什么'大物件'或者坐什么豪华游艇之类的。失踪的 50 万元? 和他最初的本金一样,我怀疑胡韦恩是从什么警察调查的危险人物那里借的。"

"来收债的那个人从大楼里推下来杀了他,是吗?"安缜反问道。

"应该没有吧。那些人只要能收回钱就不会无谓地粗暴。应该不至于会去杀人。"

"也是啊。而且,如果是那样比较危险的贷款对象,只偿还本金是不可能的。应当还会有数额庞大的利息吧。"

"嗯,如果真的本金利息都还上了,那可是所谓的高利贷组织的优质客户了,就更不会引上杀身之祸了。而且……"

"而且什么?"

"而且,胡韦恩跳下来的那栋大楼是专门用于商务办公的出租大楼,他所在的浮云华尚公司就在那里。"

安缜听了全部的过程,越发感到离谱。

"总之,就是非法赌场获利 1000 万元的人,在自己任职的公司大楼跳楼死了是吗? 没有被杀的理由,也没有自杀的理由。手里面获利的与本金相同的 50 万元现金却不翼而飞了。"安缜总结道。

老韩默默地点了点头。

"我们局里面的人目前也搞不清楚状况,还在探索过程中。不过,昨天浮云华尚公司有人提供了一个情报,可以说既是疑点也是线索。"

"嗯,说来听听?"安缜越来越对这个无厘头事件感兴趣了。

"有一段视频,记录了他跳下来的瞬间。"

"什么? 真的假的? 跳下的瞬间? 哪里的视频?"安缜瞪大了眼睛。

"附近有一家媒体电视台,电视台的屋顶上设有一个可以 24 小时不间断拍摄的相机。听了跳楼新闻的电视台职员之一,注意到现场位于电视台屋顶照相机的拍摄范围内,于是找到事件发生时间,开始检查影像。"

"然后,就找到了他跳楼的画面。"老韩说。

"真的是自杀吗?"

"是的,跳楼的除了他再无二者,所以,发生争执、被推下去、被强迫，诸如此类的可能性微乎其微。他站在屋顶的边缘，抓住扶手，犹豫了10分钟以上，然后才放开手从楼上跳了下来。像是比较典型的跳楼自杀。"

"哎呀，费了这么半天口舌。那胡韦恩撞击地面的整个过程呢？摄像机拍到了没？"

"不，视频里的人背对着摄像机镜头。我还是让你亲眼看看吧。"

老韩掏出了一个平板电脑，点进了他最近在相册保存的一个视频。视频里面出现了夜晚被俯瞰的楼房。

"影像比较粗糙，因为只是放大了该部分。"顺着老韩手指的方向，画面中出现了一个人。

通往房顶的楼梯间与摄像机的框架断开了。

看着是一个男人。

安缜盯着画面一动不动。虽然分辨率相当粗糙，但可以看到那个人穿的是西装，领带和上衣的下摆随风飘扬着。他背对着照相机走着，在屋顶的扶手前暂时停下来，又越过它，来到了边缘，后手握着扶手，膝盖弯了一点，看起来很害怕、在颤抖，应该不是分辨率低、画面卡顿的问题。

这样的状态持续好长一段时间，老韩点了快进键。

他在这段时间内没有任何动作，画面看着，像静止一般。

"好了。"视频过了10分钟左右，老韩手指点击屏幕，解除了快进。

视频恢复了没几秒钟，画面中的人物松开了手，消失在了楼顶边缘。

"过程就是这样。"老韩收起了平板电脑，对安缜说道。

"真是匪夷所思啊……影像已经显示了，应该要认定为自杀吧？自杀的动机，现在好像也不是太能推测得出来。嗯……法国社会学家埃米尔·杜尔凯姆在《自杀论》中就定义了几种自杀的类型：利己主义自杀、利他主义自杀、失范自杀和宿命自杀。"

"应当解释一下，这方面触及我的知识盲区了。"老韩摆了摆手。

"我认为也可以作为自杀动机的探讨。利己主义自杀应该是比较典型也常见的，如那些遭遇不幸的人由于群体归属感比较低，很容易陷入沮丧、绝望而难以自拔，进而采取自杀以求解脱。推开房门，面对镜子，无法接受自己的懦弱。

"利他主义自杀，一个人为了他人幸福而牺牲自己的行为，像屈原自沉汨罗江等一系列英雄献身事迹。极大概率与这次事件没有任何关系。

"失范型自杀，个人与社会固有的关系被破坏。被炒鱿鱼、亲人亡故、失恋等，令人彷徨不知所措、难以控制而自杀。宿命型自杀，指个人因种种原因，受外界过分控制及指挥，感到命运完全非自己可以控制时而自杀。如奴隶、囚犯被困封闭牢房中、宗教信徒为主而献身等。"

安缜有些丧气，在给老韩简要科普社会学的同时，也感叹自杀者命运的无常。

老韩听得很认真，却又抿了抿嘴唇，貌似还有什么不理解的。老韩又抬头看了看安缜，安缜仰头像在闭目养神，决定先打破空气中笼罩的沉默。

"当初我们刚看完视频，想法大概也是和你一样的。"

安缜听出了不对劲，从椅子上弹射而起。

"这话怎讲，莫非还有什么其他疑点？"

"啊，这，要不然，我也不会过来拜访你了。正如你所看到的，跳楼的是一个穿着西装、身材矮小、身高甚至不足一米六的男人。身高的得出，是我们实地去测量楼顶扶手的高度，再从视频影像中对比得出的。但是……被我们发现尸体的胡韦恩本人，是一个高达一米八的肌肉健身男，他身上穿的是件运动 polo 衫。"

"啊？你再说一遍？老韩？"安缜一改平时较为稳重的性格，惊讶得快叫了出来，只感觉脑袋"嗡"的一声。

"我说得已经很明白了，视频里面跳楼的男性，和被发现尸体的胡韦恩，他们不是同一个人。"

"真的没搞错吗，视频中的地点，和胡韦恩尸体被发现的地点是同一栋楼？"

安缜眉头紧皱，大概在短时间内都没法放松下来了。

"是的，我们之前已经确认很多次了，没有错。地点、日期、时间，完全和胡韦恩坠楼的地方与死亡时间一致。"

安缜低头思考了片刻，推了下因为鼻梁出汗而轻微滑下的眼镜。

"那，保险起见，我想问一下视频里面小个子男人跳楼后的尸体在哪？"

"嗯，结果也跟你想的一样，没有发现，也没人报案。"

"那，无法去确认那个西装男人的身份吗？"

"不太可能，摄像机本来就是远景拍摄与夜晚加持，男人的脸还是背对镜头的。完全没有可查性，安缜，你帮我出个主意吧。"

老韩下意识地挠了挠头，满脸堆笑，表情又瞬间回归严肃，用恳请的态度面对安缜。

"哈哈哈哈哈哈，我猜想啊，从跳下到落地的这段时间里面，死者练出了肌肉，又换了一套轻便的衣服。"

老韩刚喝的一口柠檬汽水差点全喷出来。

"安缜啊，虽然我马上也快退休了，但可不是老糊涂啊。这在你们那属于什么诡计啊？"

"开玩笑，开玩笑……那视频有经过加工、造假的痕迹吗？"安缜连忙摆手后又重新问道。

"这都找人鉴定过了，没有对视频进行过任何修改。场景确确实实就是公司的楼顶。"

"嗯……如果这么做的话，对谁有什么好处呢……是啊……其实胡韦恩是他杀的。但是，为了伪装成自杀，在杀人之前或者之后，犯人在确保自身安全的基础上从楼上跳了下来。也可以考虑考虑这种吧？可能性好像也不存在哎。"老韩说。

"如果是这样的话，即使身材体格不相像也没办法，但至少不穿和胡韦恩一样的衣服就没有任何意义。而且，这次，偶然间被摄像捕获到了，不过，其他的目击者一个都没有。如果是要这种把戏的话，不让别人看到跳楼场面是完全没意义的。"

"唉，真的要指望这个摄像机拍出来的视频吗？你应该也在新闻上看到过从电视台屋顶缓缓旋转播放周围景色的画面吧。也能通过直播平台见到就是那种 24 小时不间断室外实景或路况直播。这种照相机可以 360 度旋转，所以外界不可能知道现在摄像机对准的方向。"

"老韩，说了这么多，走！带我去现场。"安缜转身从衣架上拿下了他的防晒衣，披在了身上。

"老韩，胡韦恩的尸体还有什么奇怪的地方吗？肯定他是跳楼死的吗？"

"法医肯定是没错的，那可是全身骨折啊。还是从 21 米到 26 米高的地方掉下来的。尸体被发现时没有被动过的痕迹，浮云华尚公司一共 7 层楼，有 25 米高。"

"胡韦恩平时工作的地方在几楼？死亡时间是几点？"

"6 楼，验尸结果是晚上 9 点 30 分至 10 点 30 分之间，视频中西装男跳楼的时间在晚上 10 点 05 分。"

"嗯，看样子时间是对上了。胡韦恩为什么是在这么晚的时间进入公司大楼的？他住在公司员工宿舍，所以有整栋大楼的钥匙？"

安缜提出了一个质疑。

老韩手打着方向盘，不断回答安缜提出的各种问题。

"据说那栋大楼的正面出入口并没有上锁。理由是入住的各公司员工的工作日和营业时间各不相同，只会增加钥匙管理的麻烦。当然，各楼层的房间都会牢牢地上锁。通往楼顶的楼梯间的门也可以从内侧解锁。而且外墙上还有消防楼梯，各层的紧急出口当然都从里面上锁，但直接上楼顶是自由的。所以不光是胡韦恩，不管是谁，只要愿意，不管是深夜还是清晨，都很容易爬上那栋大楼的楼顶。"老韩解释说。

"原来是这样啊。那天晚上，除了胡韦恩，还有谁在公司里面？"

"我当时真的特地询问了一下，那个时间段没有一个人在工作。之前我也说过了，那栋大楼是专门用于商务办公的，并不是公寓住宅。"

"大楼里没有人，那就只剩下楼顶的西装男了吗？"

老韩对安缜点了点头。

"最无法解释的一个疑点就是那个男人从大楼跳下来，尸体跑哪去了，而胡韦恩的尸体为什么会凭空出现。"

"那老韩，我再问一下。死去的胡韦恩在那一整天内是在公司里面正常上班吗？"

"根据其他员工的证词与浮云华尚公司的打卡记录，他上班之前 4 分钟到达公司，之后晚上准时下班。"

"胡韦恩平时的人物形象呢？人物设定呢？"

"他对周围的人好像都很冷漠，极少与他人交流。有好几个员工证实，即使周围的人都在加班，胡韦恩只要完成自己的工作，到了下班时间，他绝对不会帮同事忙，直接离开公司。"

"哦哦哦，原来人设是个高冷健身狂？这还算蛮正常的事。那他之前在赌场赢钱的日子是哪天？"

"嗯，就在案子发生的前天晚上。"

"那就是说，他从来没告诉过任何人，其他人也都不知道，他自己有1000万元巨款吗？然后，不知道为什么，那天晚上就从公司的楼上跳了下来……"

"嗯嗯，就是这样……好了，就是前面那栋楼。安缜，我们到了。"

老韩指了指前面"钢铁森林"其中的一栋。

"其实发现尸体已经过了快一周了。警戒线都已经去掉了。"

正如老韩所说，胡韦恩尸体坠落的地方早已开放。现场痕迹固定线也被擦除了，但柏油路上残留貌似血液喷溅的红黑斑点确实说明了尸体曾经躺在那里。它在靠近大楼拐角的位置，旁边有不到几米的距离，铁制的紧急楼梯一直延伸到楼顶。

安缜看了看案发现场的地面后，慢慢地抬起了视线。从底部到楼顶，每间隔一段距离，都排列着一个外窗台。因为是7层楼，所以有7个。在各层的窗户下面延伸着管道，与装置在墙面的空调外机之间紧密相连。

"这个胡同啊，真是窄，我们的车勉勉强强可以过去。"

这是一条不通往任何地方的小道，白天这样，晚上估计也这样，没有店铺驻扎，也没有路灯守候，漆黑一片。

这里明明是办公街，大白天就安缜和老韩两个人出没此地。

"哈哈哈哈，要是这条路很热闹的话，跳下去就立刻会有目击者发现尸体并迅速报案的吧。"老韩打趣地说。

"离深夜还早呢。"

"这个时代，好像没有太多人会加班到深夜吧？"老韩说。

"没有加班到深夜？这可真是说笑了。唉，太过直白的剥削只会让员工从'奋斗者'转换为'被奋斗者'。"

安缜语重心长地点到为止。

"令人焦灼，我看了下，公司最后一个留下来的人打卡的记录是晚上8点半。"

"晚上7点我都觉得要过劳死，最好的办法就是不上班！"

"真羡慕你们年轻人啊。"老韩叉起了手，好像想到了自己年轻时的那份激情。

"话是这么说，生意就是生意。我平时也懒得去说三道四，但是下班打了卡仍要回去工作，这绝对是不提倡的无偿加班！"

安缜握紧了拳头，感觉下一步就要开始捶这个世界了。

"不过，这个胡韦恩任职的公司好像没有这种事。最近老板好像换了人，听说新老板平时讨厌加班。因此公司改变了方针，不管有多忙，每天都只能加班到晚上8点半。事实上，在胡韦恩跳楼的那天，保安公司的通讯记录也显示，晚上8点半过后公司的大门就都被锁上了。"

"那岂不是表现得很有人性的嘛。"

"不过，仍有员工表示不满。"

"什么？就因为不加班？都是些什么工作狂？"安缜的拳头攥得更紧了。

"是做法的问题。在业务中，有无论如何都必须在当天完成的工作，连这种必要的加班都讨厌的新老板也太墨守成规了。在此之前，即使加班到深夜，也会通过调休等其他方式处理，员工对此也没有任何不满。因为平时可以尽情休息，所以也有员工喜欢调休。"

"呵呵。"安缜尴尬地笑了笑。

"老韩啊，说了无数句废话了，我们来了能做什么呢？能抓到什么嫌疑人吗？"

"那安缜你说，胡韦恩为什么会掉落在这么窄的路上呢？"

"没人规定不热闹就不能出现尸体吧？"

"你小子啊……话虽然是这么说。你觉得西装男人跳下去，胡韦恩出现。这用了什么诡计呢？"

"如果他们两个人反过来的话，跳下去的是胡韦恩，被发现尸体的是西装男……我想想……"

"嗯，大个的胡韦恩在身体前面抱着小个的西装男，以这种姿态从楼顶跳下来。胡韦恩在自己的身体上预先系好救生索。然后，在掉落地瞬间松开手。于是，只有身材矮小的西装男撞向地面，自己会平安无事。光靠被相机拍摄到的背影，看不见身体前面抱着别人。"

"好家伙，安缜啊，这是不是叫什么俄式抱摔？"

老韩擦了擦脸上被炽热的阳光烤出来的汗。

"嗯，这个诡计其实挺高明的，但是完全不适用本次案件。"

"是的。这次事情的复杂化是因为电视台的摄像机偶然拍到的影像出现了吧。除此之外目击者是零，也没有人会耍花招。警察铁定结案是自杀，也就没咱们俩查案的必要了。"

"老韩，我觉得你有点啰嗦。"

"即便有 50 万元消失了，但是他杀的证据基本上没有啊。"

安缜热得已经不想再查案了，坐在路沿上，他现在只想回到自己的公寓去吹空调，或者去日料店蹭空调吃寿司。

"那我请你喝冰咖啡吧。"

老韩去附近的自动贩卖机买了两罐冰拿铁。安缜接过来，喝了一大口，感觉身体里所有的细胞都重新焕发新生。

安缜看着老韩手中刚才被自动贩卖机找回的几个钢镚，把钢镚从他手里接了过来，用怪盗基德的手法转了起来。停止后，抬起头若有所思地看了看 7 层高的楼。

"老韩，胡韦恩的公司有没有在锁上之后也可以在保安系统不知道的情况下进出公司的地方？"

"和案件有关系吗？"

"肯定啊！还有，调查一下尸体下落位置正上方的窗户……嗯，好像问员工也可以。"

"窗户应该不会上锁的！好了，我们进大楼里面。"

安缜和老韩一同走进了浮云华尚公司的大楼里面。可是里面没有想象中气派。

安缜和老韩询问了浮云华尚公司总务部门的员工。关于出入口和窗户，安缜说得没错。这栋大楼的所有楼层，除了门厅外，都设有后门。窗户也有一扇月牙锁坏了，无法上锁。那个位置，正是尸体被发现的正上方。他们还问到了，这家公司只有正门安装了保安系统的传感器，后门和窗户都不在传感器的管理范围内。顺带一提，所有员工都有正门厅的钥匙，后门的钥匙有且只有少数员工持有。

"嗯，这个公司里面有一个不小的保险箱。"

这是安缤和老韩刚才路过会客厅时发现的，它摆在一个角落里。

"请让我和胡韦恩先生去世那天加班到最后的员工一起聊聊天。"安缤对着总务部门的员工说。

大概过了一会儿，有人敲门进来，是一名身着西装的男子。总务部门的职员告诉安缤和老韩，他就是最后一个离开公司的职员。他个子一米六左右，随后向两位递上了自己的名片。

上面写着他的名字"王启"。

安缤有些诧异。

"你竟然是个财务会计？"

"是……是的。"他有些胆怯地回应着。

"我证实一下，你就是胡韦恩坠楼当天最后一个离开浮云华尚的人吗？"安缤突然态度一转，好似变了一个人。

"是……"

"你有什么必须要加班到最晚的理由吗？"

"有的！因为第二天要向客户付款，我必须整理确认好账单。"

"哦，那你知道这里有一个很大的保险箱吗？"

"任何一家跟财务有关系的公司，都会有的吧……"

"那，平时里面会放现金吗？"

"这……这是什么问题？"

他面色有些惊慌。

"按照老板的指示，保险箱都会有一定数额的现金。"

"大多数公司的交易银行不都是转账往来吗？存放现金的只是感觉有点少见啊。"安缤挠了挠下巴接着说。

"大概是多少？"

"这……这属于公司机密了。"

"里面有 50 万元吧。"安缤不慌不忙地说。

"什么？"老韩和王启异口同声地发出了惊叹。

"我说得对吗？王先生？"

"这，我不能说。"王启又重复了之前的态度，从安缤的身上移开了视线。

"哦，我知道了。那我再问你，那天你工作到几点？"

"八点半。"

"那不是规定的下班时间吗。我的真正意思是问你加班到几点！"安缜用呵斥的语气补充了一句。

"你，你在说什么？"

"表面上看，你确实是遵守了新老板准时下班的规定。"

"表面上？我确实是八点半出来公司的！你不信，可以让保安系统查一下！"

"嗯，那个记录不会错的。但是，浮云华尚公司只有正门安装了保安系统的传感器，另外一个后门和窗户都没有安装传感器。只要使用后门，就可以不被保安系统察觉地进出公司。因为消防的关系，这个后门是义务设置的，员工们不就是为了在超过八点半必须加班的情况下提供不在场证明而使用的吗？打了卡，八点半把正门上锁的话，表面上公司里就没有人了。留下来继续加班的员工，在业务结束后就从后门下班。因为没有安装传感器，所以保安系统不会记录。"

"另外，这后门的钥匙，只有有限的员工才有。财务部门的人并没有告诉我原因，但我猜想应该是只发给加班频率高、信誉好的人的吧？从后门的性质来看，这是理所应当的。王启先生，你应该也在这些人之中吧。"

王启有些沉默了，感觉完全无法反驳坐在自己面前的少白头男人。

在他年轻面容上戴着的眼镜反射着名为睿智的光芒。

"那，王先生，您是如何看待胡韦恩从这栋楼上面的离奇坠亡呢？"

王启没有说话。

"是不是非常害怕？"

"什么意思？"王启声音开始颤抖。

"对吧，跟梦一样。"

"接下来我会推理出全部的真相。"安缜对着在场的人员说。

"如有与事实相违背的地方，请王启先生多多指出。"

王启也只是沉默不语。

"一周前，也就是胡韦恩先生去世的那一天，王启先生为了处理第二天的业务，独自加班。按照公司的规定，或者说是老板的方针，无论多晚都只让加班到晚上八点半，但是到了八点半工作还是没有结束。王启先生，可能是常态，在老板面前，八点半打了考勤卡，为了不在保安系统的记录上留下加班的痕迹，给正门上了锁。接下来就是无偿加班，不，是无偿隐形加班。公司里的灯也关了，王启只好打开了自己办公桌上的灯，继续加班。这是为了以防万一，不让外界看到从窗户透漏出来的灯光。"

"王启先生的加班一直持续到晚上十点左右。然后从没有安装保安系统传感器的后门回去。但，王启，你是个很爱操心的人，或者说是有些强迫症。回去之前有想反复确认的事情。那就是保险箱里的东西。这也是老板的方针，保险箱里总是要放一定数额的现金。也许这是身为财务部门的你的习惯，也可能和第二天是重新打开的日子有关。总之，你打开保险箱往里看。里面是空空如也……应该常备的50万元现金不见了。"

王启叹了口气，老韩一直目不转睛地在盯着他的脸。

"50万元的现金不翼而飞。得知这一消息的瞬间，作为财务的王启，你的心情可想而知。从你至今为止的言行来看，我知道你非常小心谨慎。与此同时，你也有强烈的责任感吧。那样的你，太冲击性的事件会引发巨大慌乱，思考停止的王启先生，你绝望地离开后，从办公室走向楼顶。那是为了跳楼自杀。时间在晚上九点五十分。楼顶的边缘，身体在与头脑的剧烈斗争下，时间来到了十点零五分。你即将完成利己主义的自杀。"

"什？什么，那不应该是……"王启在旁边支支吾吾，也说不出来什么话。

安缜继续说道。

"我明白你想说什么。那不是梦，王启先生，你确确实实从楼上跳了下来。"

"不过，你的命运与你开了一个巨大的玩笑。在你从楼顶下定决心跳楼之前，胡韦恩先生闯进了公司里面。"

"谁？胡韦恩？他是从后门进来的？"老韩对着安缜说道。

"不是这样的老韩，你听我说。后门的钥匙，只在信誉可靠的员工手里面有，胡韦恩应该不符合这个条件。"

"那么他从哪里开的锁，进入的公司？"

"只有窗户。因为窗户上没有安装保安系统的传感器。这里还是6楼，只要上锁，就不可能从窗户侵入。但是，听说这个楼层只有一扇窗户的锁坏了，无法上锁。胡韦恩应该也知道这件事吧。入口就在那里。那扇窗户离消防楼梯很近，只要能爬在墙上空调外机的通风管上，就可以顺利潜入公司内部。"

"他为什么选择这种方式进入自己任职的公司呢？在规定的上班时间堂堂正正地走进去不好吗？"老韩提出了疑问。

"他有不得不这么做的理由。因为胡韦恩不能在保安系统留下记录，他要去返还被自己私吞的现金。"

"私吞？！"

"对，胡韦恩最开始的启动资金就是从公司金库也就是保险箱里面借来的。他大概通过一些手段知道了保险箱的密码。"

安缜先暂停了一下自己的推理，问总务部门的员工要了一瓶饮用水。

"略有些口干舌燥啊，还请各位谅解一下。哈哈。"

"那，安缜，胡韦恩死亡的原因，是因为进入失败而从窗户掉下去摔死的吗？"

"不，这是错误的，他进入公司成功了。真正的死亡是在离开的时候。"

"大赚一笔的胡韦恩，为了还上借来的 50 万元人民币本钱，爬上了消防楼梯，顺着墙壁上空调外机的管道，从没上锁的窗户爬进公司。他大概也知道第二天是付款的日子，需要保险箱里的现金吧。这应该是他急于归还的理由。

"但是从外面看，公司里没有任何照明。于是胡韦恩觉得公司里没人了，就开始行动了，但实际上还有王启一个人在加班。因为只开着桌子的灯，从外面看不出来。

"奇怪的是，胡韦恩进入公司的时间正好是王启去屋顶的时候，公司里空无一人。可能会看到王启办公桌上的灯开着，但他一定以为是忘了关吧。胡韦恩打开保险箱，返还了带来的 50 万元现金。剩下的就是迅速逃离，胡韦恩将脚搭在和进来时一样的窗框上，探出身子，然而就在那一瞬间，王启从正上方掉下来。"

"跳楼的位置和离开的窗户在同一水平线上吗？"

"是的。头顶突然受到了强烈的冲击，胡韦恩跌落下去。王启跳下的瞬间，应该是闭着眼睛的。根本不知道从窗户探出身子的胡韦恩就在正下方。不过，那条路上也没有路灯，即使用眼睛看也很有可能看不清。总之，跳下来的王启和胡韦恩发生了冲撞。跌落的胡韦恩与地面相撞身亡。王启则受到胡韦恩臀部肌肉的缓冲和反弹，从敞开的窗户又滚进了公司里，接着昏了过去。

"不知道几分钟后还是几个小时后，王启就会醒过来。当然会觉得不可思议吧。明明从屋顶上跳下来的自己，为什么会在公司里昏倒呢？不管怎样，王启再次查看了导致自己决定跳楼的原因——保险箱。那里有……"

"那里面50万元现金回来了，因为是胡韦恩归还的。"

"是，看到这一幕的王启认为，这一系列的事情，从保险箱里的现金不见，到他下定决心承担责任，从楼顶的纵身一跃——都是加班疲劳昏过去后做的梦。或许王启会觉得窗户开着比较不可思议，但他当然会把窗户关好再回去。当时窗下躺着胡韦恩跌落的尸体，刚才我也说了，那条路太暗，恐怕看不清。"

安缜自己鼓起了掌，周围聆听他推理的员工也跟着鼓起了掌。

"这就是那个晚上发生的全部事情了，我的推理到此结束。"

"剩下的，就是王启你自己来证明我的推理了。"

"这么说……是我杀了胡韦恩吗？我是杀人犯吗？"

"是半个杀人犯。一起意外事件，促成了你的过失杀人。"

记得当时王启满脸通红，激动地攥紧拳头。

"他一天天那副生人勿近、冷漠疏远的态度，碰到这种倒霉事，是他活该！"

安缜的思绪从那个盛夏又回到了现在。

当他发表对浮云华尚不可能坠亡事件的推理，过些时日后，从那扇被上锁窗户附近的外墙，检测出了胡韦恩的指纹。一般情况下，那种地方都是不会留下指纹的。在空调的通风管上，还发现了一个奇怪的凹陷，是有人走过的痕迹。从窗框的缝隙中也提取到了与胡韦恩居住的公寓室外泥地的土成分相同的微量土。6楼的高度有二十多米，也在胡韦恩摔死的21米至26米的范围之内。这些都和安缜做出的推理完全吻合。

除此之外，所有人还是想不出那个跳楼视频被"特地"拍下来的理由。

　　它让整场死亡进入一团迷雾，在迷雾中就像是藏有什么外来生物在洞悉这座城市一样。

　　　　　　　　　　　选自《镜子里的名侦探》（2024 年 4 月）

献给 M 的推理

会厌

【作者简介】

会厌，新锐推理作者，曾任上海交通大学推理协会干事及上海交通大学医学院推理协会会长。

2018 年 2 月，凭借在《推理》杂志发表的短篇推理小说《不和谐的伽拉泰亚》出道，后陆续在"超好看故事"APP 发表《泄底杀人事件》《尼莫点》《无从凝结》。

2019 年 9 月，凭借短篇推理小说《柏拉图式谋杀》荣获第二届"连城杯"全国高校推理小说征文大赛三等奖，后收入《2021 年中国悬疑小说精选》。

2024 年 9 月，凭借短篇推理小说《关于 M 的运动》荣获第二届新星国际推理文学奖"短中篇部门"优秀奖。

另有《零的奇迹与二分的魔法》收入《2020 年中国悬疑小说精选》。

00 Manifest

我依然记得，那是 1986 年的夏初。

虽然美国的挑战者号刚在年初凌空解体，几个月后苏联的核反应堆又发生了大事故，一种难以言喻的阴云好似笼罩在所有人的上空，仿佛明天又会有战争打响，但我记忆中最深刻的仍是过早侵入书房的蒸腾热气。

房间内的电风扇正开始这个月的第五次罢工，杂志社的编辑也打来了这周的第三个电话。当我正为刚才向编辑喊着"别催了，下个月世界就要毁灭了！"而猛挂电话悔恨不已时，米勒叩响了我的房门。

他将一张地图和一张船票重重地甩到我的面前，那不着调的话语和整个夏日房间黏腻的气氛格格不入：

"曼尼，我们去环游世界。"

这便是我与那场荒唐至极的事件相遇的开端。

01 Mirage

我已忘记了自己因何契机与米勒相遇。这个男人坐拥着来路不明的庞大财富，行事作风跳脱不羁，仗着自己的想象力和行动力把我的生活搅得天翻地覆。仔细想来，我们或许甚至算不上朋友：我不知道他的身份、年龄、家乡、国籍，甚至连他的全名都不知道——然而他就是能够搬出一些冠冕堂皇的道理，骗我接受他那些荒谬无理的提议。1986年夏天的那个突如其来的环游世界计划只是最不起眼的一件。而直到目睹那艘看着可疑至极的"游轮"载着米勒和我离陆地越来越远时，我才确切意识到发生了什么。

"这个节骨眼突然玩失踪……编辑会杀了我的。"混合晕船和中暑的恶心感，我无力地倚靠在栏杆上。

"哈哈哈哈，反正待在房间里什么都想不出来，不如和我出来。我有预感，这次肯定会给你绝妙的灵感。"米勒爽朗的笑声让我更加欲哭无泪。

"现在你总可以说说你的目的地了吧？还环游世界……你以为你是凡尔纳吗。"

"准确地说，80天环游世界的是菲利斯·福格。不过这不重要，我们的目的地可没有这么无趣，目前我暂定是，嗯，南极吧。"

"嗯？"我怀疑自己听错了，不由得提高了音量，"你你你知道南极有多远吗？你就是个疯子！让我下船，不行，我现在跳船——"

米勒却对我的反应无动于衷，他的眼睛里一如既往跳动着疯狂的色彩："你听我说，我想到了麦哲伦的漏洞。从东西方向环绕世界一周根本不能证明地球是圆的；如果我能从南北方向绕世界一周，我们不就成了靠自己证明地'球'说的第一人了吗！"

过于跳脱的思想让我险些当机："疯了、疯了。美国和苏联早就上太空了，地球的照片都拍过了，你想证明些什么？"

"那种证据，不过是机器处理的产物罢了，可信度有限。"米勒摆了摆手，"你不用担心，只要带上护照就行。过关用的签证我都帮你搞定，咱们先到 B 国，再一路往南……"

米勒展示的伟大愿景让我的眩晕感一阵阵加重，在那之后便是几个月的颠沛流离。若有家庭或工作牵绊，我可能早就上岸回家了，然而那时我确实是孑然一身；等到习惯了这种多番辗转的体验，我甚至完成了几篇质量不错的长文。再发展下去我都要开始感谢米勒了。

然而，正当我沉浸在这另类的环球冒险，迷失了时间空间，只顾着在又一艘游轮中养神时，一阵极其激烈的晃动传遍了船舱。随即碰撞声、喊叫声、警报声、水流冲击声轮番炸响，夺走了我的感觉和意识。

……

我和米勒跌入水中，最终流落在了那里。

那座我们称其为 M 岛的孤岛。

02 Menace

胸口一阵重压让我反射性地吐出肺内苦涩的海水。

光是撑起眼皮就耗尽了全部气力，我的眼神逐渐聚焦，米勒苍白而阴沉的脸庞出现在视野正中央。看见我醒来，他的神色明显轻松了不少。但轻松转瞬即逝，米勒又挤出了一个无奈的笑容。

"这里是……南极吗？"如刀割般疼痛的喉咙里挤出不属于我的声音。

"南极也是一个更大的岛，那倒是和这里差不多。"米勒的幽默感永远这么不合时宜。下个瞬间，从他身后又出现了一个更加庞大的人影，手中持着一杆带有明显敌意的长条状物体抵住了米勒。

"可没时间顾虑你的起床气了。"米勒缓缓举起双手抱在脑后，"咱们，应该是被俘虏了。"

……

当我也被那杆长枪指着胸口，又被另两只粗壮的臂膀强行拖起后才意识到如今的处境。米勒好不容易拉着昏迷的我顺着洋流漂到这片陆地，迎接我们的却不是来自文明世界的救生员，而是一群拿着粗制武器的原住民。我们就这样被推搡着缓慢地向着岛中心走去。

刚从鬼门关走上一遭，我的头脑昏昏沉沉，几次近乎摔倒；反观米勒，脸上却是玩味的神色。不一会儿，他放慢了脚步，与我并肩后低声耳语道："你有注意到领头的装备吗？"

我定睛细看，领头那人明显身形更为健壮，穿着形似亚麻的粗纤维做成的衣服，肩上别着一个类似肩章的老旧装饰，而腰间悬挂的分明是一把军用刀刃：这些都暗示着他们可不是普通的土著。

不一会儿，地上人类活动的痕迹突然增加，视野也开阔了起来。看来这便是岛上的土著部落了：在一片空地上有着七八个由茅草、木材和泥土搭建出来的矮房，附近则放着造型简单的各式器皿工具，偶尔会有土著人的妇孺进出；意外的是建筑间竟然有简单的分区规划，由石子和细沙划分出了道路和居住区的界线；部落的正中央则是一个显眼的大殿式建筑，用贝壳、骨头和不知名的植物做出了奇特的装饰——然而最让我惊讶的还是建筑间违和的现代文明痕迹，从孩童胸前的小型徽章到年轻人手中的铁质工具……都透露出一种奇妙的观感。更别提正中间的大殿的屋顶栖息着一个已残破到看不清具体形状的金属巨兽，锈迹如同巨兽的伤口般昭示与时间搏斗留下的痕迹。

米勒也眯起了眼："看着是二三十年代的小型双翼式飞机，DH60……不，还是DH82？"

不像米勒还能故作冷静地分析，我的肚中已是翻江倒海，浑身都在打着寒战。而"护送"我们的卫兵们显然没学过善解人意，依然毫不停留地把我们押进了大殿。

室内并没有照明，虽有些许阳光穿透，但仍看不清人的表情。我们的最前方是一个身着土著装束，却又保留着现代风格的年迈男人。周围的那些卫兵也默契地站在了男人的两旁。

我腿一软，扑通跪了下去。相比于我的惶恐，米勒那气定神闲的姿态显然更加冒犯。为了不任由这个疯子表现，我立刻开口道："远、远到贵宝地，多、多、多有冒犯……"

米勒扑哧一笑："你觉得他们听得懂我们的语言吗？刚才我和这些傻大个念叨了一路，也不见有回话的。"

"外来人，我听得懂。"意料之外的粗哑声音从男人的方向发出。虽然口音和用词都很奇怪，但语气中的威严非常易懂。

这样的展开显然在米勒的意料之外，他的神情也严肃了几分，缓缓放低了姿态："我感到非常抱歉，这位首领、国王、陛下……随便了，你是从大陆来的吗？"

男人的目光扫视着我和米勒："你们可以称呼我为，穆。神圣的名字。我是这里的主人，不是大陆人。"

"穆，我们是来自大陆的遇难者，非常感谢您的救助！我们不想打扰你们的生活，只是想要返回大陆。请问——"我接过话头，赶紧表示着自己没有敌意。然而话未说完，穆却抬起了手打断。

"我也无意伤害你们。只是我的族人在海岸例行巡逻时发现了你们……听着，外来人。有个问题，需要回答。"

良久的沉默。

仿佛再三思忖着用词，穆再次开口。

"冰墙外面是什么？"

冰墙？……这是什么专有名词，还是谐音？我一时失语。

而穆周围的气氛却凝滞了。他大手一挥，嘴中吐出的不再是熟悉的语言。身边的几个彪形大汉应声而动，不由分说地把我们再次押出了大殿。这次的目的地倒是简单易懂——我们被扔进了部落角落里一座形如监牢的破败房屋。随着大门发出的闷响，世界再次陷入沉寂。

03 Memento

"行啦，别晃了。现在当务之急是保存体力，他们可不一定会给我们投食。"米勒半闭着眼斜靠在房内仅存的一张床上，呆看着我不安地踱步。

"别把我说得像是动物园里的动物一样。"在肾上腺素的作用下，我还维持着较为亢奋的情绪，"我果然还是不该答应你出海，否则也不会……不行，吸——呼——米勒，你说现在怎么办？"

"嗯……先想办法和土著交流吧。无论是发布求救信号，还是建造逃生用的船只，都得需要他们的资源。"

"没戏吧，除了那位族长，其他人都听不懂我们说话，今晚不杀了我们已经算好的了。"

"我看是你的反应触怒他啦。"

"你也好意思说！吸——呼——他问的问题也是神神道道的，冰墙？我都没听清是什么意思——"胸口一阵闷痛，唯有深呼吸能暂时缓解一下。

"但是他们却并没有对外来者感到意外。看他们使用的那些器具，还有那个飞机残骸……让我开始好奇另一个问题了。"

"什么？"

"之前来访的人的结局如何？"

"你快别说了……"

"古语说，既来之则安之。虽然现在没有谈判的机会，但也不是无事可做。"米勒伸了个懒腰站起来，走到了房内唯一一扇形如窗户的破洞前，向外张望着，"你随身还带有什么工具吗？如果有打火机最好了。"

我摸摸全身的兜，无奈地摇了摇头。事发之时我正躺在船舱里，别说打火机了，全身上下连根火柴都没有。掏遍上下，只摸出了两块硬币。

"我也什么都不剩了，这才是真不妙啊。"

"要不……越狱？"

"不至于。就凭我们两个，逃出去后怎么维生还是个问题，野生可不如家养——我希望确认当前的位置。"看来米勒很满意这个把自己比作动物的笑话。

"位置……我们是从迈阿密港口出发向南行驶的，还是你买的船票。目的地是哪？"

"呃。"

"嗯？"

"巴西、秘鲁、智利……还是新西兰、澳大利亚？"

"你问我？"

"我……是托人买的，反正都是向南走，去哪不是去呢？不知道目的地才是冒险的乐趣所在。哦，不过倒有个关键信息——"米勒岔开了话题，再次指了指天，"我刚才就在看太阳的运行轨迹，最起码咱们能判定现在是在南半球接近赤道的位置。"

我用深呼吸缓解涌上来的无力感："那我们还缺什么信息呢？"

"嗯，我们没有六分仪或者尺规，没有钟表，活动也受限，这样肯定没法得到具体的经纬度了。而且遇难后我带着你是顺着洋流漂了大半天才到了这座岛，没法计算漂流范围……不行，还是得知道大致方位，否则根本没办法发求救信号。"

"难道你还带了无线对讲机？"

"就算真有，泡在海里这么久也没用了。我是说这岛上那个现成的，还记得那个飞机残骸吗，总会有无线电装置的。"

"说到底，还是得先有和穆谈判的底气。"

"船到桥头自然直——"米勒故意拖长了音，似乎打算终结这场谈不出结果的对话，回去霸占那张简陋的床，却猛地磕上一个硬物，不由得喊疼。

"这是……"在昏暗的光线下，我辨认出一个颜色暗沉的圆形金属底座。看样子是老式煤油灯的下半部分，高约 20 厘米，底座的边沿还有一些碎裂的玻璃痕迹，显然不是这座岛上土著的手笔。

"看来是上一批访客的遗产，那些外来者怎么丢三落四的？"即使表情痛苦，米勒的嘴上还不忘开着玩笑。

我注意到这个金属底座上暗色污渍好像并非是锈迹或泥土。我在阳光底下端详片刻，越看越觉得这斑驳的痕迹好像血迹。而类似的痕迹遍布整个底座，甚至连顶端中央放置灯芯的灯头部分都有沾染，若非大量出血不可能如此。

"难不成之前的访客在这里……穆为什么要把我们关在这个地方，不妙啊，不妙啊米勒！"

"冷静点，"米勒的表情也稍显严肃了，"如果是真的血迹，如此大的出血量肯定不会只出现在底座上，这房间还有哪里会有吗？"

我还没完全适应这片昏暗的小空间，像无头苍蝇一般四处摸索着。米勒则在旁边把玩着底座上的小零件：控制煤油灯亮度的阀门还处于开启状态，拜其所赐里面的煤油早已挥发光，使其彻底沦为了铁质废品。不一会儿我有了更多收获：一个残破不堪的小布包、一枚塑料的纽扣以及一本几乎散架的纸质小册子。

我和米勒面面相觑，因为那本册子上褪色的字体还能辨认出"笔记"二字，而封面上的标志又和刚才外面村民身上的徽章样式相似，几乎可以判定来自同一外来者。

看米勒凑了过来，我轻轻地翻开封面，生怕破坏脆弱的纸张。但同时，一声音调奇特的话语在我耳边响起。

"你们在干什么？"

我下意识往后一退，再次撞上了那个煤油灯底座。

确实很疼。

间章 ×××××笔记

1932 年 5 月 12 日

今天就是我出发的日子了。昨天 P 那小子又来嘲笑我，但对现在的我来说已经无所谓了。他们根本意识不到我会完成怎样的壮举。这一次，我一定要飞越整片大陆和海洋，靠我自己和我的爱机一起抵达澳大利亚。我会是阿根廷第一个，不，是世界上第一个完成这段长途飞行的人！

可惜等到现在也只有寥寥几个人过来和我道别。大哥送了我一把防身用的军刀，艾达给了我一条红色丝巾，母亲自从上次大吵一架后就再也没露面，但还是托大哥送了我一块表……我会回来的，不会让你们失望。

我现在正在机舱里写下这段记录。可能会用到的一切都打包完毕，等会就要开始最后的调试。

愿神保佑我。

1932 年 5 月 21 日

可恶可恶可恶可恶！这该死的扰流、该死的地图、该死的天气！

我迫降在了一座无名的荒岛上。虽然燃油还有剩余，但不知道能不能找到合适的起飞跑道。我可不想这么轻易地向外界求援。

所幸，这座岛上竟然生活着一群与世隔绝的土著人。他们这尚未开化的样子真是惹人发笑。不过所幸也对我没什么敌意，在荒岛上多点帮手总是好的，因此我便跟随他们来到了土著自己的村子中。刚开始的沟通还很费劲，但有些人却展现出了极高的语言天赋，这也算是意外之喜吧。我的冒险故事自然是越多人传颂越好……我决定暂时待在这个地方向他们传递来自文明世界的先进的理念。我一定能重整旗鼓的。

04 Maverick

"你们为什么看我？"

说这话的人身披一件由皮革和粗布料制成的罩袍，蓬乱长发之间的脸上是一双棕色的大眼睛，在我和米勒之间来回打量着。

"我，是梅利。穆的孙子。"同样的语言，但比他的爷爷逊色不少。

"你好，梅利？你会说我们的语言？"面对我的招呼，梅利却并不理睬，而是如猴子般灵巧地迈至米勒的面前。黑影闪过，刚还握在米勒手中的塑料纽扣已经来到了梅利的指尖。

"徽章，我要了。"

与米勒眼神接触后，我便心领神会。难得碰到一个可以沟通的土著，即使是小孩也不能放过："梅利，你喜欢徽章吗？"

梅利闻言侧过了身子，仿佛在提防我们把纽扣夺回去。

"别害怕，这个徽章就送你了。咱们再聊聊，我还有更厉害的徽章。"说着，便掏出了一枚银色的硬币。这是游经 S 国时看其花纹特别而留下当作纪念的，没想到有了大用。果然，梅利的眼神再次闪起光芒，他像野兽一般悄无声息地挪动着双脚，似乎在谋划着另一次抢夺。

米勒闻之立刻握住硬币收进了自己的袋子："咱们聊聊天，我就可以把它送给你。多聊一会儿还可以再给你一枚。"

像是经历了激烈的思想斗争，梅利终于点头："穆爷爷不让我来找你们，果然是想独吞徽章。你们给我，我和你们说话。"

"那……你的爷爷为什么要关押我们呢，会想，嗯，会想伤害我们吗？"

梅利似乎感到困惑："大家都是一家人，穆爷爷不喜欢杀人。他说了要把你们关到这个房间。但只要不违反禁忌，爷爷不会伤害大家的。"

禁忌，又一个好像只会出现在小说里的词语。

"哪些是禁忌呢？"

"唔，杀人、偷窃，还有侮辱神像。"

"神像？"

"就是我家顶上的大神像！"

我和米勒互相使了个眼色。

"那么冰墙是什么？"

"冰墙？"梅利歪起了脑袋。

"哈哈，没什么。"眼见从这个孩子口中问不出什么了，米勒岔开了话题，"说起来，你和你穆爷爷的这种语言是谁教的？"

"是穆爷爷的老师，已经去世了。"

"这里不会就是那个萨满住过的地方吧？"

"嗯，是好久好久以前的事了，爸爸都还没出生。穆爷爷平时不让大家靠近这里，大家都不敢过来，怕有鬼魂。"

"那你是偷偷溜过来的咯？除了你，还有谁来过？"

这时的梅利又自豪地咧开了嘴："除了我，谁敢来呀？你们是我见过唯一住这里的人。穆爷爷肯定是想让鬼魂先来吓你们。我想都来吓你们，我就不用怕了。"

氛围轻松了不少，米勒从裤袋中掏出了那枚硬币向梅利扔了过去。后者如同灵活的猴子凌空接下，但只把玩了片刻，眼神又开始往米勒和我的口袋瞥。

"如果还想要的话就得帮我们办个事。"

"你说！"

"帮我和你的穆爷爷传一句话。就说……我们愿意帮忙调查。"

"就这样？"梅利的眼神穿过杂乱的刘海试探着米勒，"可不能反悔。"

还未等我们回答，梅利已然一阵烟溜出了这间牢房，好像从未出现过。

我摸出口袋里那枚最后的硬币，朝着米勒的方向抛出："你又打了什么主意？"

米勒则若有所思地接下，模仿着梅利的样子抚摸着硬币表面的花纹："看那位穆爷爷的安排，我总觉得不是简单的关押，而像是试探。"

"目的呢？"

"看这底座上的污渍，我也相信那是血。如此说来当年那位大人恐怕是横死了。你说，这得是多大的怨气才会传出鬼魂传言？如果不与这位大人相关，又为什么安排我们住在这里？"

"那刚才直说不行吗？"

"可能是为了获取主动权吧。"米勒摸了摸鼻子，脸上已看不出笑意，"如果直接委托我们，则难以避免我们敷衍了事；只有先让我们感受到威胁，才会认真地思考正确的做法——得了，现在主动权也确实在他们那边。为了发送求救信号，我估计咱们得当苦力了。"

"一切都是为了能够逃出这个鬼地方，是吧？"虽然我非常相信米勒的能力，但我也时刻不能忘记本质上这是一个异想天开的疯子。在前景依旧不明朗的现在，我没法完全停止担忧。

"当然、当然。"米勒自然是满口答应着，说着便伸出手去，翻开了那本破旧的"笔记"。

间章××××× 笔记

1932 年 6 月 23 日

我已经在这个岛上待了一个多月了。在这期间，我几乎把这座岛探查了个遍。这里温差小、气候适宜，物产资源也不算匮乏，然而却没有适合飞机起飞的地形。我发现这里土著人的语言体系比较接近克丘亚语，我小时候跟随长辈在秘鲁时略有涉猎，这减轻了语言学习交流的难度。现在我们已经能做一些简单的交流了。

族长答应我会召集一批壮丁帮我开出一片适合起飞的平地，甚至提出在此期间可以帮我在部落一角搭一个住处。我自然是乐见其成。然而说是建房，其实最多只是堆出一座土丘，我倒不是想抱怨，只是这里的泥土都有一种难闻的腐烂气味，而且一到夜晚就无半点照明，若非还有一盏煤油灯，我怕是要疯了。节省，一定要节省。

说来有趣，族长的三个儿子得知了我的建房计划便主动提出要帮忙，看来这里的人确实很欢迎我……我也该多了解他们。

1932 年 6 月 27 日

这些土著人能在没被文明世界染指的情况下发展出这种规模，确实非同一般。他们有着粗糙但颇具想象力的自然理论体系，对潮涨潮落、日月轮替的各类现象都有自己的解释，虽然迷信，但不失趣味。

困扰我的主要是他们的好奇心。若不是我及时发现，恐怕驾驶舱里的设备就被溜进去的小鬼们全毁了……即使其他人容易阻止，帮助我建房的族长家三兄弟却不然，他们的好奇心到了可怕的地步。为了让他们的注意力从机身上的各类花纹转移开，我开始教他们画画。

一开始他们还不得要领，但我示范了几次，告诉他们只需要描绘看见的事物就行。他们很快展现出意料之外的天赋：老大马蒙做事比较豪放不羁，画出来的也是虽比例失调，但颇具运动感的捕猎图；老二摩根用石炭作画，寥寥几笔就把他父亲，也就是族长的形象描绘得活灵活现；而小儿子麦尔的技术更是出众，用了部落里常见的好几种颜料，画出了海岸边日出东升的形象——对于这个部落来说，日月如同神的双眼，日月的轮替正是双眼对人间的交替注视，具有神圣的意味。旁观众人看到麦尔的画作都欢呼了起来，就连我也感到了些许自豪感。

也许我可以再多教他们一些东西？

1932 年 7 月 2 日

似乎好久没有做记录，我都差点忘了这份笔记的初衷了……

前几天二儿子摩根在狩猎时没认清提前做的标记，失足摔下了山崖，左腿骨折了。我实在看不下他们把草药乱敷一通，于是勉强回忆起当初学习的骨折急救知识，对骨折处做了简单的处理。行李里的抗生素和止疼片还有富余，给摩根服下后明显好了很多。族长说他从来没有见过这么快恢复的人，于是，我顺理成章地拥有了新的称号——萨满大人。有了身份以后待遇确实不同，每天的生活也越发忙碌。但最关键的是，我可以名正言顺地辅导族长的三个儿子了。

这对我来说确实是个好事，他们有创造力，有想象力，还有源源不断的好奇心……最重要的是，他们对宇宙真理的认知都是一张白纸！我可以放心教给他们……家乡的那些不会思考、目光短浅、人云亦云之辈再怎么肆无忌惮地嘲笑我、不理解我也无所谓，现在我可是被称作萨满大人了！

1932 年 7 月 28 日

我的教学持续了小一个月，与族长家的三兄弟也更为熟络。一切都很顺利。

我花了很多精力让他们明白神不过是一个概念，这座岛屿并不是世界的全部，除了这里，还有更多广袤的大陆和海洋；太阳也并非只是神的象征，而是一个炽热的火球——就像我的煤油灯一样，哈哈。我要让他们明白的是，掌控世界的是规律。而规律，是可以用自己的眼睛去看，用身体去体验的。

在教学的过程中，我有了一个意外发现。前几天在讲到"透视"部分的时候……对了，还没讲到光的折射，就是说到"人在走远时会越来越小，直到超过人眼能观察的极限远处，就会消失不见的现象"时，正在海边用一块漂走的浮木做演示——那时相比于聚精会神的麦尔和神态自若的摩根，马蒙显得有点局促。

我留意着这一点，在课后找机会和他私下交谈才发现，他似乎很难判断远处事物的大小远近。我又想到平日投掷东西时他也是三兄弟中准头最差的那个，本以为是他性格使然，但如今看来……马蒙似乎只有单眼视力。

换句话说，他的左眼是失明的。从小只用右眼看东西让他丧失了判断立体事物位置和体积的能力。我回想起他先前画的那幅画，同样是大小比例失调的状态，也算得到了印证。

见我识破真相，马蒙显得更加慌乱了。他不断恳求我不要声张，那神情让我无比困惑——我到今天才意识到其中的缘由。事实上，两天前族长受伤后大病了一场。一开始像是普通的炎症，但今天已是全身泛黄出血……多半是脏器的问题，已经不在我的能力范围内了。一时间部落中的气氛有些微妙。

族长的继承是传统的世袭制，接班人几乎会在这三兄弟中选出。今早卧病在床的族长告诉我，继承人的选拔会参考我的意见，务必让我选择最聪明最健康的那位，成为被冠以"穆"之敬称的人。

我想起了马蒙的眼部问题。如果告诉族长，那摩根和麦尔无疑少了一个有利的竞争者。要是我没有发现这个问题多好……

05 Maneuver

笔记读到此处，我才发觉天已近黄昏。由于54年以来纸张的老化，很多字迹已辨别不清，所幸不影响文字大意，虽然吃力，倒也读了个大概。

"米勒，你觉得呢?"

"区区小部落，搞得像是皇室夺嫡一样，没意思。感觉这位前辈也没传递什么有用的知识，帮助他们解放解放生产力，难怪在家乡会被人耻笑……"米勒努着嘴，发着莫名其妙的牢骚。

"我可不是想听这样的评价。"面对米勒一如往常散漫的态度，我只能报之以苦笑。与此同时，腹中的饥饿感喧宾夺主，让我一阵头晕。

如同回应着这份低血糖的晕眩，门外再次响起了敲门声。大门忽地打开，门外站着的二人正是白天见到的领头卫兵，以及下午相见的梅利小朋友。

"我，我来看你们了，别忘了徽章!"梅利冲在最前头，咧着嘴向我们熟练地打着招呼。

那位卫兵大汉闻言，也做了一串短促的发音。

"哦……对对。穆爷爷答应见你们了。会与你们一起吃晚饭。我们饭后见，别忘记啦!"

没想到米勒的话这么快起了作用，我们欣然出门，由那位大汉带着我们来到了大殿前，但并未进入大殿，而是拐到了部落另一侧相对空旷的地方。中间生起了一个火堆，而四面都放置了铺着动物毛皮的石头，看来就是用餐的座位。坐在最上座的便是白天见过的部落族长穆了。笔记里曾提到穆是属于族长的尊称，我们还不知道54年前这个族长之位究竟花落谁家。

在一阵沉默后，穆开口了。

"我们部族都是这样围着火堆吃饭。房间是睡觉的地方，没法生火，没法像这样，聊天。"

穆的体形比白天所见到的瘦小许多。想来这位再年轻也得是70岁左右的老人。对于一个尚未开化的土著来说，这样的年纪已是当之无愧的高龄，而这样瘦小的身体中依然散发出十足威严，让我心生佩服。

我本担心米勒此时又会失言，赶紧向他的方向瞟了一眼。没想到后者正一脸阴沉地想着什么，并没有搭理穆的话语，我立马接上。

"我们遇难至此确实非常饥饿，非常感谢您的接待。"看着穆的神色如常，我试探性地加了一句，"不知道您的部落招待的方式这么特别……"

穆没有立刻作声，只是摆了摆手。看到我们都落座以后才说道："之前，招待不周。听说你们想要帮助我，互帮互助才是对的……但是你们能调查什么？"

我这才注意到中间篝火旁的烤架上正串着鱼虾和兔肉等食材。此刻的我看见油星子都能食指大动，早就分不出精力去回答穆的提问了。

所幸米勒还保持着理智："那自然是上一个外来者的死亡真相。"

话音刚落，穆还没有反应，四周站着的若干土著却开始交头接耳起来。他们普遍都是七十岁上下的老人，看着都像是听得懂的人。

"怎么，四周站着的这些，是陪审团吗？"米勒跷起了二郎腿打趣道。

"陪审团？"这回轮到穆困惑了，"不是，他们只是家族里的老人——梅利已经和你们说了吧，我们家族都懂得一些，你们的语言。"

米勒耸耸肩，仿佛是在说"随便了"。

"关于马修老师的事，你们知道多少？"

"原来叫作马修……我们在房间里发现了一份笔记，记录了一些他生前的细节。虽然你们能够交谈，但阅读文字是我们的专长，里面或许记录了你们也不知道的事——我们需要关于马修死亡前后的细节。"

穆凝重地叹了口气，仿佛整个人又苍老了不少，额头上的沟壑也更深了。

"不着急，先吃饭。边吃边说。"

而在一片烟火气息中，穆开始了他的讲述——

"那一天与往日没有什么区别，只是马修老师称身体抱恙，在授课结束后告诉我们第二天停课一天，赶在太阳落山前就回去休息了。我还记得他的屋内总有一盏煤油灯，那是他睡前工作用的照明，也是部落晚上房屋内唯一的光。当时的我们都很羡慕这盏灯，虽然范围有限，但靠近的亮光就和太阳一样。马修老师非常珍惜那盏灯，除非必要，否则绝不拿出……咳咳，跑题了。我还记得那天他与我们道别，回到屋子后先点起了灯，便再也没有动静了。

"这一夜无事。第二天马修老师并没有和往日一样出门，我们也没有感到多么奇怪。直到太阳快升到天顶的时候，天上发生了异象——

太阳，被遮住了。"

"日食？"米勒和我的目光相接。

我记得笔记里说过，对于这个部落来说，太阳是很高贵的象征。竟然在马修死亡那天发生了日食，真是不吉利的事。

然而穆摆了摆手，继续说道："……黑暗一时间笼罩了世界。不知道过了多久，等大家用祈祷安抚了上神之后，有人提出上神和萨满的潜在联系……我们才召集了好几个人一同前往。

"唉……没想到推开门后是极其残忍的一幕：马修老师斜靠在床上，旁边是摔碎的煤油灯，脖子和胸前满是血。他的脖颈处被刀刺穿划开，任谁看都知道是一刀毙命。我们确认过凶器是一把祭祀用的骨制弯刀，本是宰杀牲畜使用的，却沾满了血掉落在现场的角落——更骇人的是，虽然马修老师的双臂很干净，但两只手却被整整齐齐地砍去，消失得无影无踪，只留下了墙上一排杂乱的血手印。就好像……好像是马修老师的手操纵着凶器自杀后逃走了一般。

"从此，马修老师的死就变成了部落中的禁忌。他不光是我们的老师，更是部落的萨满。我们以最高规格的葬礼埋葬了马修老师，就这样到现在。

"然而对我、对当时经历过的大家来说，这终究是迈不过去的梦魇……我也时日无多，最近这种感觉更加明显。现在在岛上又接纳了你们二位外人，这或许就是某种命运，不，是'规律'……当时马修老师的死究竟是怎么一回事，是不是人为的？我们很希望得到你们的看法。"

"嗯……"米勒刚咽下一块鱼肉，清了清嗓子，用连我都听出不正经的语调说道，"说实话，这么久以前的事，还这么玄幻……我想一定是你们的神带走了他。你看，当时太阳都消失了，说明神可能在为什么事愤怒吧。"

然而穆并不为此买单，赤裸裸地表达着不满："如果你只会开这种玩笑的话，我可以再让神带走你。"

　　停顿了片刻，他再次开口："你们说，是叫日食对吗。果然马修老师的大陆上早已记载过这个现象了。马修老师说，我们自古以来的信仰并非完全错误的，但万事万物也可以用神之外的'规律'解释……虽然别人很害怕，但我好好地思考过这个'日食'。太阳被圆形的阴影吞没……这是太阳被其他天体暂时遮挡住的自然现象吧。"

　　从土著口中听到如此现代的理念，让我有点讶异。看来马修确实改变过未开化的思想——只不过这个不再迷信的族长并不是我们乐于看到的。

　　米勒立刻回答道："你说得没错。我明白了，我们会尝试用神之外的可能性解释马修的死亡。马修的那本笔记确实提供了很多的信息，还原真相也并非不可能的事。当然，关于马修死亡前后的事肯定还需要你们的帮助，事成之后……"

　　"只要你们能给一个合理的说法，我保证你们会得到全族的帮助。"

　　"那太夸张了，我们想要用一下你们的神像。"

　　穆露出了为难的神色，周围的人群也开始窸窸窣窣地议论了起来。

　　"做不到吗？再怎么说那也是马修的遗产。别人我不了解，但我想你应该清楚，那并非神像，只不过是人造的机械装置而已——刚才那个会用'规律'解释日食的族长去哪了？"

　　在一片尴尬的氛围中，即使饥饿如我，也不由得停住了手。我看见穆的脸色阴晴不定，他为难的表现倒是超乎我的想象。

　　"并非做不到。"良久之后他终于开口，"但部落的信仰和规律都很重要。明天正是马修老师的归天之日。自从那天之后，每年的这个时间我们都会进行祭祀仪式安抚上神和马修的亡灵。"

　　"需要用到神像吗？"

　　"在太阳位于天顶的时刻，我们会唤醒钢铁巨鸟，让祂帮我们传达祷告，安抚灵魂……我们没有办法体验死亡，死亡是属于神的领域，所以我们需要这个仪式。在你们的世界里，可能这就是一个机械；但对这里的大家而言，祂就是神像。"

　　似乎信仰对于这里的居民是必须的。米勒瞥了我一眼，虽然表面淡定，但眼里也在吐槽这个部落的拧巴。

看懂了米勒的嫌弃表情，穆叹了口气："……我明白了，如果你们能给出让大家信服的解答，我会说服其他人，在仪式结束后让你们使用一次。"

　　看来即使是族长，也不能随心所欲地发号施令。往好处想，从穆的描述中可以看出这个部落对飞机的维护非常用心，能唤醒就意味着最起码能启动发动机，那么相关功能应当较为完好，舱内无线电通信设备能够使用的概率又加了一成。只是，这毕竟是54年前的老古董，恐怕确实不能反复折腾，机会只有一次。

　　"感谢您做出的承诺，我们会耐心等待到仪式结束后的——只不过现在我们需要更多的信息。比如，和那件事相关的人有不在场证明吗？"

　　"不在场？"

　　"在你们最后一次见到马修之后，有没有谁形迹可疑，或者不知去向的？"

　　"这些，我记不清了。当时大家都有自己的屋子，谁都没注意过其他人的动向。到第二天早上……我们按照前任族长的安排行动，身为部落里的男人会进行统一晨练，结束后便可以自由活动。我记得那天刚解散不久就发生了异变。"

　　"刚才你提到一把祭祀用的骨刀。骨刀一般放在什么位置，有谁能够拿到？"

　　"一般来说，祭祀用品都放在族长大厅里。"穆的脸色在篝火后面阴晴不定，"但是，每个人都有机会偷取。"话毕，族长向旁边的人使了个眼色，从阴影中又走出一位壮汉，然后一把轻质的暗黄色条状物落入了米勒手中。

　　我也不由得坐起了身，顺着米勒的目光审视起那件物品。一把轻质的骨制刀具，约15厘米长，质地不硬，两侧虽薄但实在称不上锐利，颜色暗沉的刀身上沾染着各色颜料。唯一例外的是刀尖打磨得十分锐利，相比劈砍，更适合穿刺。

　　据穆解释，这把骨刀的形制和当年那把差不多，是用受神祝福的动物腿骨制成，在祭祀仪式上用于为祭品放血。如此一来，又产生了新的疑问……

　　"这把刀真的能杀人吗？"米勒轻佻地提出了质疑，顺势在空中划了几下，"动物腿骨的硬度连玻璃都不如，虽然你们费心费力加工打磨，但要穿破皮肤取人性命……"

"这点无须怀疑，我们的战士都经过训练，只需找到使用要领……总之是轻而易举的事，而且脖子处的伤口形态也符合。只是那双手的切面确实和脖子上的不同。"

"战士啊……那想必贵为族长的您也有那种实力喽？请问在成为族长之前，您的名字是什么呢？"

米勒冒犯的提问让我背脊发凉，所幸穆展现出了足够的风范，只是愣了愣神便回答道："……我早就忘记了，现在我的部族里只有穆。"

"我还剩最后一个问题了。"米勒在黑暗中举起了口袋中的那枚硬币，耍酷似的向上抛起，"请问您见过这个吗？"只是他并没有如想象中那样顺利接住，反而落在了地上，滚到了穆的脚边。

穆抬起浑浊的眼睛，下意识地捡起端详，而后露着怀念的神情递了回去："我记忆中……马修老师给我看过类似的东西。这是你们外面世界的货币吧。这种东西在这里没有什么价值，孩子的玩意。"

"说的也是。"米勒若有所思地收回了硬币。

间章 ×××××笔记

1932 年 8 月 23 日

自从上次族长那宛如托孤一般的发言后，我就隐隐觉得会有大事发生。果然，今天傍晚麦尔中招了。具体地说，麦尔的房间不知道被何人做了手脚，设置了一个粗糙的捕兽陷阱。中招的麦尔伤到了小腿，虽然并未造成导致残废的重伤，但看着麦尔因疼痛而扭曲的表情，我也着实于心不忍。

设置的陷阱并不隐蔽，只是简单地放置在了房屋的中央。即使白天屋内没有我房间里那盏煤油灯，也绝非发现不了；此外，构成陷阱的麻绳的断处又比想象中的平滑不少，不像是部落常用的石刀或骨刀的手笔，倒像是我常用的那把军刀。近期军刀都放在房内，房门无锁，谁都有机会获取——但我这把刀却没有被动过的痕迹，着实古怪。

……不对，我想起来了，还有那把大哥送我的刀，我一直舍不得用而挂在屋内，还缠着艾达送我的丝巾，作为床头的护身符。若真是别有用心之人偷走了那把刀用来布置谋害人的道具……我感到有点后怕。

回忆着在文明世界里学到的知识，我将面粉撒在刀刃和刀柄上。果然在我没碰过的地方发现了几枚指纹痕迹——可惜我并不专业，分不清指纹细节。保险起见，以后两把刀我都得在房间里藏好，不能再张扬地挂出来。

为了威慑一下潜在嫌疑人，我在一次教学课堂的末尾故意告诉他们可以通过手指触碰的痕迹判断身份——我多么希望自己没教他们科学知识，不然光靠鬼神之说就可以吓唬他们了。可惜，那位凶手的心理素质比我想象的更好，我并没有发现谁露出了马脚。

难道真的会演变成兄弟互戕的局面吗？为了这部落族长的职位？而且麦尔的情况也有点奇怪，为什么他会看不到房间里的陷阱呢？

1932 年 9 月 26 日

这几天的日子还算风平浪静。族长的身体虽然依旧没好转，但他答应我的平地已经开垦得差不多。在麦尔受伤事件后部落里再没闹出什么大事，想要教的自然知识课程也大致结束了。我也逐渐明白，在这里居住不是什么长久之计。我果然还是想念文明的世界。

当我提出这个事的时候，那三兄弟的表情是有些微妙，这让我想起离家之时家中的样子。不知道母亲、大哥还有艾达他们怎么样了，我离开以后这三兄弟又会怎么样。最让我放不下的恐怕就是麦尔。他还是那副弱不禁风的内向样子，上个月的伤让他落下了隐疾，平日行动不便，甚至仍没法参加上午的体能训练。明明是最小的那个，为什么会被人暗害呢？摩根还是老样子，没心没肺，任性妄为又很机灵。而马蒙，虽然之后我再没提及眼疾的事，但他是怎么想的？等会，眼疾……

……我刚找了个借口把麦尔约到了房间中深聊。果然如我所想，麦尔患有夜盲症——白天在室外活动尚可，但每当天色渐暗或回到屋内，他便无法分清事物，即使适应再长时间也一样——没想到兄弟三人中两人的眼睛都有问题。正因为如此，他才较少参加外出的打猎活动。知道这一点的唯有他的家人们。

既然如此，会把陷阱放在这么显眼的地方的凶手身份就不言而喻了。虽然具体是家人中的谁还不好说，但族长若得知真相绝对会大发雷霆。此刻我只能嘱咐麦尔多加小心。但更多的疑问接踵而至。为什么那位凶手会偷走我放在房间内的那把军刀？该不会是……

1932 年 9 月 27 日

一夜过去，我的脑子里全是那个问题。一想到我的猜测可能是正确的，我的这几个学生中有戕害手足的凶手，我便无心教课。今天我称病给他们放了一天假，而自己再次回到了房间整理行李，顺便进行实验。麦尔受伤那天，凶手是在白天准备陷阱，并偷走了我的刀。为了确认凶手的行动，我模拟着他的想法思考：

部落里大家使用的刀并非不锋利，但那个人还是使用了我的军刀，或许就是想将陷阱一事与我绑定——只是他没有考虑到族长对我的信任程度之深。这么想来，他理应使用我常在外使用的刀具嫁祸。我将两把军刀放在室内的桌上进行对比。新旧虽有差别，但在稍暗的光线下没法区分；大哥送的军刀柄被我缠绕上了一圈红色的丝巾，老军刀只是一圈白色的防滑布，这区别却很明显，只要有眼睛都能分辨。无论他是什么时候偷刀的，在白天的光照下他不可能错认；除非那个人进门后直接看到了我挂在床头的刀具，误以为这就是那把常用刀？

除非，那个人没分清红与白的区别，是色盲？

之前的种种细节一次浮现。在最早那次我让兄弟三人绘画的时候，马蒙和麦尔都选择了彩色，唯有摩根使用了单一颜色的石炭绘画……之前摩根外出狩猎摔伤，理由也是没看清其他人做的标记。如果我没记错，有一批人外出打猎时喜欢用调制好的红色汁液作标记。

我不知道我在写什么，兄弟三人的眼睛都有问题？这逻辑也太牵强了。

（满是画掉的笔迹）

06 Masquerade

晚餐结束，我们又被卫兵"护送"着回到了最初的牢房。虽然和穆达成了交易，但对我们的看管大概不会那么快结束。至于明天的祭祀仪式，也不知道是否有幸参观。倒是梅利，本来约定好晚餐结束后要支付他报酬的，此时却不知道跑到哪里去了。

"按照我们遇难时的日期推算，明天就是 9 月 28 日，这和笔记相互印证，恐怕马修就是 1932 年 9 月 28 日遇害的。你说我们恰好在这个时间登岛，不会真的是被什么神安排过来的吧？"回来后米勒立刻卸下了防备，调侃道。

被神安排没有真实感，但要住当年惨烈事件的发生现场，是实打实地让我坐立不安了。房间的窗户是靠西边的，趁着黄昏的余晖我赶忙检查了房间内的墙。只在床与门之间灰黄色的墙上见到了几块痕迹，掌印的形状很清楚，但是颜色早已暗淡。大约有四五个的样子。也侧面印证了刚才穆描述的样子。

不一会儿，岛上的世界便完全进入了夜晚。我呆坐在一片漆黑之中，甚至不知道怎么安放四肢。良久，才听到米勒熟悉的声音："今晚……怎么睡觉？"

"这是你关注的重点吗？"

"开玩笑的。你怎么看穆的发言，马修之死？"

"毕竟是 54 年前的事，只能尽力而为吧。实在不行就再编点故事？"

"我可不想再被恐吓一次……或许他们还有一些我们不知道的情报，编的故事对不上细节可不行。"

"还有，马修死亡的那个场面是不是太猎奇了？还真是土著能干出来的事。"

"54 年，一切痕迹早就干了……还能见到这串掌印，找到那个煤油灯座和笔记已经是谢天谢地。要是真的让我们推测出一个答案，那可是不亚于福尔摩斯和波洛的壮举吧！"

"真有闲心。照理说，嫌疑人应该是那三兄弟。有人为了族长的位置暗害了麦尔，马修注意到了这点，引起了此人的警觉，并最终决定送马修上路……仔细想想，最后当上族长的穆不是很可疑吗！他还不说自己以前的名字，简直是欲盖弥彰。不过自己干的陈年旧事，又安排我们去查。你说他是不是双重人格？"

这个推论说出来连我自己都忍不住笑出声，赶紧在米勒吐槽之前转移了话题："算了，我就祈祷明天他们的钢铁巨鸟别把燃油都耗尽了。希望设备能正常运作，顺利发出求救信号——诶，你会使用无线电吗？"

黑暗中一片寂静，过了好一会儿才听到米勒的动静："会，当然会了。"

"你这可不像会的反应。"

"哈哈，船到桥头自然直。要不是马修把土著培养成了科学家和哲人，我有一万种方法可以让他们心甘情愿帮忙求救——你说，马修究竟给他们教了些什么？"

"无非是天文地理、自然科学那一套吧。"

米勒也察觉到了当前再怎么思考只不过是任由烦恼扩张："算了吧，把烦恼都留给明天，我准备睡了。"

"我是睡不着。"

话是这么说，我一倒头却立刻陷入了深沉的黑暗中。这无可指摘，毕竟早上刚从昏迷中苏醒，到夜晚竟然就成了土著部落的兼职侦探，这一天经历得实在太多，而直到意识消失前的最后一刻，我脑海中浮现的还是那个最困惑我的问题——冰墙外面是什么？

……

我再次感受到胸口的重压——但与昨日不同的是此刻我肺内没有积水，这样的压力只会让我透不过气。我在窒息之前睁开了眼睛，发现头发蓬乱的梅利正跨坐在我身上，试图翻找我身上的口袋。而米勒不管不顾地坐在一旁，依然专心地翻阅着马修遗留的笔记。

"早啊，曼尼。"

"徽章，徽章！"

"早……梅利，先从我身上下来好不好。"

好不容易把这个熊孩子扔下床，我揉着胸口坐起："米勒，硬币不是在你那里吗？"

"米勒，骗人！"闻言的梅利立刻把矛头对上了米勒，一个闪身冲了过去企图抢走笔记。

米勒高举着右手的笔记，左手亮出那枚硬币，却刚好保持在梅利够不到的地方："小子，我们说好的是昨晚吃完饭给你徽章，你没来就作废了，怨不得我们。"

梅利缩了缩脑袋，气势弱了几分："我……我在准备今天的祭典。我要负责重要的环节！"

米勒装作十分苦恼的样子："可你还是没遵守诺言……要不你告诉我你负责的是什么环节，我把徽章给你。"

梅利立刻抢着发言道："是准备萨满的图腾。把图案刻在石头和木板上，今天要挂起来！"

"图腾？"

"喏，这样的。"梅利从自己揣着的小包中翻出一块圆形的石头。石头的中间画了一道竖线，将圆形分成两个部分，圆形的左半边被涂上了红色的颜料，而右半边是白色的。圆形的外面一圈还刻着细密的花纹，样式有些怪异。

"这是什么，马修祖国的国旗吗？"

"我记得阿根廷的国旗有蓝白蓝的三色条纹，可不是红色的。而且还少了中间的太阳。"

"或许是其他的标志，比如身上佩戴的徽章，机身上的图案？"

米勒摇了摇头："照理说也没有圆形的说法，虽然红白双色的国旗也不少，波兰、摩纳哥、印度尼西亚……但这和马修的经历可对不上，既不是家乡，也不是航行的目的地。"

"梅利，你知道为什么这个是那位萨满的图腾吗？"

"唔……先把徽章给我！"

米勒不情愿地掏出了那枚硬币，递了过去。看他那神情，我有点好奇刚才的抵抗是演戏还是真情流露。

"我，我也不大清楚。穆爷爷说这是萨满随身携带的东西，非常宝贵，萨满经常拿着看……后来爷爷他们在整理萨满留下东西的时候发现它，就保管起来了。"

"随身携带的……米勒，你看了这么多遍笔记，有印象吗？"

米勒只是向我投来苦笑，并摇了摇头。

"说不定他真的只是波兰或者什么国家国旗的狂热粉丝呢，这种爱好可不会在笔记里写出来——比如，红白双色国旗有什么寓意吗？"

"唔，印象中波兰是拿白色象征他们传说中的白鹰，有纯洁、自由、和平的意义；而红色就是革命活动的热血吧……嗯？"

米勒和我对视了一眼："鲜血？"

我一把拿过梅利手中的图腾，再仔细观察着石头上的图案。

"马修留下的东西……死后被取下来的样子？"

我脑海中突然想象出了当时的情景。这圆形的造型，边缘一圈的纹路，难道不是马修佩戴在手上的、在临走时母亲托人赠送的手表吗？

"这个红色可能不是单纯的图案，是马修死时染上的鲜血。"

"对于拥有传奇经历的圣人，其死时佩戴的物品也常会被追认为圣物，这在宗教历史中也非常普遍——"米勒似乎瞬间想通了什么，立刻向梅利问道，"你有见过这个东西的实物吗？这个图腾的样子准确吗？"

一连串咄咄逼人的询问把梅利吓得怔住了，一时半会憋不出一个字。我连忙半跪下来抚摸着梅利的小脑袋："没事的，你慢慢回忆。"

"我、我记不清了，应该是准确的。爸爸生病的时候，穆爷爷带我们祈祷的时候看到过一次。圆圆的，中间有一条竖着的黑线。还有、还有和黑线重叠的笔直裂缝，一半是红色，一半是银色……"

"裂缝……血只在手表的一侧出现，没有流过裂缝……"

"说明是马修死亡的时候表盘被破坏导致的。先有裂缝，后有血迹，才有可能渗进缝隙，而没有蔓延过去。"不光是米勒，我的大脑也在飞速运转，隐约间感觉窥见了某个真相，"既然是在这个房间里发现的，没准是马修的手被切断时掉落，没有被凶手捡走？"

米勒突然笑了出来，笑得我心里发毛："不得了，不得了。现在的可能性终于缩减到了人力能够企及的地步了。曼尼，我们应该出去走动走动了。"

"我们……还能出去？去哪里？"

米勒没有正面回答我，反而故作亲热地一把抱住正欲逃跑的梅利，后者如同被抓起的猫在半空扑腾着。

"太远的地方去不了，门口逛逛总可以吧？梅利，最后再帮我们一个忙好吗，等我们回家了，给你带来大把大把的徽章。"

"什、什么忙？"

"给我们当当导游，我们也想看一下仪式活动。"

梅利看看坏笑的米勒，又瞅瞅一脸无奈的我，思考再三，还是不情愿地点了点头。

推开房门，沐浴在好久没体验过的清晨阳光下，顿觉舒爽不少。昨日因为疲倦，感觉睡了一整年的时间，但今早出门才发现不过是七八点钟的样子。

门口守着一个壮汉，看见梅利带着我们出来，皱着眉走上前说了几句话。但壮汉铁青的面色在梅利的妙语连珠攻势之中柔和了下来，他侧开了身子示意我们过去。

"等一下。"米勒拉住了梅利，"梅利，能帮我问一下他，他们的队长现在在哪吗？就是那个，戴肩章、拿军刀的男人。"

又是一阵听不懂的土著语，梅利解释道："墨丘队长正在准备晨练！结束后就要开始仪式啦，我带你们去看！"

我们所在的房屋位于部落一个偏僻的角落，似乎特意和其他人居住的地方隔开了，因此走到当地人晨练的现场还有一小段路。果然远远地就看到一个魁梧的男人叉着腰站着，前面站着或长或幼的四五个人，正厮打在一起——或许这就是他们的晨练项目。

"梅利，帮我和墨丘队长打个招呼，就说……你的刀看着很不错？"

梅利不情愿地小跑到队长前，叽里咕噜地说了一会儿。队长看向我们的眼神还是充满着怀疑的色彩。

"这是萨满留下的东西，墨丘队长年轻的时候徒手杀了一头大野猪，穆爷爷送给他的。"

顺着米勒的疑问，我也重新观察起那把腰间的军刀了，虽然刀刃在鞘中看不到，但光看鞘和剑柄也知道保养得不错，只是缠柄的布条看得出是后来缠上去的。

"当初队长您拿到这把刀的时候，有没有缠着红布呢？"

队长眯着眼思索了片刻，便连比带画地和我们表示：最开始刀柄上也只缠着白布，从未见过红色的。

无视掉队长怀疑的神情，米勒的问题还在继续："再帮我问问，他们的晨练项目一般是什么时候开始的。"

谈及此处，队长似乎有些骄傲："从太阳能够照射这里后就开始。太阳会给我们无上的力量！"

"一直如此？"

"这是部族的传统，所有适龄男性都需要参加，还会定期举行比赛。"梅利故意掐着老成的语调翻译完，又补充了一句，"明年我也能参加了！"

"那要练多久呢？"米勒又追问道。

队长显然更烦躁了，用警戒的目光扫视了一圈后，抬起下巴示意我们往旁边看，接着便转过身不再理会我们。

我顺着他的指示看去，形似操场的练习场地一角确实摆着一个奇怪的圆盘形装置，虽然细节有区别，但我们还是一眼认出了它的本质。

"日晷？"

米勒快步走上前，伸手就要触碰，但梅利赶紧阻止，墨丘看过来的眼神也更加不友好："这是神圣的器具，萨满大人改进的，不能碰。"

我赶紧拉住了米勒的手，但后者依然不屈不挠地把脸凑近，一会儿看天空，一会儿细数着圆盘上的痕迹。圆盘正中间是椭圆形分布的放射状痕，周围一圈用各色颜料装饰着神秘的花纹，一红一白的两个圆形图样频繁出现。

我赶紧在墨丘队长注意到这边情形之前把米勒拉到了一边。

"怎么样？"

"看来确实不是每个人都和穆一样讲科学，对大部分人来说迷信还是有用的。"

"不是说这个。"

"设计得有想法，就是做得比较粗糙。"

"也不是问你做工……"

"唔，功能嘛，和那种根据太阳记录时间的日晷差不多。按照刚才队长的说法，差不多太阳完全升起后开始晨练，然后过了 6 个刻度结束，那么大致是……嗯，7 点半到 10 点半吧。左右肯定有一些误差，我只是根据日晷上的刻度推算的。"

"也就是说……"我再确认了一下此刻日晷上的阴影位置，"还要再等 1 个多小时，他们也太拼了吧？"

"待着也是无聊，不如我们也上去试试？"米勒用手肘顶了一下我。

我正看到操场上的一个男人把对手甩到半空，哆嗦了一下，赶紧转移米勒的注意力："那些纹样呢？"我示意着日晷上那两个红白圆形。这种配色简直和刚才看到的图腾一模一样。

"应该就是他们信仰的太阳和月亮吧。神的双眼。"米勒指了指自己的眼睛，"我想马修的手表也是因为能抽象成这样的颜色搭配，才会被视为仪式的图腾。"

"这么说来……你不觉得在这个岛上关于眼睛的元素有点多吗？"

笔记中马蒙的单眼盲、摩根的疑似色盲、麦尔的夜盲，还有神的双眼，隐隐觉得它们之间有着什么不得了的联系。然而在杂乱的线团中我实在找不到头绪。

我就这样和米勒有一茬没一茬地聊着，熬过了这一小时——仪式总算开始了。

眼前穆所在的大殿之前围上了一圈一脸虔诚的群众，而大殿前一位脸上涂满各色颜料的老者手持着一截木棍在空中挥舞着，口中还念念有词。接着，周围的群众也应和着老者的话语开始了低吟，形成了一波强过一波的声浪——此时的太阳正照射着众人，缓缓地爬上了天顶的正中央。即使我和米勒这样的现代人，也从这种仪式中莫名感到了一种神秘的力量。

舞蹈一般的仪式结束，穆从大殿中缓缓走出，手捧着一个放大版的图腾，高举过头顶，正对着太阳的方位再次开始了吟诵。此时米勒和我站在人群的最外围，梅利似乎因为年龄不够，不需要参与仪式，也跟在我们身后，好奇地四处张望。

"梅利，刚才那个跳舞的人是谁？也是你亲戚吗？"

梅利点点头："我们家，很大。有好多爷爷。但是……自己家里只剩穆爷爷和我啦。爸爸、妈妈，他们都死了。"

"你的爷爷的那些兄弟呢？他们怎么样了？"

"我……没有见过，很早就死了。"

"那么，"米勒蹲下来平视着梅利，"你知道你爷爷原先的名字吗？或者有谁知道呢？"

"穆爷爷说过，继承族长后就要抛弃原先的名字。现在只有穆爷爷。"

米勒看着略感失望，又接着问道："那现在你的穆爷爷在上面做什么？"

"这是祷告仪式！穆爷爷策划的——手里拿着的图腾是太阳！"看着满脸骄傲的梅利，我和米勒再观察起穆的动作。确实他手中的图腾一直对着太阳的方向，只是这虔诚的神情看着和昨晚那个经由马修教导后追寻"规律"的族长大相径庭。"信仰和规律都很重要"……我突然想起了这句话。

接着，穆手捧着"太阳"开始小范围转圈，如同模拟太阳的运动。而刚才参与仪式的另3位老人也捧着图腾加入了这古怪的舞蹈仪式。下个瞬间人群中传出了一片惊呼——我赶紧踮起脚，正好看到了"钢铁巨鸟"苏醒的瞬间：只见破旧不堪的废铁内部发出了发动机的隆隆巨响，而前方的着陆灯和机翼上的翼尖灯在阳光下闪着非常微弱的光芒。这样对于土著来说宛如神迹的场面只持续了5秒钟，文明世界制造的声音便顷刻消失，唯有大殿前方的穆依然高举着那个图腾，与另外3人一起朝天大喊——仪式算正式结束。

看着意犹未尽迟迟未散去的人群，米勒扯了我一下："走吧，该看的都看完了，总不能一直在外面晃悠。"

"怎么样，看你心满意足的样子，难道对马修死亡的事件真相有数了？"

"你不是更关心怎么向外界求救，怎么逃出去吗？"

"这两个问题是同一个问题的两面吧。"

"是吗？嗯，是的……"米勒闻言罕见地陷入了沉思，但又像想通了什么，面带微笑地望向四周，"放心，既然是我把你带出来的，肯定会由我做个了结——无论是你的问题，还是穆的问题，我都有初步的答案了，剩下的只需要交给时间来验证。"

"验证？需要多久。"

"嗯……33，不，34天。最多再待34天。我们都尽力而为吧。"

说到此处的米勒，难掩那股异样的兴奋感。

间章　挑战读者

虽然这么说有点坏心眼，毕竟我不认为普通人能够在此刻看出答案。但想来若是米勒还活着，他也会这么做的——是的，我准备在这里挑战读者。你是否能根据上面我和马修的自述窥探出下列问题的真相呢：

1. 马修之死的事件真相是什么？

2. 我们在哪？

3. 冰墙后面有什么？

4. 联合国组织是什么时候成立的？

这些问题的线索未必齐全，或许也没有答案。但如果能见到诸位为此冥思苦想，想必米勒会很开心吧。

曼尼　敬上

07 献给曼尼的推理

在这座岛屿生活的日子乏善可陈。后续米勒和穆进行了一定的协商和交易，我们再也不用被软禁在房间内，而是可以在避开部落其他人的前提下自由行动。随着我逐渐放平心态，不再天天眼巴巴地盼着救援后，甚至有点理解当初马修在这里生活的感觉了。

不知不觉间，已到达了约定的 34 天后，要是按照之前记录的日期来看，就是 1986 年 10 月 31 日。

看着米勒还是一副气定神闲的样子，我隐隐有了一些担忧。

"米勒，都到这时候了，不能和我说说你的想法吗？"

"不是我不想说，一来同样的东西要说两遍太过痛苦；二来侦探最后的演说不就应该戏剧一点，惊讶所有人吗？"

"但你总该想好怎么求救的事吧？"

"求救嘛，无非就是'SOS''mayday'之类的。"

"位置呢，如果信号被捕捉到了，难道要让救援人员大海捞针？还不如点起篝火去祈祷有船只路过。"

"唔……好吧好吧。将当作是热身——"米勒看了看外面的天色，转过了身。

"要确定位置，无非就是确定本地的经纬度。纬度很好计算，只要知道日期和太阳高度即可——本来我也说过这座岛屿位于赤道线偏南的位置；而前段时间 9 月 28 日的祭祀仪式时，这里又是太阳直射点，考虑到 9 月 23 日左右正好是太阳直射点经过赤道的位置，那这里与赤道的位置应当特别接近，姑且认为 0 度。"

我不由得插嘴说道："这些是简单的部分，但难题是经度如何确定吧。我们没有那些测量仪器，也不知道赤经和星历表……"

"最开始这也是我头疼的问题，但马修的笔记给了我们很多的提示。他从阿根廷出发，目的地是澳大利亚。考虑两地的地理位置，他应当是由东向西飞行；即使因为天气扰乱或指南针错误偏离了航线，大方向不会偏移的；而从阿根廷所在的南美洲出发到澳大利亚，经度范围就是西经 60 度到东经 150 度之间——再考虑到他出发和迫降的日期相隔并不长，以及停留位置肯定是在海洋中，我们可以把经度范围缩减到西经 90 度到西经 180 度之内。"

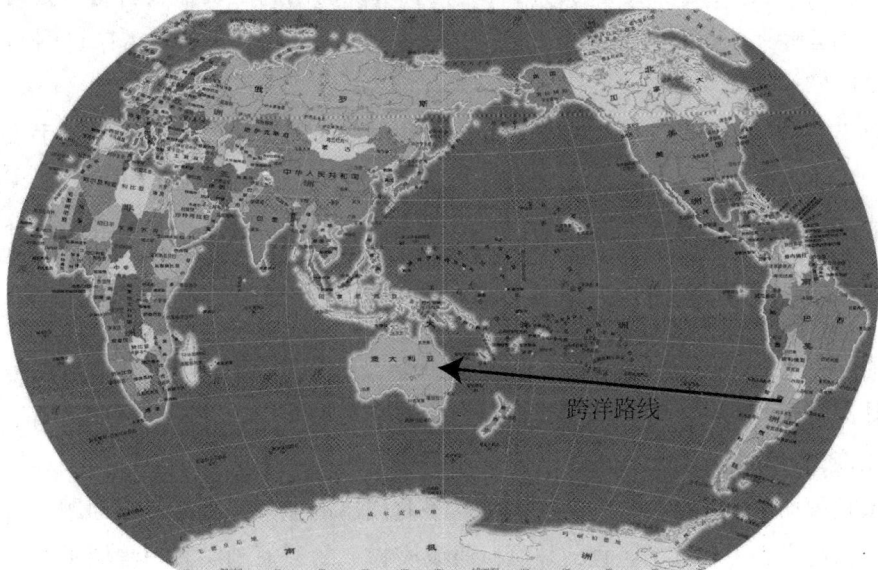

跨洋路线

"90 度的范围，这可是 1/4 的地球半径。"

"本来凭借困在此处的我们，是难以再缩小可能性了，但梅利给我们带来了转机。手表……手表就是让可能性继续缩减的关键道具。毕竟人类早就帮忙把经度的范围拆解成容易分类讨论的各个组别了。"

"……时区？"

"马修的笔记里说到了，他的手表是母亲送给他的礼物，而他本人也是异常珍视，不会轻易损坏；同时，在他计划的跨越多个时区的飞行计划中，很难想象他还会根据所在地位置专门调整当地的时间；再次，考虑到这个部落和他之间存在的文明程度差异，可以认为其他人不会调整手表的时间；最后，类比他收到的其他礼物都成为房间里的护身符，那么这个手表极大可能也是如此，比起功能性他更看重手表代表的纪念意义——因此，我认为这块手表运行的时间，应该正是出发地阿根廷的当地时间，也就是西 3 区时间，以西经 45 度的地方时作为标准定义。"

"那么，现在的问题就更直接了。目前作为图腾存在的这块手表是损坏的状态，其时间停在了被破坏的那一刻。只要确定手表损坏的岛屿当地时间点，再与手表记录的时间进行比较计算——经度相差 15 度，时间相差 1 小时——这样就可以估算出岛屿的大致经度。"

"慢着，可是手表上的时间……梅利所说的图腾上的黑线若指的是时针和分针，那我们最多只能知道它们呈一直线，严格来讲不是还有 11 种可能吗？"

"这需要从马修死亡现场讲起。我想我们都同意，图腾还原的是手表一半沾上血迹，一半没有的状态吧？"见我点了点头，米勒继续说道，"手表的裂痕和血液都是在马修死亡现场造成的，但问题在于，裂痕和血迹分别是何时产生。

"之前我们也讨论过，血迹恰好盖住了裂痕的一侧，而另一侧并未有血的痕迹，这暗示了裂痕的产生是在血迹出现之前；第二个问题，血迹是什么时候产生的？穆在那天晚上说过，马修割喉而亡时脖子和胸前沾满了血迹，但双臂却是干净的，若佩戴在手腕上的手表沾染到了血迹，很难想象是颈动脉的鲜血，实际上应该是砍手时流出的血液；最后一个问题，是什么造成了手表这条竖直的裂痕？假设实物上的裂痕确实和图腾展示的一样，这样的痕迹应当出自一把平直的劈砍用武器，而现场遗留下的骨制弯刀并不满足要求：我说过骨头的硬度尚不如普通玻璃，更别提用于表盘的石英玻璃了。而且那把骨刀的形态也不适合劈砍，无法在表盘上造成如此痕迹；现场唯一满足要求的凶器正是那把马修携带的文明产物，军用刀刃。穆也说过砍手的切面整齐，与脖子上的不同，毫无疑问，那是用一把军刀完成的。

"既然如此，事件发生的顺序便清晰多了：凶手使用军刀，军刀造成手表损坏，军刀砍下手，伤口血液污染手表，手表掉落并被目击者拾取——要串联起这一系列事件发展，最自然的逻辑只能是手表上的损伤是凶手在使用军刀砍手时误伤的痕迹。而联想手表佩戴的方向和砍手时刀的方向，概率最高的可能性便是这条痕迹与手表的 12 点到 6 点方向一致；手表被斩击破坏时显示的时间正是 6 点整或者 18 点整。"

我释怀地笑出了声。确实，这似乎是最可能的解答了。在米勒冗长的解说下，笼罩在我们逃生之路上的阴霾似乎正在渐渐消散。

"再回到刚才关于经度位置的讨论。我们所在位置的经度是西经 90 度到 180 度，再结合手表时间，可以得出凶手犯案砍手时的本地时间应当是 27 日 21 点到 28 日凌晨 3 点，或者是 28 日上午 9 点到下午 14 点。考虑到穆的证言里说'到太阳快升到天顶的时候'发生了异变，也就是日食，而日食的持续时间一般不会超过 7 分钟，因此他们目击马修尸体的时间应当是中午 12 点前——

"27 日 21 点到 28 日 3 点，28 日 9 点到 12 点。这就是凶手犯案的时间区间。只要确定这个区间嫌疑人的行动轨迹，就可以抓住真凶；只要确定真凶的具体行凶砍手时间，就能确定这个岛屿的经纬度坐标。"

米勒在穿透窗户进来的阳光下，如此宣布道。

08 献给穆的推理

虽然米勒一番激情澎湃的演说让我的信心增加了一分，但在关键问题"如何确定作案时间"上，我还是一头雾水；除此之外更需要注意的是，怎么才能够说服一位土著族长和他的群众呢？

揣着一颗惴惴不安的心，我和米勒一起踏入了穆的大殿。如同上次的晚餐，大殿里周围一圈坐着五六个沉默的人，似乎都是过去事件的亲历者和相关人。穆照旧坐在中间的座位，看向我们的眼神十分复杂。

"外来人，你们保证过会给我一个解答。我们招待了你们这么长时间，该说出你们的结论了。"

"别急、别急。我怕直接说结论你们会受不了，何不让我从头说起呢？"

我看着米勒兴奋的表情。该不会他刚才嘴上说什么"说两遍很痛苦"，其实特别享受这个氛围吧。

"正如族长所说，我认为马修，也就是你们口中的萨满之死完全是人为。"

在一片微妙的沉默中，他继续说道："接下来我会用人为的视角一步步分析，证明一切操作可以出自人类。马修之死的事件需要拆开来看。无论当时凶手进屋后发生了什么，总归可以整理为三个关键节点：割喉、砍手、留手印。

"割喉自不必论，从您口中描述的尸体状态、血迹位置和凶器状态都可以判断出，马修是被凶手用骨刀一击割喉毙命的。这点之前已经向您确认过了，是吗？"

眼见穆微微颔首，米勒露出了笑容："那就不必讨论了。凶手杀害马修的第一节点，便是使用骨刀割喉，一刀致死。

"然后是第二节点，凶手砍去了马修的双手。骨刀没有可以砍断肌腱、切断骨头的锋利度和韧度；如您所言，伤口的痕迹也不符合。因此我认为砍手的凶器只能是马修佩戴的军刀。我曾询问过墨丘队长，得知他的那把刀是马修的遗物，由族长亲手赠予的。但你们恐怕不知道的是，马修还有着另外一把刀，一把系着红色丝巾的新军刀，一直藏在房间内的暗处。看你们的表情也知道了，你们并不清楚那把刀的存在。想必被凶手用来砍手之后消失的凶器就是这第二把军刀。军刀砍手，残存的血液流出染上了手表，之后被您带走，成为祭祀的图腾——这就是第二节点。

"考虑到割喉和砍手两种行为对马修的伤害程度有差异，再结合现场表现，可以认为砍手一事发生在割喉之后。"

听到图腾一词，穆皱起了眉头。米勒立刻补充道："关于图腾一事，我未曾见过原物，只不过是根据图案推测，过后如果有幸能否让我观摩一下，佐证论据？"穆用沉默表示同意。

米勒转过了身子看向四周的观众，竖起了3根手指："然后就是第三节点了。凶手在墙上留下了血手印。血的来源有两种可能，要么是割喉出血，要么是砍手出血——问题出在'留下手印'这一节点究竟发生在什么时间。由此会衍生出的另一个问题是：这究竟是谁的手印？"四周自然是无一人回答。

"如果顺序是砍手——留手印，手印是马修本人的话，凶手未免有点太多此一举，而且无实际意义。若说手印是凶手的，更加是无稽之谈。

"如果顺序是留手印——砍手，手印主人的身份才值得讨论。对此，有一个合理的猜测：凶手在墙上留下了手印，因此决定砍下马修的手。至于目的……马修的笔记里留下了足够的提示：他曾经在授课时告诉大家，可以通过手触摸的痕迹辨别人的身份。正因如此，凶手在留下手印后开始担心若未来有人发现墙上的手印和马修的手不一致，会联想到这是凶手留下的痕迹，继而导致自己暴露。基于这个想法，他才决定砍去马修的手，制造出神秘奇异的表象。

　　"据此，我得出的推论是，三节点的顺序是：割喉，留手印，砍手。"

　　虽然是一长串的解说，却似乎没有实质性的进展，这惹得穆非常不开心。他开始催促着米勒继续说下去。

　　"别急别急，只有认可了这个结论，才能引出接下来的问题。

　　"虽然现在凶手的行动轨迹定下了，但还有诸多细节需要和这条轨迹对应。关键点同样有三：煤油灯、军刀，还有凶手的留手印行为本身。

　　"首先是关于煤油灯的讨论。"米勒在众人面前举起了留存在小屋中，遍布干涸血迹的煤油灯底座，"当年的亲历者肯定还认识这个吧，这就是当时这个部落中唯一能在室内照明的道具，一直保留在现场。上面这些玻璃碎裂痕迹和血迹都证明了它正是在马修死亡现场被打碎的。但煤油灯碎裂是发生在上述哪个节点的？第一，这样遍布底座的暗红色血迹、如此大的出血量，甚至在距离底部20厘米高处的灯芯都溅上了痕迹，这不会是死后砍手的出血，也不会是沾染到的地上积血。那么其真身只可能是割喉瞬间喷溅出的鲜血。随之而来的疑点在于：这片血迹不光是在底座的外侧，甚至沾染上了本应被玻璃罩子包裹的灯芯处。这说明割喉之时玻璃灯罩已经碎裂，这才让灯芯也暴露在了喷洒的血液之下——那么我得出的结论是，第一节点时煤油灯已被破坏，失去了照明的功能。

　　"其次，关于军刀。前面已经证明了军刀是砍手凶器，新的问题是凶手如何拿到军刀。马修的笔记里提到，在其死亡之前发生了一起麦尔受伤事件，让他怀疑有人偷偷动了自己的军刀。从此以后，他一直把两把军刀藏在屋内。按照他的说法，不可能会被旁人知道。即使凶手本来知道马修有刀，在那个需要砍手的紧要关头，也肯定得翻找一番——而翻找军刀的前提条件是屋内最起码有一定的照明。

　　"最后一点，还是凶手的留手印行为。通过前面对凶手行动的分析，我们得知了凶手留手印的行为并非自主决定的，更可能是一起意外。我不认为一个早已准备好凶器且手法如此果断干脆的人会毫无诱因发生失误——联系前面的两个细节，另一个可能性就是当时确实发生了特殊情况，比如……室内突然陷入一片漆黑。如果是暗适应不够导致的短暂目盲，几分钟就能恢复；但如果是如同夜晚那般陷入完全的黑暗，人的行动肯定会受到极大限制——正是在这样的黑暗中，凶手摸索出门时才让沾满鲜血的手碰到墙壁，留下了记号。这段时间我们每天都会体会这样的黑暗，非常感同身受。

"至此，这三个细节也一一对应上了。只不过却带来了更大的矛盾：割喉、留手印、砍手三个节点对应的室内状态分别是未知（无煤油灯、室外光线未知）、黑暗、明亮。

"无论第一节点的状态为何，第二到第三节点的过渡却出现了问题。既然煤油灯已经损坏，为何室内会从黑暗变得明亮呢？"

我在旁边听着，虽然米勒侃侃而谈了很多，我却陷入了更深的迷茫。我还记得刚才米勒提及的凶手犯案区间，是 21 点到 3 点、9 点到 12 点。但这两个时间点似乎都和上述的推论不吻合……不对，等等。

米勒反复扫视四周，接着缓缓深呼吸了几次，留下了一段漫长的沉默："……在思考这个问题前我需要阐明，我们已确定了事情发生的时间范围……用通俗易懂的方式来说，一定是深夜，或者是白天正午之前。

"而在这些时间段中只有一个符合'光照出现变化'要求的时点，那就是——"

"日食的时候！"

"日食！"

四周的人群突然发出颤抖的叫喊。我本以为是我的声音太大惹来了大家的不满。但突然意识到并非如此——站在大殿中间的米勒正露出奇妙的笑容，看着门外照射进来的太阳光在众人的脸上快速地移动，然后瞬间变暗——世界正在陷入黑暗。

穆如同遭受了很大的冲击，站起后又颓唐地坐了下来，随即爆发出一阵剧烈的咳嗽声。一直躲着的梅利冲了出来守在穆的身旁。

米勒走到正在愣神的我的面前，抓过手便往外走。此时殿内跪倒一片，都是在祈求上神的宽恕，而无暇顾及我们的冒犯举动。

果然，外面的天空也瞬间如墨染了一般，高空的赤日正被一轮阴影缓慢地蚕食着，这无疑是和 54 年前一样的日食。被遮住的太阳给整个岛屿降下了十足的寒意，不光是殿内，部落内刚才还在正常工作着的男女老幼也都匍匐在地。

世界一片寂静。

米勒向我眨了眨眼，又大步走回殿内，用雄浑的声音说道："神认可了我们的证明！祂恢复了当年马修去世时的样子，就是为了告知你们，我们是被派遣到世间揭露真相的使徒！当年之事，亦是神的使者在授意下收回了漂泊在外的灵魂！"

所有的人都下意识地往后挪了几步，如同害怕火焰强光的动物般退到黑暗中继续匍匐着。而米勒站在正中，目光只是直视着大殿之上的穆。后者嚅动着嘴唇，然而此时连众人的神都站在我们这边，他再也说不出半点反驳的话语。局势已经在这片黑暗中陡然转变。

仿佛过了一个世纪那般漫长。

太阳重新出现，世界重获光明。殿内的众人又在困惑中坐起，此时看向我们的眼神已不再有警惕或轻蔑了，只剩下了敬畏。

唯有穆似又苍老了 10 岁。

"我明白了。我认可你的说法。最后还有一个问题，杀害……收回马修老师灵魂的人究竟是谁？"

"咳咳。"米勒清了清嗓子，回归了正常的语调，"凶手……使者为了收回灵魂来到了马修的房间，在杀人后因黑暗陷入目盲，又由于日食结束而重获光明——这证明了使者能够在日食发生前后的时间段自由行动并拜访马修；其次还是要用到那个煤油灯底座：我一开始就发现底座上的阀门处于开启状态，这代表着在马修遇害前的白天，他依然毫不顾及灯里的煤油，使其保持开启的状态。这与其笔记中的形象或者您口中的那个节省的马修并不符合。

"因此，这位使者选择的是马修最相信的人，是笔记中提及由于腿部受伤可以不参加晨练而自由活动的人；是即使在白天会面，马修也会帮其点燃煤油灯照明的人，是一位夜盲症患者。

"带走马修的使者是您的兄弟，麦尔。"

09 Moot

在那场旷世神迹之后，大殿里的众人顺从地告退。

穆把我们领到了正殿后的一个小房间外，那沟壑纵横的面部上漆黑的眼睛正严肃地凝视着我们。我能感受到穆身上复杂的情绪。他显然也没想到我们能在大殿上绑架众人的意志。最后米勒说麦尔是过去那起事件的凶手……关键的问题是，穆本人是否认可这一点呢？

出乎我的意料，他并未对米勒最后的发言发表任何观点，只是用妥协的语气开口道："这个房间里，放着马修老师的遗物。你们想看看吗？"

这是一个小小的杂物间，采光比起大殿稍好。正中间的台子上放着一块陈旧的金属物件。那确实是一块老式的机械手表，沾染血迹的细节、裂痕和指针方向和想象中的一分不差。看得出来这位族长确实对马修的遗物非常爱惜。我很想采访一下这位年逾古稀的老人是怎么看待当年兄弟的杀人事件，但终归没有问出口。毕竟我不是米勒那样不解风情的男人。除了手表，我们还看到了马修当年留下的衣物、水壶、指南针、钢笔等。目睹这些54年前遗留的文明世界的痕迹，并没有勾起我和米勒太多的思绪，反而穆本人如同深陷回忆般恍惚了起来。

"马修老师的死亡，给部落带来了很大的冲击。"他突然打破了沉默。

"这个你已经讲过了。"

米勒摆弄着一支黑色的钢笔。

"……不光是因为惨烈的现场，更是因为大家对'原因'各执己见。马修老师解释世界的理论对于我们每个人都是冲击，但其实也有相当一部分人认为他是污蔑神明的魔鬼——特别在老师死于日食之日后。当时我们的父亲已经十分衰弱，有一些人甚至借故提出要对马修老师和父亲进行……清算。我们的处境并不乐观。"

这些过往秘辛并没有记录在马修的笔记中，因此勾起了我的好奇心。但为什么穆会突然提起这个？

"为了能够纪念老师并保全家族的颜面，我们做了很多努力。"

穆抬起头，说出了奇异的话语。

"他们认为马修老师的理论没有解释神迹般的日食现象，是彻头彻尾的亵渎……但是我们经过观察还有思考，用与信仰不冲突的方式解释了现象……我告诉他们，马修老师只不过是用新的方式解释神迹。最终大家接纳了他的理论，我也得以建立纪念马修老师的仪式，一切才尘埃落定……不过你们也看到了，对于大多数人来说，信仰依然是主体。大家对日食有种本能的畏惧。"

就像我们世界的历史中，在宗教典籍文字的象征意义中寻找解释，缓解科学理论与宗教冲突的调停者一般，这简直是场微型的文艺复兴和宗教变革。

"所以你明明质疑神，却还是开拓出一条两全的理论道路，接纳了大家的信仰——为什么要和我们说这些？"

"别看现在这样，其实我对靠自己总结的'规律'、对马修老师的理论，一直都非常自豪。"话语至此，难得的光彩出现在穆苍老的脸上，接着变为苦笑，"但是，我终究不如你们这些大陆上的外来人——"

此时的穆，仿佛一个忸怩的学生。

"日食的规律，是可以预测的吗？"

我这才意识到，此刻站在我们面前的并非族长，只是某个好奇的人。

米勒挠了挠头，难得地露出了尴尬的表情："在我们的世界里，很早就有人发现了类似的规律，叫作沙罗周期。每过 18 年 11 天又 8 小时……这么说可能太复杂，总之相隔一定时间，各天体会回归相似的位置关系，出现类似的天文现象。而从马修死亡至今天，过了整 54 年 34 天，大概率会出现和当时相同的日食场景。这对于我们来说，只是一个数学问题。"

"只是数学问题……"穆的语气带着惆怅和自嘲，但转瞬间又恢复了精气，"原来如此。在死之前还能见到新的东西，感觉还不赖。"

"别这么说。我们的知识只不过是被授予的。如果只凭借观察和总结，并不会比你强多少。"

这样的安慰并没让穆轻松不少。我和米勒借故准备离开房间。只是在迈出腿时，我似乎看到了一个奇怪的图像。它悬挂在一面墙上，那个标志非常眼熟，仿佛就是……联合国的标志，但细节处又有差别。

"这里的东西我们已经看得差不多了。"米勒半推半挤地把我带出了房门，"该是重头戏了：让我们看看马修留下来的飞机吧。"

确实，如今恐怕没人会站出来反对我们触碰"神像"了。在穆的带领下我们绕道大殿后头，那里设有扶梯可以顺着爬上马修的飞机残骸。机械方面的事我是真一窍不通，上机的事就全权交给米勒，只能寄希望于他足够有用吧。

"嘿，曼尼！由你来确认经纬度。"米勒从机舱上探出身子向我挥手。

让我想想，当初穆说过，马修死亡当天的早晨，大家是晨练结束后不久发生的日食现象。从墨丘队长那边得知，晨练时间是差不多 7:30—10:30。那么日食发生的时间大致是 10:30—11:00，经度就是西经 142.5 度到 150 度。虽然 7.5 度的经度差对应的实地距离差不多有 800 公里，但也算大大缩窄范围了。

我大喊着把位置报给米勒，米勒则伸出手比了个 OK 的手势。

而后便是艰难的无线电装置维修和发送工作。不知道过了几个小时，飞机发动机的轰鸣声已经非常衰弱，感觉何时停机都不过分。就在此时，我突然听到了一阵嘈杂的电子噪声。

又是一个"OK"手势。

我腿一软，坐在了地上。

拜托了，求救的信息一定要传到。

……

间章　再次挑战读者

故事进展至此，一切尘埃落定……了吗？虽然很唐突，但还是有些问题没有解决。我准备再次挑战读者——你是否能再次回答这些问题呢？

1. 马修之死的事件真相是什么？

2. 我们在哪？

3. 冰墙后面有什么？

4. 联合国组织是什么时候成立的？

同样地，这些问题或许没有答案。

曼尼　敬上

10 献给 M 的推理

胸口仿佛有着十吨的重压。

梦中我的忍耐力已到达了极限。猛然惊醒，看到了窗外满眼的碧波荡漾。

米勒坐在床旁，打趣道："说了让你别吃这么多，撑到了吧？"

我摸了摸肚子，这才回忆起我们正躺在救援用船的医疗舱里休息。想必此刻的我脸上满是幸福的笑容。没错，我们终于被救出了那座岛屿。过往一个多月的经历真的如梦似幻，看不真切了——我受够了那些海鱼、塞牙缝的野味和各类不知名的植物。

虽然心中有种莫名的不安，但终于能够回去了。我要继续大鱼大肉、山珍海味，然后，我要回到那个只有破旧风扇的书房……我现在正无比想念的家。

然后，正当我想故作深沉地往家乡的方向眺望时，一个念头一闪而过——

"对了，我们现在正在往澳大利亚走？"

米勒瞟了一眼窗外："不是啊，在往巴西走。"

"诶？"我感到了一丝错乱，立刻走到窗边看天空，"现在我们在往西走啊。这不是澳大利亚的方向吗？"

"啊。"

"嗯？"我心中的疑虑再次加深，"你……不会有什么瞒着我的吧？"

"没什么。"

"没什么吗？那我去找船长，问清楚现在到底在哪。"

"别别别——"米勒罕见地有些不淡定，吞吞吐吐不知道在纠结什么，"并没有什么大不了的事，告诉你也没关系。本来想着你既然是稀里糊涂地来的，这么稀里糊涂地回去也不碍事……"

"你说什么？"

"就是，嗯，我们所在的那个 M 岛，并非在西经 142.5 度到 150 度，纬度 0 度的位置上。"

"这也没什么吧，有点偏差也很正常，救到了就行。"

"不是的。其实我们所在的位置的经度是……西经 28 度。我们不在太平洋，是在大西洋。"

我的大脑一片空白。

"那、那你说的那些推理，是怎么回事？"

原本所有不容置疑的逻辑猛地被粉碎，溶解在了无尽的海水里。

"那些啊……也不能说是假的。只不过是我切取了最适合听众的侧面，分别说给你，还有穆族长听的而已。好吧好吧，别这么瞪着我！我从头和你讲。

"你还记得穆在杂物间和我们说的话吧？作为部落中罕见的有现代思维的人，他肯定不相信鬼神之说，甚至还用马修提供的理论重建了当地的信仰……但这么一来却有一点疑问被敷衍过去了：如果并非鬼神，那就是他人所为，换句话说，他本身就是当年的嫌疑人之一。即使自己问心无愧，但经历当年之事的同族老人也一定会抱有怀疑。

"事实上，无论与我们交易还是听我们推论之时都有第三者在场，也证明了我们的推理并非只针对穆一个人，还是献给所有人的——穆想借我们这些外来者之手堵上悠悠众口。因此无论当年真相为何，我们要做的都不是找到真凶，而是提供一个最合适、最有益于穆，能洗清他嫌疑的解答而已——毕竟小到能不能使用无线电装置，大到能不能活命，一切可都是捏在他们的手中。

"不幸的是我并不知道当年的穆是三兄弟中的哪一位，无论我怎么试探也撬动不了别人的口……所以我只能出此下策，选择最不可能是穆的人当替罪羊了。晚餐那天我曾经拿硬币测试过穆，他明显能够看见并顺利捡起地上的硬币，这证明了他可能拥有用于空间定位的立体视觉，更有极大概率不是夜盲症。既然麦尔的可能性最低，那只能选他。当然了，我对死者还是心存敬意的，所以在众人面前才把麦尔包装成替神回收灵魂的使者嘛。我最害怕的其实是引起穆的不满。但也许我的包装还不赖，他最后也没反驳我。

"现在他们知道了当年之事与族长无关，凶手是一个早已死去的人，还有了神的背书，自然不会再为难我们。"

我用力地按压着太阳穴："那么，你在那里的推理其实是错误的？"

"大体是没错的，只是最后关键的地方借着日食的幌子玩了点把戏罢了。

"实际情况是,那些条件当然没法得出凶手有夜盲症的结论。凶手完全可以变动煤油灯的阀门状态,而且即使麦尔误留下了手印,也不需要砍手,只需要再沾更多的血,把掌印抹去就行。'夜盲'的推断更多是基于现有线索的牵强附会,合理却并不一定是真相。"

"那……那时间区间的问题呢?除了日食时分,深夜和上午还有什么时候满足室内从暗到亮的前提条件?"

"你的前提就错了。先试着忘记我的推理,直接关注问题本身。"米勒手指了指天,"从暗到亮的时点——若没有被时间范围框定,你应该早就想到了吧?"

"你是说……日出?"

"秋分时节,在当地时间 6 点左右出现日出,但因为有大气层的折射散射作用,差不多 5 点半就有亮光。然而要到达足够看清室内的亮度,估计要到 7 点——这恰巧是在晨练时间之前,大家都能自由活动。"

"所以……实际凶手砍手的时间是在当地时间的 5 点半到 7 点半之间。"

"没错,对应的经度,应该是西经 52.5 度到 22.5 度。但是从 52.5 度开始的大部分经度范围都是在南美洲陆地上,实际上合适的海域位置是西经 30 度到 22.5 度。也就是说凶手砍手的时候差不多是在当地时间早晨 7 点左右。"

"这怎么可能?你不是说马修的航线无论如何也不可能偏离这么远吗?"

"确实如此。所以我得出的结论是马修并没有偏离航线,北上经过赤道就是他的计划路线。

"别用看白痴的眼光看着我。这也是我深思熟虑后的结果。早在我们出发的时候我就和你聊过相关话题——其实答案非常简单,但正因为我们被常识束缚着,才与这个荒唐到可笑的真相擦肩而过……"

米勒拍了拍手:"那我们进入之前没有提及的第二部分推理吧。提问:马修到底教了三兄弟什么东西?"

"这个对话好像经历过。给点提示吧?"

"提示是,眼睛。"

"谁的，马蒙？摩根？麦尔？"

"神的。"

看着我迷茫的神情，米勒微微一笑："这纯粹是我的想象。你还记得穆说过，他结合了当地的信仰和马修的理论，总结了日食现象，并得出是'太阳被前方的天体暂时遮挡住的自然现象'吧。这个理论显然也被用来说服了当地的信徒。那第二个问题是'日食时的太阳被什么遮住了?'

"我想，他们借由马修理论得出的答案并非是月亮。理由很简单，因为那和当地信仰会有矛盾。日月都是神的双眼，怎么可能做到左眼遮住右眼的事呢？"

我感觉现在的讨论进入了某种非理性的领域，半天说不出话。

"然后我又想到穆根据理论设计的仪式。最后的部分里，穆和另外三人举着图腾绕圈起舞，而穆手中的图腾象征着太阳。那么，另外三人的图腾象征着什么？

"一个是月亮，而另外2个，恐怕是他们构想中的另一对日月：躲藏在日月的光辉之下，但偶尔会与日月重叠，产生日月食——在由马修教导、穆构建的理论中，天上应当由4个同等的天体周期运动。没错，这确实很荒唐，人类早就认识到太阳系里各个天体的运动规律，即使在1932年这也不会是大众认可的理念——但这个怪异的理论体系，正是源自马修的教育。

"再回忆一下马修的笔记：还记得他最初发现马蒙的眼疾，是在教授'透视'相关知识的时候。当时他们正在海边，使用漂向远方的浮木做演示。在教什么自然知识的时候会应用到透视理论？即使是美术里的透视理论也并非如此解释。但换个角度思考，当我们用'海上渐行渐远的物体逐渐消失在视野里'做例子的时候，会是讲述什么现象？"

米勒的解释过于跳跃，但在他的引导之下我突然产生了一个荒谬的念头。

"是的，马修的教学都是在证伪'地球论'。

"他是个坚定的地平说支持者。"

我第一次感觉到语言是这么陌生。

米勒手指蘸水，大致在桌面上画了一个圆形的地图："他们不相信地球是一个球体，而认为世界是一个以北极为圆心的大圆盘，各个大陆板块围绕着圆心在平面上展开。

"被大众津津乐道的'海上船只船身先消失，桅杆后消失'的地球论现象会被他们用透视和光的折射解释；而在空中轮替的日月，在他们的理论中是同样以北极为中心做圆周运动的两个发光球体——他们并不遥远，大小也相等。由于太阳光并不强烈，只能照亮一小部分的空间，才产生了昼夜。事实上马修就拿自己的煤油灯与太阳比较。

"更重要的是，在地平说理论中，南极也并不是一个大洲，而是包围着这个世界的巨大冰墙。"

"他们……是白痴吗？"

"虽然他们之中有好多人接受过良好的教育，但的确也算白痴。在地平说世界中，马修坚定地认为从南美洲阿根廷前往澳大利亚，最近的路线就是穿越北美洲和北极，跨越大半个地球，这在地平说地图上正是一条直线。正因如此，家乡里才有这么多人嘲笑他，笔记里他才会写下自己的知识并不被世人理解。不过对我来说，这条航线最起码沿路都是大陆，随时可以着陆补给；相比之下想要直接飞跃太平洋的计划同样不靠谱。"

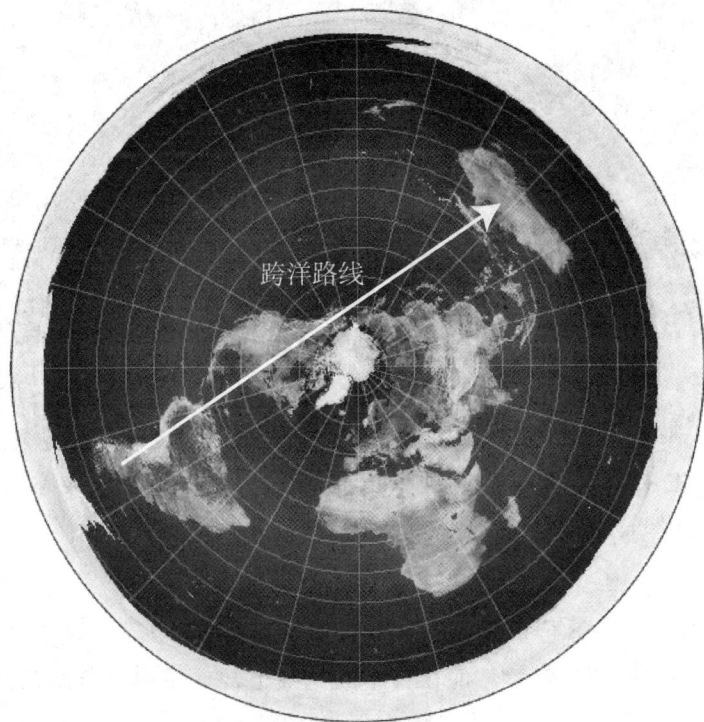

跨洋路线

“那……你有实际证据吗？”

“很遗憾，我没有。这不是基于证据的结论，而只是基于‘黎明犯案’推理和各式线索衍生的猜想。如果就直接把这个猜想说给你听，你恐怕要焦虑一整天——这也是我隐瞒的原因。当然，能佐证的实物并不是没有：穆的那个小屋，挂着一张形似联合国标志的图案……然而在马修遇难的1932年，联合国可没有成立。那应该就是马修的航线地图。联合国的图标和地平说地图神似，现在也被一小部分人认为是地平说的强力证据，只不过被政府隐瞒了。”

我泄了气似的躺在床上，如鲠在喉。

“所以……你最后发出的求救信号，竟然只是基于一个没法被坐实的地平说猜想？”要是我提前得知了这件事，肯定会阻止他发送坐标。虽然从结果上来讲成功了，但米勒的这种冒险行为……想想就后怕。

“还有……还有，按照你的理论，杀害马修的究竟是谁？”

“试想一下，在黎明时分天还未亮的情况下，凶手摸索时失误留下了掌印。之后太阳照常升起，他在昏暗的光线下却无法用血液涂抹掉痕迹。

这是因为他分不清墙上哪里是刚才红色的掌印，更没有时间和资源涂抹整面墙，只能选择砍手。"

"你是说，凶手是色盲的摩根？色盲只是认不出红色，而不是看不见墙上的痕迹吧？"

"对于红色盲患者来说，红色更偏向于灰色，混合在灰黄的土墙上就如同在看色盲测试卡的图片，当然会分不清；更何况马修笔记里也写过凶手可能分不清'白'和'红'。对于凶手而言，这几种颜色在那个环境下都是深浅不一的灰色而已。"

"原来是这样……不对，你还是在耍我。"

"哈哈哈哈。"米勒好久没有这么畅快地大笑，"还是和夜盲症的推论一样。这些都只是可能性的总结。我还可以提供另一条逻辑：凶手总可以通过特定的办法避免煤油灯熄灭后的致盲效果。只需要事先闭上一只眼，让其适应黑暗，就可以在灯灭后维持视力；那样三人之中唯有单眼盲的马蒙是绝对无法适应黑暗的，他最可能是凶手。

"然而现实并非按可能性最高的答案发生。或许凶手有夜盲，或者是色盲，或者是单眼盲，或者只是脑筋没转过弯——这不是限定条件不够的问题，而是'思考'行为本身的缺陷。甚至将凶手限定在兄弟三人中的行为也是个先入为主的谬误。针对马修提出的理论，信仰岛上神明的人中有敌视者意外了解到三兄弟的眼疾也不奇怪。我们向穆承诺的只是提供一个解答，用来论证人为犯案的可能性。'猜凶手'可不是我的业务范围。

"至于动机，无论谁杀人，谁当族长，总能构建出合理的解释。在无穷的可能性之中，我只能锚定几率最高的那种做出尝试。就像在这次推理中，我选择了'黎明犯案论'；马修也只是根据他的人生经验选择相信了'地平说'。只不过我的选择碰巧对了，而他的选择错了。"

终于注意到我没好气的眼神，米勒住了嘴："我想说的是，M岛上的真相并不重要。虽然不知道现任族长是三兄弟中的哪位，也不知道他的手上是否残留有鲜血，但总会有一个族长。"

"照你这么说，真相是什么都没有意义，你的推理只是用来说服他人的吗？"我莫名对米勒的敷衍态度感到火大。

"真相确实存在，只是我还没有自负到认为我能准确地描述出来，何况是54年前的历史。况且现在救了我们的也并非推理本身，而是无线电发出的信号和这艘救援船。换句话说，推理的指引让我们有了探索的方向，这才是它更重要的价值。也正因如此，我才想试试亲身越过南极、丈量地球。"虽然刚才的歪理听着充满虚情假意，米勒的这句话却非常真诚。

"但是我还是觉得有些讽刺。那个岛上土著所相信的世界，竟然只是马修给他们灌输的错误知识？穆还为了修补他的理论创造了这么胡来的天体体系。这也太可悲了。"

"事实可能并非如此。你还记得马修怎么描述他的学生吗？创造力、想象力、好奇心，但对宇宙的认知是一张白纸。他并非只想灌输地平说理论，而是希望通过提供适当的背景知识，让三兄弟自己得出地平说的结论——这才是对他口中不会思考、人云亦云之辈的最大反击。只不过他没有意识到他提供的理论指导也是错误的——当然了，这也只是我的猜测。"

"这算什么，难道他们还应该自豪？"

"经过自己的观察、实践、思考得出的解答，为什么不能自豪呢？我们所拥有的知识和经验也是通过相同的方式积累起来的。"

我一时语塞。

"那么，穆最开始问的那一句，冰墙后面有什么，是什么意思？"

"在地平说支持者的世界观里，由于南极其实是围绕世界的一整圈冰墙，没人知道冰墙外的世界是什么，是其他平行宇宙、是远古巨兽，还是一片虚空……没有人知道。等有一天他们亲自跨越了南极，才能见证真理——或许他在期待着外面世界的人是否真的去到了南极冰墙之外，看见过真理吧。"

我向窗外望去。

满眼见到的都是海浪和卷云，没有真理。

我突然犹如神启一般产生了灵感。

"或许，不是在期待我们？"

"什么？"

我回忆起最开始见到穆时的情景。他说，他的族人在海岸例行巡逻。

他们是在巡逻什么呢，难道是在期待着谁登岛吗？

"穆和他的两个兄弟，他们都有着无比的好奇心和探索欲，在得知了外面的世界后为什么没有想过离开岛屿呢？"

"那你的'推理'呢？"米勒端坐着，以非常正式的语气抛出疑问。

根据穆的描述，在当时的情形下为了纪念马修和维护家族，需要留下一个人继承族长之位。但剩下的两个却有机会从海洋的小小一隅中脱身，前往想象中的世界尽头。或许死亡只是一个借口，揣着某个目标的两位少年，在某个清晨乘船出海。

穆是在等着自己的兄弟回来，等着他们告诉自己岛屿之外世界的样子。

——然而，这同样并非推理，只是不切实际的想象。

"总之！"米勒拍了拍掌，把我拉出了故作伤感的思考，"推理到此为止。既然要回去了，就把这个推理留下吧。这个推理不是留给你的，也不是留给穆的。把这个推理献给地球。献给世界。献给冰墙。献给冒险家。献给环球航行者。"

他伸手抹去了刚刚画在桌上的圆。

献给绘制这个世界的，地图（Map）。

选自上海交通大学推理协会会刊《伪证之书 3（上）》（2024 年 9 月）

三一七七三

流　平

【作者简介】

　　流平，"00后"，推理小说爱好者，复旦大学数学系研究生在读，曾任复旦大学推理协会第九任会长。推理小说创作以日常之谜为主。有《怕海的男人》《巴普洛夫的兔子》《乳牙》《樱花的告白》《摩天轮要转三圈》《三一七七三》等短篇作品，散见于复旦大学和西安交通大学推理社刊。短篇历史推理小说《隐公十一年》收入《谜托邦04：故事新编》。

　　这场雨像是疼痛的膝盖召唤来的。出门时感应到雨的预兆，孟鹤雨便识趣地将折叠伞塞进公文包里。傍晚时分，阴沉一整天的天空总算按捺不住，下起蒙蒙细雨，像在宣告春天的降临。

　　出租车停在剧院门前。孟鹤雨收起伞，轻轻摇晃，将伞面上的水珠悉数抖落。跳动着的水珠反射着霓虹灯光，在空中倾落如同下坠的烟火。

　　讨厌雨天。

　　孟鹤雨在心中埋怨，揉揉膝盖，推开雾气朦胧的玻璃门。

　　妻子站在剧院大厅中央，像落队的孩童一般茫然无措。看见她的身影，孟鹤雨急忙加快脚步，远远地朝她挥手。

　　"让你久等啦。"

　　他刻意让自己显得更爽朗一些。

　　像是才注意到他，妻子迟疑地抬起头，眼里的彷徨很快被喜悦冲散。从她如春水般含笑的温柔眼眸中，孟鹤雨看到的是自己略带疲惫的眼睛。

　　"外面下雨了吗？"

她伸手要抚摸孟鹤雨打湿的刘海。孟鹤雨握住妻子纤细的手，掌心传来熟悉的温度，心中的愧疚又增添几分。连续几个月加班，就连结婚纪念日的约会也因不凑巧的雨险些迟到。他的视线不由得下移，落在妻子隆起的腹部。妻子却似乎看穿了他的心思，笑着告诉他，孩子很安分。

去年的今天，空中似乎也是飘着细雨。他把戒指戴到妻子白皙的手指上，与她四目相对，眼里除了彼此再没有其他的存在。

结婚6个月前，他们才在相亲中认识。他们各方面都很合适，也有很多共同话题，很快确认对方就是自己要找的那个人。一次约会后的散步途中，他看见一对拍婚纱照的新人，突然对她说："我们结婚吧"。

想起来，一切都太快，就像旋转木马上一闪而过的风景，看不真切。就算现在，婚礼那日的光景仍令他目眩。如同突然被委以重任的勇士，他单膝跪地，立下誓言，尽管心中忐忑，却还是要毅然接受使命。

他已经不再是孤身一人，他是妻子的丈夫，并且很快就要成为孩子的父亲了。可内心却是这样惴惴不安，很难说清自己是否已经做好准备。时间是从哪一刻开始加速的呢？他估摸一定是从18岁那年的夏天。

或许是因为下雨的缘故，剧场里只有寥寥无几的观众，他们三三两两慵懒地坐着，打着呵欠，就像是公园里三五成群等待喂食的白鸽。话剧是妻子挑选的。她特地挑选了带有推理元素的剧目，那是他们都很喜欢的类型。

"鹤雨是不是也演过话剧来着？那你可算是专业人士了。"

面对妻子的揶揄，他不由得苦笑。以前他确实演过，那还是在初中时代的社团活动，妻子居然连这都记得。不过高中他没参加社团，大学更是连联欢会的表演都没参与过，恐怕早就成了与艺术绝缘的普通人。

他用手指反复摩挲着剧票光滑的表面，似乎那样做就可以提前知晓演出内容。剧名叫"卫殇"，背面的简介写道：故事发生在春秋时期的卫国，一具尸体凭空出现在淇水河畔，预示危机的阴云渐渐积聚。

不解其意的孟鹤雨漫无目的地游移着视线，却不由得惊叹出声。妻子疑惑地转头，孟鹤雨将剧票背面印着的导演名字指给她看。

"蒋安国？"

孟鹤雨点点头，说自己可能认识这个人。话剧"卫殇"的导演蒋安国，应该就是他初中戏剧社团的社长。为人真诚、正直又坦率，是社团不容置疑的主心骨。

"初中戏剧社的社长吗？看来他到现在还很爱戏剧，还当作工作呢。后来呢，你们还有联络吗？"

孟鹤雨摇摇头。他只知道蒋安国初中毕业后，考进外地的重点高中。不知道是怎样的决心，促使他做出如今的选择。

果然，与三脚猫功夫的蹩脚演员不同，总还是有人充满热情，从未偏离坚信的道路。每每想起那些未将梦想弃置的伙伴，总还是不免羞愧难当。就算只是尚未发出光芒的璞石，对于失去它的人来说，却依旧是令人炫目的存在。

孟鹤雨又想起名叫童天的女生，她也是海峰初中戏剧社的主要成员。原以为就算是如假小子般个性十足的童天，也会在步入社会后成为平平无奇的女白领。可像是在故意打破他的刻板想法一般，他在同学会见到的却是短发染成红色的摇滚乐队主唱。那天，他因为太过惊讶而没来得及说出口，她真的很酷。

聚会之后，他特地找来童天所在乐队的歌曲来听。虽然重金属的风格不合胃口，但他还是感到一股振奋人心的力量，从狂躁的吉他声中喷薄而出。在结婚前，他时常会听童天的歌曲，渐渐也喜欢上了那种叛逆的音乐。

想起那天见到的童天，孟鹤雨不禁双颊发烫。平平无奇的自己，和不平凡的他们，果然是活在截然不同的两个世界里。就算曾经轨道并行，也终会渐渐分开，直到最终如星辰般遥不可及。

还好当时的自己没有更进一步。只是如陨石般随波逐流的自己，恐怕终究不能拥有行星的轨道。就像现在一样，远远地注视着他们，或许也已足够。

未被知晓的爱恋，还能称得上爱恋吗？

那个夏天，倾泻而下的暴雨没留下任何痕迹，或许已经比即将演出的先秦故事更加无处寻觅。

1

东方旷野的天边刚刚露出鱼肚白，一阵急促的敲门声将老汉从睡梦中惊醒。

"谁呀？"

他试探地叫唤一声，外面却没有丝毫回应，只是依旧不消停地拍打着门扉。老汉坐起身，睁开迷蒙的睡眼，看向窗外乍亮的晨光，脸上露出困惑的表情。

此时，老妪也被敲门声吵醒。她翻个身，不满地嘟囔一句。

"敲什么敲，死人都要从坟里爬出来！不会又是来收税吧？辛辛苦苦耕种一年，全去养那些畜生去了。"

敲门声依旧不停，充斥着不容拒绝的压力，不祥的预感在老汉心中升起。他一个激灵，翻身下床，三步并作两步地跑向门口。

刚一取下门闩，门就被一脚踢开，老汉也差点摔倒。

"怎么搞的……"

老汉刚想教训不懂礼貌的来客，出口一半的训斥却被他硬生生咽入腹中。来者身形健硕，仿若虎豹，面相凶恶，宛如恶煞，更何况手中还拿着长戈，分明是位武将。就算借老汉十个胆，他也不敢与眼前的不速之客叫嚣。

"你叫什么名字？"

武将扫视房间一圈后，目光落到老汉身上。老汉年轻时，也曾在山林间猎过飞禽，捕过走兽。他唯一一次碰见黑熊，偶然与它四目相对时那种毛骨悚然的感觉，经过多年依旧令他心悸。此刻，他仿佛再次与黑熊对视，彼时的恐惧爬上脊背，老汉牙齿打战，一时竟忘记了言语。

"喂！问你话呢！"

"田、田宽。"他好不容易才从牙缝中挤出这几个字。田宽只是个一辈子勤勤恳恳耕种着几亩田地的平头百姓。既没有当过官，也没有犯过科。他不明白，像他这样的无名小卒，到底是触犯了哪条天规，才要受如此"礼遇"。

似乎是看出老汉的恐惧，武将的语气稍稍缓和。"田宽是吗？我是主公麾下亲兵队长姜叔①。我问你，家中都有谁？"

"只有我和妻子汤氏，还有两个儿子。"

"没别的人吗？"

"还有一个昨晚来的猎户。他说准备第二天进城赶集，想借宿一宿。我就让他睡在南边的空房。"

"你立刻把他们都叫来，明白了吗？"

田宽只得答应。尽管知道自己根本不是面前武将的对手，身为一家之主的自尊心还是让他忍不住问道：

"小的斗胆问下，大人此行到底为何而来啊……"

话一出口他就开始后悔，亲兵队长亲自出马，定是国君的吩咐，是关系到整个卫国的要紧大事，自然不是自己这样的小人物能过问的。

但姜叔却回答得很干脆。

"我身为一介武将，不去操练武技、训练士卒，却来平白无故侵扰百姓，你自然奇怪。但事出紧急，主公下令，不得不从。主公最宠爱的宫女雪儿，昨晚失踪了。雪儿的尸体，刚刚被我们在附近的河滩发现。现在，我必须要抓凶手回去。"

2

再试一次。田坚把身体后仰，如拉紧的弓弦一般蓄势待发。集中精神，将全身的力量汇聚于指尖。三、二、一，心中默念，想象手中不是石子，而是致敌人于死地的兵刃。手腕使劲，带动手臂，全身发力。他感觉自己已经逐渐掌握了门道，只要用力得当，小石子也能迸发出惊人的力量。

眼看石子已经举到最高点，马上就要脱手飞出，一声远处传来的

---

① 剧目中的历史人物姓名均为杜撰。

呼叫却让田坚猛地收住动作。

"大哥!"

全神贯注的田坚如同被戳中脊背,姿势定格在空中,本应如流星般划过空中的石子软绵绵地从手中滑落,滴溜溜滚到地上。

田坚循声望去,远远地看见弟弟朝他跑来。弟弟田信跑到他跟前,还未站定,就气喘吁吁地叫道:"不好了,出大事了!"

"慌什么!有什么事好好说!"田坚皱起眉头。心中犯着嘀咕:遇到点事就慌成那样,弟弟果然难成大器,只能像老头一样,种一辈子田。

"哥哥,你是一直在此处练习吗?"

"当然,我从鸡鸣起就来此地练习,还打算再练上半个时辰。"他自豪地说。

对于精进武技,田坚从不懈怠,他志在沙场,渴望靠杀敌立功出人头地。虽然父亲常抱怨他因练武而耽误田间劳作,但在田坚看来,那不过是不足挂齿的小事,报效国家才是他的大志所在。

"是吗?那哥哥也没碰到别人咯?"

田坚听出弟弟话中有话,没好气地反问:"你什么意思?附近只有我们一家居住,哪有什么别人?"

"没有就好。"田信松了口气。他环顾四周,确认四下无人后,才凑到田坚耳畔悄声道,"哥哥有所不知。今天哥哥走后,我也睡不着,就到河边树林里散步,忽然隐约听闻一阵脚步声,从声音判断大约五六号人,脚步整齐划一,似乎训练有素。那时天色尚早,我心生疑惑,便躲到树后偷瞄,看见一队士兵聚在河滩上。他们将一物团团围住,窃窃私语一阵,我隐约能听到'尸体''凶手'之类的词语。"

"尸体?你没听错吧?"

"不会错的。"田信笃定道,"他们商量一阵后,为首的一人便指挥其余士兵把尸体抬走。他命令道:'快点,赶紧把宫女的尸体运回都城,向国君复命,我来调查凶手。'我听得清清楚楚。"

"宫女?你是说死者是宫女!"田坚更加惊讶,他做梦也想不到自己家附近会出现宫女的尸体。

"应该不会错。而且,我看为首那人的穿着,应该不是一般的军士，至少是个军官。既然派他出马，那个宫女恐怕深受国君宠爱。我推测是宫女私逃出宫，国君派人连夜追寻，没想到却只找着尸体。"

"堂堂一国之君，不在前线指挥与戎狄的战斗，却派武将寻找失踪的宫女，真是荒诞至极。"田坚忍不住叹息。

对于自己主公的不良风评，他也早有耳闻，没想到却真昏庸如此。难道那些传言都是真的？他想起从前，自己也曾怂恿弟弟与自己一同练习武艺，报名参军，上阵杀敌，弟弟总是以必须留一个儿子照顾老人为由推辞。那时他还以为是弟弟胆怯，害怕牺牲，还暗自不齿，可现在想来，或许弟弟看得比谁都清楚。

见田坚不说话，田信又继续说道："那些士兵把尸体抬走后，我还偷偷过去瞄了一眼，河滩上有块沾血的石头。石头的一角非常尖锐，恐怕那就是凶器。"

"等一下。"田坚像是猛然惊醒，伸手制止滔滔不绝的弟弟，"你说石块是凶器，可也可能是她一不小心绊倒，正好磕到石头不是吗？河滩的泥土时而被河水浸泡，坑洼泥泞，极易滑倒，宫女所穿的鞋也一定不适奔跑。或许只是单纯的意外。"

"我也是那么想的，不过那个武将打扮的人似乎并不那么认为。我看到他让士兵运走尸体后，就往我们家的方向走去。"

田坚终于明白弟弟口中的"大事不好"是什么意思。现场一定留下证明他杀的痕迹，或是遗失的物品，或是留下的脚印……不对，或许不是"存在凶手"，而是"需要凶手"，需要一只替罪羔羊发泄国君痛失宠爱的宫女的怒气。如果真是那样，我们家肯定会有人遭殃！田坚不由得倒吸一口凉气。

"哥哥你也清楚我们的处境吧，他们不抓住凶手是不会罢休的。我相信人不是哥哥杀的，对吧？"

"这是当然！"

"我也是。我觉得我们家人都不可能杀人，那凶手就只可能是那个借宿的猎户。谁都不知道他的来头，不是吗？"

"可是，他也不像是会认识宫女的那种人。"

"哥哥，你怎么还不懂。既然他们需要一个替罪羊，那我们给他们一个就好。你想想，如果查不出凶手，国君一怒之下，将我们全都当凶手论处，那可怎么办？"

"这怎么可能！"田坚虽然嘴上那么说，心里却没底。

"我偷偷调查的时候，石头上的血还没凝固，恐怕那个宫女才死没多久。我猜哥哥应该在老地方练习，就立刻跑来找你。家父家母还在屋里睡觉，只要我们声称从早上一直待在一起，就可以相互证明。凶手就只能是唯一没有不在场证明的猎户。"

"你是想让我作伪证吗？"田坚露出为难的神情。显然，那与他所秉持的操守相悖。

"难道还有更好的办法能保全我们一家吗？"田信正色道。就在此时，从远处传来田宽焦急的声音。

"哎呀，总算把你们找着了。赶紧，和我回屋，将军大人要抓犯人！"

兄弟二人面面相觑，然后仿佛心有灵犀一般，无言地朝对方点头。

幕布落下，宣告第二幕的结束。斜眼瞥向身旁的妻子，她似乎还沉浸在剧中世界，依旧注视着空空如也的舞台。

现在搭话可能会吓到她吧，孟鹤雨托腮暗想。

环顾四周，尽是皱眉思索的面孔，大概妻子也和他们一样，正在猜测杀死宫女的凶手吧。身份不明的猎户恐怕只是障眼法，向哥哥发出伪证邀请的田信同样值得怀疑。

但或许，那也全在导演的计算之内。

孟鹤雨摇摇头，如果谁都有可能成为凶手，那么谁是凶手也都无所谓，一定还会有进一步的线索出现。

蒋安国在初中从没显示出对推理的兴趣，说不定也是踏入社会之后才涉足相关题材。他想起初中最后一次和蒋安国合作，凑巧也是历史剧。如今，那部剧的内容早已模糊，只有童天的小生扮相记忆犹新。

那时他还揶揄道："果然还是演男生更适合你！"结果被她狠狠地瞪了一眼。最后她为何没有反串出演呢？现在想来果然还是觉得遗憾。

眼前，恍惚又浮现童天那天的妆容。她鼻梁高挺，眉眼硬朗，稍一化妆，就摇身一变，成为一名俊俏少年。

"不过你可不能笑出来呀。笑出来就破相了。"

童天倒是很少笑。不是因为郁郁不乐，抑或故作深沉，而是天生如此。旁人常误以为她生性冷淡、难以相处，甚至引起误解，她自己倒是浑然不知。

就连和童天相知多年的孟鹤雨，也曾对童天的表情耿耿于怀。

孟鹤雨喜欢在排练后讲笑话，可就算能逗笑所有社员，童天也不会笑。有段时间，孟鹤雨莫名地很想看她笑。于是便四处搜罗笑话，不分场合地给童天讲。到后来，童天见到他就问："今天的笑话好笑吗？"孟鹤雨觉得自己简直变成千金买笑的周幽王，气得再也没在社里讲过笑话。

但正因为她中性的长相和冷峻的面容，童天在观众中颇具人气，不论是男生还是女生，都难免为之倾倒。孟鹤雨时常感到嫉妒。一次表演结束，和童天一起收拾道具时，他便打趣地说道：

"你演的那些角色，虽然舞台上看着很有魅力，但要在生活中碰到还挺头疼的。"

他只是随口一说，没想到童天却一脸严肃。

"意思是我难相处吗？"

"不，只是开个玩笑。"孟鹤雨不想惹童天不高兴，"是说你演技高超。不像我，演什么都很普通。"

"那作为朋友怎样呢？"

他愣了一下。直到那时，他才意识到自己早已成了童天为数不多的朋友之一。激动之余，他不知从何处借来胆量，觍着脸说："都说笑可以拉近距离，你多对我笑笑，我们之间关系才会更好嘛。"

"笑？我干吗要对你笑。你讲的笑话又不好笑。"

他本以为童天会那么说。

想起年少口无遮拦的自己，笑容不禁浮上嘴角，换作现在的自己，恐怕反而没法保持坦率。幸好当时向前迈了一步，才能一窥她的笑靥，他打心底感谢曾经的自己。

升入高中，他与童天幸运地被分到同一个班，却基本没怎么说过话。不知为何，曾经习以为常的与童天搭话一下子变得困难起来。他们像普通同学一样相处，三年一晃而过，直到誓师大会的那个下午，童天出乎意料地出现在孟鹤雨桌前。

"放学后你在教室等我一下。"

"干吗？"

"有事找你。"

也不等他答应，童天就扭头跑开。那是有求于人的态度吗？孟鹤雨在心中嘀咕。今天童天似乎扭扭怩怩的，是自己的错觉吗？在夕阳金色的光芒洒在课桌之前，粉色的气泡早已飘满少年孟鹤雨的脑中。

下课铃响，孟鹤雨慢吞吞地收拾书包，他将课本塞了又拿，拿了又塞，是怎么也不满意。终于，教室人群渐渐散去，最后只剩他们二人。

初秋晚风吹拂，窗帘缓缓飘动。夕阳下，窗边的童天仿佛被镀上了一层金边。童天从座位站起，转身向他走来，他不由得心跳加速。

"西服借我穿穿。"

"哎？"

粉色泡泡被瞬间戳破，脑中一片混乱的孟鹤雨将西服递给童天。童天脱下大衣，将西服套在身上，一丝不苟地系上扣子，又转头整理起领口来。

"你在做什么呀？"

"还能做什么？当然是试衣服呀。你不觉得男生校服比女生的好看一百倍吗？"

入学时，学校给学生订做了出席大型活动的校服，男生是西服，女生是大衣。明明区别不大，他真不知道，她为何如此在意。

"难道你一直想穿西装？"他试探性地问道。

"怎么啦，不觉得很酷吗？如果有一条领带就更棒了。"童天貌似心情不错，语气也轻快起来，"今天衣服就借我吧，明天再还你。"

"那我穿什么啊！"

他最后是穿衬衫回家的。幸好天气尚未转凉，秋风吹在身上也很舒服。

穿上喜欢的西装，童天此刻也正踏着轻快的步伐吧。

不过，穿西装的童天也很飒爽。童天身材高挑，就像模特一样，或许男生的衣服反而更适合她。孟鹤雨蹬着自行车踏板，嘴角不自觉地上扬。

刚才，我为什么没告诉她呢？自行车座上的孟鹤雨想。

总是如此，因为迟钝而错过机会。可当自己变得不再迟钝，却又偏偏坦率不起来了。剧场座椅上的孟鹤雨想。

整个高中，孟鹤雨和童天独处的机会，也只有那么一次。社团招新时，孟鹤雨本以为童天会继续参加戏剧社，还特地把守在摊位口，期待和她"偶遇"。结果等到太阳西斜，兔子也没撞到树上。

后来问及原因，童天也只是耸耸肩。

"我不想演戏了。现在的我想组个乐队，还差点成员。首先要一个鼓手，最好还有一个贝斯手……"

"那怎么行！我们初中三年不是全在演戏吗？"

"那也没办法，不喜欢就是不喜欢呀。"

"可是……怎么能说不喜欢，就不喜欢呢。"

任孟鹤雨如何费尽口舌，童天都不为所动。最后童天似乎终于不耐烦地反问孟鹤雨，自己喜欢什么和他有什么关系。

是呀，和他有什么关系呢？当时的孟鹤雨当即哑口无言。现在他早已知晓答案，可还是难以说出口吧。

只是想和你一起演戏而已。

望着缓缓升起的幕布，出现在孟鹤雨眼前的，仿佛是那个懵懂青涩，还不知自己为何卖力演出的少年。

3

一阵急促的敲门声，将薄纱般的浅梦撕碎。胡季一个鲤鱼打挺坐直身体，目光立刻瞄准声音的来源，同时右手悄悄伸向枕下。

"怎么了？"他试探性地问一句。

"请快起来吧！快随我到主屋来。"门外传来田宽焦急的声音。

暴露了吗？要逃跑吗？冷静！自己应该没露出马脚才对，没必要现在就冒险。胡季极力打消心中不祥的预感，匆忙穿上衣服，又从枕下拿出匕首，藏在腰间，做好随时铤而走险的准备。

门被推开，清晨的阳光透过奶白色的薄雾，映照着田宽愁云惨淡的面容。昨天还满面红光的老头，仿佛一夜之间憔悴了许多，胡季不禁错愕万分。眼见门被打开，田宽像是一块大石头终于落地似的，重重地叹了口气。

"跟我来!"田宽拉住胡季的衣袖,将他拽向主屋。

"到底出了什么事?"

"有个宫女死掉了。将军要查杀人凶手!"

宫女?将军?胡季差点以为自己听错了。他想再向田宽确认,但看老头紧张的神情,恐怕他也不知道更多。胡季只能怀着惴惴不安的心情,跟随田宽走进主屋。

屋内有四个人。正对面坐着的,是一名身材魁梧、神情肃然的武将。那副威严的架势,如同大殿中的天王,又仿若地府的判官。站在左侧墙边的,是田坚、田信两兄弟,他们身体僵硬,嘴唇紧抿。门旁是二人的母亲汤氏,她正无所适从地四处张望,仿佛房间某处藏着密道,能让她逃出这阎罗大殿。

田宽朝姜叔微微鞠躬后,转身将门关上。

"大人,人都齐了。"

他说完便站到右侧墙边,汤氏也如同被磁铁吸引的磁针一般,迈着碎步,挪到丈夫身旁。狭小的房间立刻只剩下门口的一处空隙,那显然是为胡季预留的空间。胡季立刻意识到,此时房间就是临时审讯室,自己在浑然不觉间,已经被推到被告的位置。

手忍不住伸向腰间匕首的位置。被瓮中捉鳖的自己,是还有机会金蝉脱壳,还是不得不玉石俱焚呢?胡季紧张地等待着审判降临。

见全员到齐,姜叔咳嗽两声,然后沉声说道:"诸位无须紧张,我召集诸位,是想确认杀死雪儿的凶手。雪儿是主公宠爱的宫女,前夜逃出宫中,主公派我等追寻,却不料今早在淇水河畔发现雪儿的尸体。附近并无别的人家,凶手大概就在你们几人之中。"

与胡季想得不同,那武将虽然长相威武,言语倒是恭敬有礼,像是真想找出杀人凶手。既然如此,那就尚有与他辩论的可能,也就还有一丝逃出生天的机会,胡季稍稍安心,但无论如何,他都要先面对眼前四人铁桶般的合围。

田宽首先开口:"我与妻汤氏昨日黄昏就寝,一夜安眠。我们都睡得很浅,如果我半夜离开房间,妻子必然察觉,反之亦然。"

"诚如夫君所言,我们整夜不曾出屋,更没有杀人。我们都是普通百姓，哪认识那宫中贵人？"

她似乎还想继续抱怨，但田坚向她使个眼色，示意她不要再说。

"今晨家兄邀请我到树林训练武技，直到被父亲叫走，我们都待在一起练习棍棒。对吧，哥哥？"田信越过哥哥的顺序，抢先一步说道。不过田坚随即也点头附和："没错，诚如舍弟所言。"

果然，他们早就串通好证词，一致对外地围攻自己。撕下昨夜亲切的假面，今早所见，尽是如野兽般势利的嘴脸！胡季在心中冷笑，但姜叔锐利的目光已经落到他的身上。无奈之下，他只得孤注一掷。

"如您所见，我只是个进城售卖毛皮的猎户，只是偶然在此地借宿，才卷入此次风波。直到被田老叫醒，我一直在屋中酣睡，绝无半点虚言。但奈何无旁人作证，大人也未必相信我一面之词。但若因此获罪，我也心有不甘。事已至此，我只有一事相求，愿大人应允。"说完，他躬身向姜叔行礼。

"何事相求？"

那粗犷武人果然并非蛮不讲理，胡季心中燃起希望，他立刻极尽谦恭地说道："唯愿大人带我到现场一探，或能寻得证据，证明凶手另有其人。"

"如若没找到呢？"

"那我甘愿受罚。"

思索片刻，姜叔点头同意。"就依你所言，带你到现场罢了。"

胡季在心中长舒一口气。就算那武将再孔武有力，也毕竟只有一个人，只要到室外，自己就仍有逃脱的机会。

然而，他的计划却立刻就被看穿。田信上前一步，对姜叔行礼："那我等也愿一同前往，共寻证据。"

虽然面露难色，但姜叔最终还是决定携众人一同前往现场。胡季刚刚燃起的希望之火又被熄灭，徒剩一地死灰。难道，今天迎接自己的结局就是出师未捷身先死吗？他望着远方，泪盈眼眶。

屋外，是一片祥和的春日光景。胡季如同被驱赶的牲畜，被身后的姜叔指挥前行。"停！前面就是案发现场。"

胡季停住脚步，淇水已经近在眼前，河水奔流不息，掀起的浪花冲刷着两岸的淤泥。河滩是一片松软的泥地，乱糟糟的脚印清晰可见。胡季刚想上前细看，却被姜叔拽住肩膀。"慢着，就在此处不许走动。"

果然，想趁机逃跑是没机会的。胡季转头望向姜叔，只见他满脸倦容，恐怕心中所想，也是赶紧抓个人好回去交差吧。最后关头，胡季也只能把命运赌在编造的借口上。

他目无焦点地扫视着河滩，眼前只有密密匝匝、纵横交错的脚印而已。泥地并没有人为抚平的痕迹，所以凶手的脚印也应该留在那里。可那些脚印无论大小，还是深浅都相差无几，根本无法辨清哪些是凶手留下的。

等等，胡季突然发现一个突破口。杂乱无章的脚印中，有一种，也只有一种足迹与其他的不同。胡季猜想，数量最多的脚印来自士兵常穿的鞮，而那一道清晰的往返途径，则是来自百姓所穿的草鞋。那道足迹的主人，也就是凶手，就在田家人中。

胡季低头，在众人的鞋履间游动着视线，终于，他发现其中一人的脚尖沾满新鲜的泥土，那便是他的罪证。他抬起头，缓缓抬手指向那人。

"大人，我已经知道凶手是谁了。就是你吧，田信！"

六月阳光透过紫藤的缝隙，在地上留下星星点点的圆形光斑，如同迪斯科灯球洒下的跳跃光点。惴惴不安的孟鹤雨，手中紧握系粉色丝带的礼盒，就像零点前的灰姑娘，等待南瓜马车的到来。

毕业钟声敲响，各奔东西的旅人即将告别暂时停泊的码头。燥热的夏日空气，以及最后时分按捺不住的心跳，催促着他们倾诉积蓄三年的话语，做出孤注一掷的决定。

终于，匆匆赶来的童天背着吉他包，出现在长廊尽头。孟鹤雨赶紧将礼盒藏进口袋。

"哇，我们都听得超级过瘾！是原创歌曲？那岂不是更厉害！"

"谢谢。毕竟是最后一场演出，我们都是全力以赴的。"

童天露出腼腆的笑容，额头上的汗水在阳光下闪闪发光。

"时间过得真快，一转眼，我们都要毕业了。"

毕业，就在眼前。曾经觉得如此遥远，如同阿基里斯永远追不上的乌龟，如今却近在咫尺，稍稍向前跨一步就会超过界限。

为什么要告别呢？如果可以，真想让鼓声彻夜不歇，电吉他轰鸣不休，将离别的钟声也掩盖。

"找我有什么事吗，鹤雨？"

孟鹤雨从分别的惆怅中回过神。"啊，也没什么事。就是毕业了，想送你点礼物。"他说着从口袋里掏出礼盒，才发觉手心早已被汗水浸湿。

礼盒里是一枚银色的女式领带夹，是他从网上特别订制的。没有繁复的花纹，只在右下角刻上几个花写的英文字母：ELLIE。

三年前的那个傍晚，如同从杂志中跳出的模特一般穿起西装的童天，也一定需要一枚领带夹作为装饰吧。也正是那一天，他顺势问出童天的英文名。

"很普通是不是？没特别的理由，单纯是觉得简单顺口。"

真是很"童天"的理由。从那时起，他就在心中暗暗发誓，未来的某天，自己一定会送给她一份刻有她名字的、独属于她的礼物。如果看到礼物上雕刻着自己的名字，她是否也会意识到，自己心中那份珍藏已久的感情？

"礼物？你怎么变得有人情味了？"

"我一直有好不好。"

"不会是整蛊玩具吧？"

"才不是，是我认真准备的礼物！"

孟鹤雨不敢正视童天，只感觉自己双颊发烫，仿佛下一秒就要烧起来一样。好在童天及时接过了礼盒。

"那我就收下了。谢谢你，鹤雨。"

"嘻，都是朋友，谢什么谢，多见外。"他挠挠后脑勺，憨憨一笑。

"我也会准备回礼的。"

他们在紫藤长廊下分别。六月的阳光，似乎从未如此强烈，叫人睁不开眼。走到长廊尽头，孟鹤雨不禁停下脚步，回头望去，阳光下童天的身影如此模糊，仿佛一眨眼就会消失不见。恍惚间，他感觉置身时光隧道之中，自己正去往未知的未来，那背后则是再也无法回去的过去。

她也被他留在过去，和那枚写有她名字的领带夹，以及对着她的名字练习过无数遍，却最终没说出口的话语一起留在了过去。

一个月后的散伙饭上，他收到了童天的回礼，是旅游带回来的土特产。

"抱歉，鹤雨。领带夹旅游时不小心弄丢了，真的，抱歉。"

"没关系，反正也不值钱。"

虽然嘴上还故作轻松，但孟鹤雨的内心却如同刀割。他已经明白体面的借口下，是决绝的回答。

那天以后，孟鹤雨都宛如置身梦中，所有的话语都听而不闻，唯有那句话在脑中不停地回响。

"抱歉，鹤雨。"

像是对他下达的最终判决。

"鹤雨？"

耳边的轻声呼唤将孟鹤雨从回忆中唤醒，转头看见妻子正一脸担忧地望着自己。

"你没事吧，脸好红啊。"

"没事。大概是剧场有点热。"他伸手去擦不存在的汗珠。

"对了，你说凶手是谁？"

"凶手吗？"孟鹤雨恍然回过神，急忙重新将目光聚焦到舞台。孟鹤雨刚才神游天外的工夫，剧情已然推向高潮。在聚光灯下，在台下观众的屏息中，扮演胡季的演员缓缓举起手，指向他口中的凶手。

"你说凶手会是田信吗？"妻子在他耳边问。

他摇摇头，演出才到一半，压轴的凶手身份，是不可能现在就揭晓的。

"我也觉得不是。但胡季说的，也很有道理。除了那些士兵，河滩就只有田信的脚印。"

"那些脚印，应该是田信偷偷调查现场时留下的吧。"

"也许他为了制造不在场证明对哥哥撒了谎。"

孟鹤雨点点头，那也有可能。但问题在于，现场缺少的，不光光是凶手的脚印。

"宫女的脚印哪去了？"

"对啊，宫女穿的，应该不是鞋，也不是草鞋，现场却没其他的脚印。"

会不会是因为尸体是被背到河滩，所以才没留下脚印呢?"

不对，那样还是说不通，河滩的脚印深浅并无区别，如果有人搬运尸体，肯定会留下更深的脚印。孟鹤雨陷入沉思。

如果田信没有说谎，那尸体刚被发现时，河滩上岂不是完全没有脚印？会不会是河水漫过两岸，将脚印冲刷掉了？

但石头上的血迹是新鲜的，说明宫女还没死多久，水位不可能突然抬高。

无论台下观众怎么想，表演还是会按照剧本进行。舞台上，胡季紧咬田信不放，田信依旧坚持自己的证词，两位老人也在一旁为儿子帮腔。为弟弟提供不在场证明的田坚沉默地看着弟弟，眼中渐渐泛起怀疑的神色。

双方各执一词，毫不相让，但姜叔只是放任他们争吵，并没有做出行动的打算。剧情将会走向何方？什么时候会有进一步的线索？紧盯舞台的孟鹤雨，心中却突然产生某种不协调的感觉。

到底是哪，有哪里不一样……

孟鹤雨眯起眼，细细打量舞台上的每个演员。终于，他意识到不协调感的源头。

"看他们的衣襟!"

"衣襟?"妻子疑惑地转过脸。

"对。仔细看，是不是有一个演员的衣襟和别人不同。"

"啊! 胡季的衣襟方向和别人是相反的!"

"没错。"孟鹤雨会心一笑。

正如妻子所说，舞台上其他人都是左手边的衣襟向右下方延伸，将右手边的衣襟盖住，只有胡季一人，衣襟的方向截然相反。因为演员面朝的方向不同，乍看一下很容易忽视衣襟方向的差别，毫无疑问这就是导演故意埋下的线索。

"胡季调换衣襟交叠的顺序，将左手边的衣襟藏在另一侧的衣襟之下，一定是为了遮挡上面留下的痕迹，也就是杀人时飞溅到衣服上的血迹。"

孟鹤雨胜券在握地做出推理。然而，就在孟鹤雨得意时，故事中的田宽，却仿佛听见了上天的启示一般，同样指向胡季的衣襟。

"大人，你看他的衣襟。"

"衣襟?"众人的目光同时落在胡季身上，立刻意识到怪异之处。胡季也跟着低头，脸色瞬时煞白。

"他衣襟的方向和我们相反，恐怕是，是为了遮住，遮住血……没错，他衣服上沾了血，是他杀的！"

虽然因为激动而结巴，但田宽此刻陈述的，毫无疑问就是孟鹤雨刚才的推理。他仿佛用顺风耳，捕捉到了观众席上二人的对话。

诚然，他们刚才的对话不可能被舞台上的演员听到。演出才到中场，远没到揭穿谜底的时候。唯一的解释就是，孟鹤雨自以为是的小心思也早就在预判之中。难道连衣襟的细节也是导演故意安排的烟幕弹？

3.（续）

"不，那不是……"他还想狡辩，却再无合适的借口。

"那你就把衣服敞开，给大家看看里面到底有没有血迹！大人，他可是个打猎的，一定就是他动的手。"

面对咄咄逼人的田宽，他低下头，哑口无言。如同被逼到悬崖的野兽，已经无路可退，唯有舍命一搏。他眼中渐渐露出凶光，慢慢将手伸向腰间……

"喂！你想干什么！"

当他掏出匕首的刹那，一只有力的大手攥住他的手腕，如同镣铐一般，无论怎样都无法挣脱。他愤怒地抬起头，只见姜叔那张威严的面孔，也在凶狠地瞪着自己，仿佛从一开始就预料到他此刻的徒劳死斗。

"果然、果然是他杀的！"

似乎是被身后田宽惊慌的喊声刺激到神经，胡季如发狂般大吼一声，一拳打在姜叔的胸口。姜叔连忙闪身，胡季则趁势挣脱姜叔的束缚，也不管掉落的匕首，全然不顾地沿着河岸撒腿狂奔。

"站住！快围住他，别让他逃跑！"

耳畔的风声，传来姜叔的叫喝。为时已晚，谁都无法阻止下定决心的胡季。身后，是姜叔越来越近的脚步声，退路被断，田氏兄弟也在侧后方准备包夹自己。耳边，淇水河奔流的水声哗哗作响，仿佛在诱惑他坠入那无底地狱。

他眼前只有死路一条，不，也许那才是唯一的生路。

胡季闭上双眼，纵身跃入河中。

随着胡季跳入河中，帷幕也缓缓降下。

真吊人胃口。

孟鹤雨放松一下紧张的情绪，从口袋拿出手机，却被屏幕上闪烁的红点吓了一跳。他连忙点进聊天软件，一条条从底部冒出的消息如同催命符咒一般，让孟鹤雨的心情瞬间跌落谷底。

"怎么了？"

像是察觉到他的焦躁，妻子凑过身来。

"是工作上的事，程序出 bug 了。"

"现在要去修吗？"

他听出妻子语气中难以掩盖的失落，不禁感到心痛。看看时间，离演出结束还有一阵工夫，恐怕没法等到那时候了。为什么，为什么偏偏是今天呢？难道是上天对自己走神的惩罚吗？他盯着屏幕，说不出话。

"没关系，你赶紧忙吧。表演可以之后再看。"

"但今天可是我们结婚一周年的纪念日……"

"以后罚你再陪我过一次。好啦，快点去吧。"

"那我就先走了。回头再把后续告诉我。"

妻子的善解人意让孟鹤雨感觉愧疚。他慢吞吞地站起身，用眼神表达着自己的歉意，但妻子只是微笑着看着他。

"抱歉……"他向妻子道歉，心里明白，不只是因为中途离席的缘故。

"快去吧。"

在幕布升起前，孟鹤雨穿过昏暗的观众席，如小偷般灰溜溜地从后门离开剧场。如丝的春雨还在下着，在剧院门口挂上一道水晶般的门帘。雨水冲刷着街市的灯火，与湿漉漉的街景混在一起，就像一幅被弄脏的油画。

不多久，出租车停在剧院门口，孟鹤雨快步穿过雨帘，钻进车中。在仿佛与世隔绝般的车厢里，他又想起那个跃入河中的男人。

他是真凶吗？如果是，又是如何能不留脚印呢？猜不出。孟鹤雨摇摇头，心中一阵空落落的感觉。他与蒋安国已经多年未见，早已摸不透他的心思。

　　说起来，就连当初说几年一聚的高中同学，毕业后也只有过一次聚会。

　　他想起那唯一的一次聚会。得体的穿着，礼貌的寒暄，头一次真正感觉，他们果然都变成了大人。或许在其他人眼中，自己同样如此。

　　"哎呀，真是没想到，最让老王头疼的学生也变成老师了。"

　　"你不也是，当时跟女朋友整天黏在一块，怎么一毕业就分手啦？而且怎么到现在还单着，是不是还在想她？"

　　"嘁，别拿我开涮了。"

　　孟鹤雨听着同学的对话，感觉有种不真实感。饭桌上的那些人，好像很熟悉，又总觉得有些陌生。

　　"所以还是要多聚聚啊。"

　　"没错没错，以后要一年一次才行！"

　　不，不会的。孟鹤雨在心里摇头。那不过是漫漫人生的短短三年，曾经的他们却错以为那便是生活的全部。短暂的喧哗过后，他们终将回到各自的人生中。孟鹤雨凝视着斟满啤酒的玻璃杯，气泡也渐渐沉寂。

　　"鹤雨，你今天话好少呀，不像你呀。"

　　"啊，有吗？"

　　被突然提起，孟鹤雨有些不知所措。毕业之后，他确实变得内敛不少。不过，今天他不说话，单纯是因为心不在焉。

　　"人都是会变的。"他挠挠头，打哈哈道。

　　"是啊。对了，你知道童天现在在做什么吗？"

　　突然听到童天的名字，孟鹤雨虎躯一震。他费好大功夫才不让自己露出破绽，毕竟，在别人眼里，他和童天只不过是普通同学关系。

　　"她现在是一支乐队，呃，好像是叫FATAL什么来着，对，是FATAL-BLOW的吉他手兼主唱。我不怎么了解摇滚乐，你听说过吗？"

　　"没，完全没有。"他反射性地瞥向另一桌。在一众女生当中，那个穿着黑色T恤，一头利落短发的女生确实是那么与众不同。但没想到，她真将青春期的热爱一直延续到现在，该说是意外，还是说毫不意外呢？

　　毕业那天，童天站在学校礼堂的舞台上，挥动手臂，奋力弹奏吉他，大声唱歌的情景再次鲜活起来，记忆深处的某段旋律，似乎也跟着鼓动起他的脉搏。

或许在别人眼里，童天是改变最大的那个。但他知道，童天一点也没有变，她仍旧是那个喜欢就要玩到底的女孩。

真是太摇滚了。

欣慰的笑容不自觉地浮上孟鹤雨的嘴角，欣慰之余，还有一丝释然。毕业那么多年，他一直没敢联系童天，也不敢打听有关她的消息，生怕触碰被拒绝时留下的伤口。但过去那么多年，或许他也该从阴影中走出来了。像个大人一样，若无其事地和她打个招呼，问问她，她真弄掉了自己送的礼物，还是那只是一个拙劣的借口。

不论回答是什么，他们都要像早已预料到的那样，彼此相视一笑，如同谈论别人的经历一般，保持置身事外的态度，这或许就是成年人的体面。

酒局结束后，他们三五成群，聚集在饭店门口等出租车，准备趁时间尚早，赶下一趟。人行道旁的梧桐树下，童天双手插兜一个人斜倚在餐厅的希腊式立柱旁，黑色风衣的衣摆如蝶翼般随风飘动。

只是像现在一样，远远地看着她，就令孟鹤雨感到满足。初秋的晚风已经略带凉意，吹动着人行道上的落叶哗哗作响。孟鹤雨将拉链拉上，衣领立起，像是穿上了一层聊胜于无的盔甲。

他走向童天，童天也很快注意到他，一丝不知所措掠过她的眼角。他走到她身旁，向她打招呼。

"童天，好久不见。"

"嗯，真的，好久没见了。"

他们无关痛痒地客套几句，心照不宣地都没有谈及各自的近况。最后，他还是放弃追问礼物的下落。或许童天早已忘记，自己也无须自作多情。他听到汽车的鸣笛，似乎是在催促他，是时候从她的生活中退场了。

"下一辆车谁要坐？还差一个。"

"我坐吧！"

他举起手，朝站在马路边的同学大声喊。

"那我就先走了。"

他笑了笑，小声向童天告别。然后转身，走向吵嚷的人群中。

风卷起梧桐落叶，沙沙作响。他听到背后传来脚步声。

"等一下！"

他停下脚步，转身看见童天迎面向自己跑来。她跑到他跟前，抓住他的胳膊，像是不允许他逃走一样。

"怎么了？"他茫然无措地问。

"我能问你一个问题吗？"

她喘着气，脸颊微微泛红。她靠得是那么近，仿佛能感觉到她呼出的温热气息，令他不由得心跳加速。

一丝困惑，一丝紧张，还有一丝不切实际的期待，拼命冲撞着他的大脑，让他无法思考，无法呼吸，只能如木偶般愣怔地站在原地。

"我问你，三一七七三是什么意思？"

三一七七三……

出租车里的孟鹤雨，情不自禁地重复着那句难解的咒语。自己正要上车的时候，童天叫住自己，却问出他根本无法理解的问题。大脑无法运转，只能与她无言地对视。那一刻，他真想求助俄狄浦斯，帮他解开那斯芬克斯式的难题。

"鹤雨？磨磨蹭蹭地干吗呢？快点快点！"

在同伴的催促声中，如雕像一般愣在原地的他才渐渐回过神来。他对童天摇摇头："抱歉，我不明白。"

"是吗？那好吧。"

他听出童天话中的遗憾，难道自己辜负了她的期待吗？他如同失了魂魄一般，踟蹰地走向路边的出租车。一片喧哗之中，没人察觉到他的异样。

车门关上，他望着她渐渐消失在窗外的身影，在秋风中是那样单薄。他不知道该怎么做，本来是想好好和她告别的，可现在反而更加无法释怀。

三一七七三……

孟鹤雨望向出租车窗，雨不知何时停了，夜色渐渐深沉，水滴挂在窗玻璃上，像是也有遗憾似的不忍滑落。因为看到旧友的名字，今天总是想起关于童天的事情。为什么，偏偏是今天呢？孟鹤雨自嘲地笑了笑。明明是结婚一周年纪念日，自己非但没能陪在妻子身旁，满脑子还都是别人，哪里算是称职的丈夫呢？

不，那不是分心，一定是因为纷乱的春雨，撩拨起自己的思绪。

自己曾经确实喜欢童天，但那都是很久以前的事情了，自己也不可能再回去。现在自己只属于妻子一个人，童天也有自己的生活。那只是中年男人不值一提的回忆，即使是当作下酒的谈资，都显得寡淡无味。

可是今天，唯独今天，让自己最后一次想她吧。

走出电梯，拿门禁卡，穿过闸机，和门卫点头致意。一年三百六十五天，孟鹤雨几乎天天重复着以上的动作，似乎早已成为肌肉记忆，成为一种例行的仪式。一天的劳碌，仿佛就是为了那一刻的解脱而存在。

他踏下办公楼门口的台阶，仰头望向深沉的夜空，今天也是一颗星也看不见，唯有身后的办公大楼，即使深夜，依旧有零星的灯光亮着。

在街角等出租车的时候，孟鹤雨打开手机。妻子给他发来新消息。

——你猜错啰，胡季不是凶手，不过真相我暂时不打算透露。后半段很精彩，值得再看一次。我们找机会再看一遍吧！

妻子还是一如往常地温柔，疲惫的笑容浮上孟鹤雨嘴角。下次，一定好好陪她。

——我马上回家。

他刚要将手机放回口袋，又转念一想，补上一句。他希望妻子看到消息时，可以会心一笑。

——路上我也想想谁是凶手。

多傻啊，消息刚发送出去他就后悔了。真是太孩子气了，妻子期待的难道是解开谜题吗？剧情不过是精心编排的剧本，人物也都有被安排好的命运。所谓谜题，是创作者设置的圈套。所谓解答，也不过是从万千可能性之中选择一种，结果论地笃定箱中猫的生死，也不过是创作者的一面之词。

生活中哪有推理的用武之地呢？到底要多聪明，才能看穿眼前人的心思？

三一七七三……

那究竟代表着什么呢？

出租车的前灯挥动着耀眼的光束，割开漆黑的夜色，停在孟鹤雨面前。

再一次钻入温暖的车厢中，紧张的神经一下子松弛下来。他戴上耳机，随机播放自己喜欢的歌曲。他最终还是决定兑现对妻子的承诺。

不妨站在蒋安国的立场思考，最合适的凶手是谁。

会是田宽夫妻中的一人，或是二人合谋吗？他们的不在场证明并非牢不可破，只要彼此包庇，就有可能作案。

可是，不够充分的不在场证明，反而比较可靠。如果早上听说有人被杀，任谁都会假定行凶时间是夜里。他们没有预设行凶时间，反而显得比较自然。

会是田坚吗？他第一次出场，是在林间独自练习投石，会不会作为凶器的石头也是他不小心投出的？田信投的石子，感觉要比凶器小得多。但在此之前，他也许也掷出过大一些的石头。

但就算田信力气过人，那么沉重的石头，最多也只能在空中飞行十来米。但田信却说，他从现场离开后，立刻到老地方找田坚。也就是说他知道哥哥的地点，可仍旧跑得气喘吁吁。那样看来，田坚训练的位置和案发现场至少有几十米的距离，才可能让一个青年人跑得喘不过气。

是田信吗？但故事才进行到中段，就将田信作为嫌疑人祭出，更像是替真凶挡枪。同样，根据妻子发来的短信，胡季的嫌疑也可以排除。

凶手会是嫌疑圈之外的某人吗？是姜叔，士兵，还是未曾出现的第三者，抑或根本没有凶手，是自杀，或是意外？

但终归还是要解释宫女为何没留下足迹。

推理小说中，那样的谜题一般被称为"雪地无足迹"吧？一般要么是采用远距离杀人的方法，要么就是最先接触尸体的某人即是凶手，再不然就是脚印暗藏玄机。如果宫女确实留下过脚印，那她脚上穿的，到底是鞋，还是草鞋呢？

宫女是怎样，又是为何要逃出宫呢？

孟鹤雨突然感到困惑，他发现自己对那名宫女一无所知。当时的国君是谁，门票所说的危机是什么？故事背景语焉不详，难道那些也和推理相关？

剧名"卫殇"是什么意思？

"卫"显然是指卫国，而"殇"则多指英年早逝。可是，根据孟鹤雨的记忆，卫国不仅没有早逝，反而是存活时间最长的诸侯国之一。虽然国力弱小，几经迁都，却奇迹般地躲过多次灾祸，苟活过整个春秋战国。因为依附秦国，甚至连扫平诸国的秦始皇都放它一条生路。从康叔立国，到秦二世废君，前前后后一共经历907年。

那"殇"的含义，就并非指"亡国"，而是指"为国战死"。卫国肩负着安抚殷商遗民、替周天子抵御北狄的重任，也曾在康叔、武公时期疆域开拓、国力强盛，但终究还是一步步衰弱，任由其他诸侯国和北方少数民族蹂躏，也有过好几次危急存亡的战争。正如剧票简介所写，外有强敌侵扰，内有国君昏庸，危机四伏的卫国，一旦战争的阴云开始酝酿，恐怕等待卫国人民的只有流离失所的命运。那位名叫姜叔的武将，空有武力，不能上阵杀敌，却要替主公找回失踪的宫女，也难怪他一直闷闷不乐。

那位从未出场，却到处能看到他细节身影的国君是谁？

名为雪儿的宫女，为何能踏雪无痕？

原来如此，孟鹤雨恍然大悟，他仿佛看到所有线索都指向那十字路口中心的答案。

——不会又是来收税吧？辛辛苦苦耕种一年，全去养那些畜生去了。

答案就是卫懿公，和他最宠爱的鹤。

《史记》中，对卫懿公的评价，只有短短一句话。

"懿公即位，好鹤，淫乐奢侈。"

他生于王侯之家，自幼生活安逸，不曾知晓苍生疾苦。继位后，他不问国事，心中挂念的，只有他饲养的那些宠物鹤们。鹤洁白的羽毛，挺立的身姿，令他神魂颠倒，欲罢不能。他赐给鹤官位和俸禄，给鹤修建宫苑作为住所。每次出游，那些鹤也都乘坐着华贵的车乘分班侍从。侍从、宅第、俸禄、车乘，凡此种种，鹤一样也不缺，而侍奉鹤需要的金钱，自然也只能从百姓的赋税中来，从官员的俸禄中来，从士卒的军饷中来。百姓民不聊生，百官也都离心离德。

不仅如此，卫懿公的鹤还吸引来北方的豺狼，卫懿公好鹤荒政、卫国人心离散的消息传到赤狄，狄人正愁手下骑兵无猎可狩，于是便瞄准卫国，率二万骑兵突袭而来。卫懿公即使有心抵抗，却已无力回天，想要征召百姓，却根本无人响应。

"大王带着鹤去打仗吧，鹤有官位俸禄，我们哪里能打仗啊！"

军队纷纷叛逃，大臣也都落井下石。

"国君既然那么喜欢鹤，那鹤打起仗应该也不在话下吧。"

就算如此，还是有愿意为国奋战到最后一刻之人，即使已知失败是必然。将国家交代给信任的大臣，卫懿公与视死如归的士兵们和狄人在荥泽交战。可即便到生死存亡之秋，卫懿公依旧没改掉他爱美的毛病。因为不肯丢掉自己的旗帜，被狄人大败。随行的大臣沦为阶下囚，来不及逃亡的百姓惨遭杀害，卫懿公自己也死于狄人的乱刀之下。据说卫懿公死状异常凄惨，肉被狄人分食，唯有一块肝脏存留。

如果所谓的宫女雪儿也是一只鹤，那一切就都说得通了。那天清晨，雪儿不是作为圈养的宠物，而是作为它本来的存在，作为一只野鹤，飞跃高高的宫墙，飞过朝霞染红的天空，盘旋在淇水河畔无边的旷野，那是它本来的姿态，也是它最后的归宿。田坚投出的石子击中它的翅膀，无力再飞的它终于被河畔凸起的石块夺取性命。

姜叔知道雪儿是一只鹤，却碍于脸面，不愿将真相告知众人。是人还好说，若亲兵队长亲自寻找的，只是个杀鹤凶手，岂不是贻笑大方。所以，他才对胡季的推理无动于衷，因为他知道脚印根本无关紧要。

田信也知道雪儿是一只鹤。他偷看到士兵运走尸体的过程，也猜出就是哥哥投出的石块致其死地，因此，他为了包庇哥哥，才谎称兄弟俩在练习棍棒。他的不在场证明并不是为自己，而是为哥哥准备的。

田宽夫妻到最后应该也知道雪儿是一只鹤。卫懿公爱鹤，卫国几乎尽人皆知。他们到现场后，应该发现了所谓的宫女并没有留下脚印，恐怕也猜出大儿子就是凶手。为了把罪名推给胡季，才特意强调他的猎户身份。

真正被蒙在鼓里的，其实只有田坚和胡季二人。田坚没察觉到的原因，恐怕是田家人不愿打击他的报国之志，或者单纯是他一厢情愿不愿往那方面想。至于胡季不知雪儿是鹤的原因，现在想来，也已一目了然。

前半段故事与其说是推理，不如说更像是一出荒诞的闹剧，可细想却也令人悲哀。田家人能合力将罪名嫁祸给并不无辜的胡季，却无法扭转卫国的命运。圈养的鹤尚且无法被权力束缚，更何况是人心的向背呢？

4

那天以后，田坚不再信任自己的弟弟。胡季是被冤枉的，是自己一家让他冤死在淇水河中。那日可怕的场景至今还历历在目，胡季在水中拼命挣扎，头颅如水球般在翻腾的白色浪花间起起伏伏，手臂像在乞讨似的拼命在水中挥舞。然而，他得到的，却只有岸上众人冰冷的目光。

无动于衷真的可以吗？现在，可是有个人正要死在你们眼前啊！

田坚再也按捺不住，他刚踏出一步，却被一只手拦住。他惊愕转头，却见父亲钢铁般的目光。再一转头，那颗头颅已然消失在冰冷的河面，只有那一圈圈残留的涟漪缓缓荡开。他无法相信，一个活生生的人就这样轻易地死在自己眼前。

"看来他就是杀死雪儿的凶手。"

姜叔望着渐渐平静的淇水河面，淡淡地说。

不对，不是那样的。直觉告诉田坚，胡季一定不是凶手，他只是个冤死鬼。凶手一定是弟弟田信，自己则是他伪造不在场证明的帮凶。

但事到如今，也已经没有挽回的余地，沉入河中的尸体，再也无法开口证明自己的清白，即使衣襟之下根本没有血迹，也再也无法证明什么。后来，姜叔派人打捞上来胡季的尸体，带回给主公处置，恐怕就算只是一具没有灵魂的尸体，也会被主公泄愤而惨遭虐待吧。耿直的田坚觉得愤怒，但又无能为力。他只能将情绪发泄在练习武技上，田也不耕，整天在林间练武，直到太阳落山才回家。他无法直视家人的眼睛，总觉得每个人眼中都藏匿着噬人的鬼魅。

但那种生活，也只持续到了当年夏天。

战争爆发了。

卫国毗邻北方的赤狄，是护卫中原的第一道屏障。卫国与赤狄的冲突也不是第一次，纵使赤狄剽悍勇猛，遥想武公当年，也是凭借精锐的军队，从赤狄的铁蹄下，夺取大量领土。如今赤狄再度发难，侵袭卫国，卫国自然也没有坐以待毙的道理。听闻战争的消息，田坚感到热血沸腾，男子汉理应在沙场上挥洒热血，即使葬身战场，也在所不辞。每日精进武技，正是在等为国建功立业的时刻。

当田坚收拾好行囊，准备出发进城报名的前一夜，他却从弟弟的口中，得知令他震惊的真相。

"是鹤。那天，我亲眼所见，他们抬走的尸体，根本不是什么宫女，而是一只雪白的鹤。"

"不、不可能。一定是你在骗我！"

"哥哥，你还不相信吗？我知道哥哥你为人正直，也敬佩你的一腔报国热血。但事实就是如此。那天，你投石时碰巧将空中的鹤打落，我不忍心无辜的哥哥被抓，才捏造和你在一起的证明。哥哥，事后你一直耿耿于怀吧，觉得那个猎户是被我们害死的，但哥哥千万不要怪自己，要怪，就怪那个荒淫无度的主公吧。"

田坚如同五雷轰顶，弟弟的话对他打击太大，让他一时无法接受。尽管他也曾听闻主公爱鹤的传言，可他从没将两件事联系起来。不，不如说是他还对主公、对国家怀有期待，不愿意相信。

"不，怎么会……"他睁大眼睛，无助地呓语着。

"哥哥！"弟弟的叫喊让田坚回过神来。"为那种人卖命，值得吗？"

"你什么意思？"

"为那个不管百姓死活，只顾自己享乐的昏庸主公，牺牲掉自己宝贵的生命值得吗？从百姓征缴的赋税，全都拿去养鹤，军队发不出军饷，士兵平时也不进行训练，那样的军队，对上赤狄的铁骑根本是以卵击石。百姓都知道不可能打赢，根本没有人响应征兵，全都逃难去了。哥哥，我们也一起走吧，让那些拿俸禄的鹤替主公卖命吧！"

弟弟声泪俱下，田坚也不禁泪盈眼眶。弟弟说得合情合理，自己只是一介匹夫，何必为那昏庸主公白白送死呢？

可是，覆巢之下，安有完卵。大难临头，难道到现在还要苟活吗？如果连自己都不挺身而出，那些流离失所的百姓，谁又能从赤狄的兵刃之下保护他们呢？他必须战斗，不是为主公而战，也不是为荣誉而战，而是为卫国，为卫国的百姓而战。

他拍拍弟弟的肩膀，含着泪水说：

"我是个不孝顺的儿子，也是个不称职的兄长，但我也是个卫国人，国难当头，正当壮年、身为长子的我不能逃避自己的责任。爹娘就托付给弟弟你了。儿子不孝，不能为他们送终了。"

　　尽管眼中依旧含着泪水，弟弟却不再说什么，他知道什么也动摇不了哥哥视死如归的决心。第二天清晨，田坚辞别父母，背着行囊前往都城。

　　他走到淇水河前，河面一如往常平静，对即将发生的战争浑然不知。河边的水草随着风摆动，金色的朝阳在河面上洒上粼粼的波光，就像是童年记忆中那个邻家女孩的笑靥。他凝视着河面，河面中他的倒影面色凝重，似乎连淇水河也在挽留他。那怎么行呢？他露出苦笑，得像个男子汉一样无所畏惧，一往无前。

　　如果天下没有战争，如果天下人亲如一家，那该有多好。可是没有办法，各种人，各种国家，各种信仰，各种难以逾越的沟壑阻隔着，比淇水河还要难渡百倍。或许人与人本没有区别，只是因为那些阻碍才变得对立。田坚沿着淇水河向前，他河中的倒影也在同样地走着，他从左向右的衣襟，对倒影来说，不就是正好相反吗？

　　听说，狄人为方便骑马，于是选择与右衽的中原人相反的左衽，衣襟的方向也就成为区分中原人和蛮人的重要差别。真相怕是这样：赤狄听说国君好鹤昏庸，欲趁机侵犯中原，便派遣细作探明真假，胡季就是其中一个。他把自己伪装成中原人，直到那天清晨，他在惊慌之中错将衣襟的方向系成习惯了的狄人样式。他没有杀死雪儿，如果敞开衣襟，就会发现衣襟下根本没有血迹，但那样，他的身份就可能暴露。正因如此，他才在最后关头跳入淇水，让河水洗去那原本就不存在的血迹。

　　田坚望着河面上自己的倒影，不禁去想那个狄人在跃入河中时会想些什么。或许，他也有与此刻的自己相同的心情？不，不是这样的。就算再怎么相似，他们终究是像自己和倒影一样无法重合。

　　无法理解，也无须理解。每个人，终究都只能为自己而战，田坚想。他无法回头，只能前进。他就这样奔赴他的战场。

无人的街道，坑坑洼洼的水塘晕染着橘红色街灯的倒影。街上只有孟鹤雨一个人，抬头见家中灯还亮着，妻子果然还在等自己。谜底已经解开，他满心期待着回家告诉她。如果谜底能让人会心一笑，或许也就有其意义。

三一七七三……

他再次情不自禁喃喃自语，那令他困惑，使他尴尬，却又一直耿耿于怀的咒语。如果未来的某一刻，他能破解咒语的含义，是不是就可以将她彻底遗忘？可要真是那样，自己还有必要破解它吗？

步行到楼梯口，他才意识到收藏的歌曲已经播完，现在正随机播放着推荐曲目。他刚想拿下耳机，却感觉耳边的声音莫名熟悉。那是一个低沉的女声，唱着一首抒情歌曲，歌曲只有吉他伴奏，就像是在唱给她自己听。

　　　　你送给我离别的礼物，耀眼的银色，别在我胸襟；
　　　　粗心弄丢它是我不对，只留下照片，弄不清含义。

好奇怪的感觉，感觉歌词唱的就像是他们的故事，但歌曲的风格却和童天所在乐队以往的完全不同。没有激昂的曲调、律动的节奏，只有安静的吉他陪伴着孤单的人声。转念一想，也没什么奇怪的，那种故事数不胜数，所以才让人有所共鸣。

　　　　我知道自己，一直是个特别的女生；
　　　　只有你能理解我吗？还是自作多情？

歌词越发让孟鹤雨在意。自己真的理解童天吗？尽管他一直一厢情愿地那样以为，却连她出的谜语都无法解开，这还算得上理解吗？踏上台阶的脚步突然停下，有一种冲动，想从口袋掏出手机，看看是谁在唱歌。

但或许已经没有必要了。

他知道童天，喜欢穿男孩的衣服，却也有小女生的一面；有自己的坚持，却也注重朋友的评价。他知道童天，有时并不坦率，却一直遵从着自己的内心，那或许就是属于她的率真。今天他终于觉察到，童天或许没有骗他。

童天确实佩戴过那枚领带夹，但她却没看懂上面所刻文字的含义。在她看来，其实是自己在给她出难题。

如同是镜中人一般，就算他们明明相互凝视着彼此，却终究无法将心意重合。被蒙蔽的真相就是，童天旅游时穿的，是一件男士衬衫，因此衣襟的开口方向和女款正好相反。那枚领带夹，也正因此翻转了180度，领带夹右下角花体书写的ELLIE，自然就变成了左上角的31773。

自己并不是无法融入她的世界，而是真的只差一步。可或许就是那样一步，却像阿基里斯追不上的乌龟一样，难以抵达。他自以为理解童天，童天也以为他理解自己，可就是那样相似的感情，却因为命运的捉弄擦肩错过。

孟鹤雨站在楼梯口，狠狠地嘲笑着自己。如果那时，有谁能问出口那该有多好，可那句咒语，却像是魔咒一般，封住了他们的嘴巴。

如今，她身在何处，是否还记得自己？今夜，她是否会唱起这支歌？

> 想要问问你，得不到回应；
> 却偏偏听说，你结婚的消息。

没有一丝光亮的狭窄楼梯口，明明还有几步就能到家门口，他却愣是无法再移动脚步。颤抖的手紧握着手机，却再没有必要查看歌手的名字。他不想看，他知道妻子还在等自己。有谁在等她吗？

> 你已然远去，我还在原地；
> 如何忘记你，徒劳的努力。

他情不自禁地哼起副歌。惆怅的夜曲，是只属于他们两人的回忆。

不会错的，就算不精乐理的他也听得出。咪哆西西咪，五字一句的旋律，是世上只有两个人明白的暗语。

东晚司乐

时　晨

【作者简介】

　　时晨，上海作家协会会员，咪咕幻想文优秀奖得主，本土原创推理作家中为数不多的坚守古典本格理念的创作者之一。创作题材丰富，推理、悬疑、武侠、奇幻均有涉猎。推理短篇集曾被日本权威推理年刊《本格推理·世界》所推荐。

　　2021年4月至2022年3月，创办上海第一家侦探推理小说专营书店——孤岛书店；2023年1月，"孤岛书店"升级改造为"谜芸馆"并正式对外营业。

　　已出版推理、武侠小说：《侦探往事》《侠盗的遗产》《枭獍》《罪之断章》《黑曜馆事件》《镜狱岛事件》《五行塔事件》《傀儡村事件》《枉死城事件》《密室小丑》《入殓师推理事件簿》《水浒猎人》等。

1

　　已是夜里11点钟了，仙乐斯歌舞厅还是人头攒动。

　　那些身着高级定制西装的小开们一手拿着酒杯，一手揽着娇艳的舞女，在舞池里随着音乐的节奏摆动着身体。台上是从美国请来的爵士乐队，清一色的黑人，舞厅服务生说，他们的爵士乐才叫正宗。腔调十足的先生小姐们在舞厅的走道里摩肩擦踵，享受着音乐与酒精带来的片刻愉悦。

彼时的上海滩，去影院看电影已被划分为"市民生活"，而真正的"摩登生活"，就是来高档的歌舞厅"跳舞"。这里的热水汀、灯光、音响哪怕在远东第一城市上海也算是一只顶，据说全套设备，都是从美利坚进口的。当然，这家舞厅的老板就是上海大亨维克多·沙逊。来到此地消费的顾客，提起这位老板，无不竖起大拇指，赞一句老卵。

正当男男女女们就着爵士乐起舞时，在一个角落里坐着一个中年男人。这男人三四十岁年纪，其貌不扬，身材也略有些发福。他身上穿着一件灰不溜秋的长衫，手里拿着威士忌正在慢慢啜饮，眉宇间心事重重。

"邵大龙探长？您怎么在这里？"

中年男人被这一声问候惊醒，闻声望去，见到一位身着黑色西装背心的绅士，身姿挺拔地站在自己面前。这位绅士三十来岁，鼻梁上架着一副金丝边眼镜，相貌英俊，文质彬彬。邵大龙立刻想起了他的名字。

"陈应现教授！"邵大龙慌忙站起身来，与这位拥有绅士气质的男人握手。

身为公共租界巡捕房的华人探长，邵大龙偶尔也会参与一些与社会名流的聚会，他与陈应现的相识，就是在一次知名作曲家徐乐山的家宴中。虽然陈应现教授在南京中央大学任生物学教授，但其对古典乐的知识储备还是令他钦佩不已。尤其是陈教授在徐宅还亲自下场用钢琴演奏了贝多芬悲怆奏鸣曲的一个乐章，这让邵大龙相信这世界上确实存在全才。

"我和朋友来舞厅吃老酒，但他不知道和哪位小姐去跳舞了，将我一个人晾在这里。我们很久不见了，您最近好吗？"邵大龙问候道。

"前段时间被卷入一起案件中，令我很是烦恼。幸而那件事已经被完美解决，最近我给自己放了个长假，把工作的事情先放一放，和家里人去苏杭玩了一圈，刚回上海没多久。"他用手指了指舞台上的爵士乐队，继续说了下去，"这次听说他们要来仙乐斯歌舞厅表演，你知道我，除了古典乐外，爵士乐也喜欢，就跑来看看。"

"这群黑人很有名气吗？"邵大龙倒是欣赏不来。

"要说名气嘛，在美国也不算很大，不过水平倒是没话说。"陈应现调转话头，"刚刚见邵探长一个人在唉声叹气，我冒昧问一句，请您不要见怪，阿是生活上有不如意的事？"

"都是朋友，不瞒你说，不是生活上的事，是工作上面。"邵大龙摇了摇头。

"邵探长说笑了。提起华人探长，一个法租界的叶智雄，一个英美租界的邵大龙，上海滩谁人不知，谁人不晓，没想到还会有案子难倒你？"

"陈教授有所不知，这案子也分三六九等，最难的案子，哪怕从英国把福尔摩斯请过来，也未必能破。我现在手头这个案子，真的一点头绪都没有。警务总监是个洋人，洋人懂个屁啊，限定时间让我破案，我愁也要愁死了。"邵大龙说到这里，瞥了一眼陈应现，像是想起了什么，"对了，陈教授是不是很懂音乐？"

"不敢不敢，只是略知皮毛。"

邵大龙登时双眼放光，放下酒杯，一把抓住陈应现的手。"你谦虚了，此前在徐先生家里见识过陈教授的琴技，说是职业钢琴手也没人怀疑啊！正好，正好，这个案子有几个疑点，陈教授愿不愿意指点一二？"

陈应现面露难色，对邵大龙道："倒不是不愿意帮忙。我一个外行人的观点，怕扰乱了邵探长的侦破工作。"

"反正现在侦破工作也到了瓶颈，你要是不肯帮我，就真的没办法了。"

实在拗不过邵大龙，陈应现只得点头答应。

"我尽力，我尽力。"

两人在舞厅里寻了个安静地方坐下，确定没人打扰后，邵大龙开始向陈应现讲述手头正在办理的案件。邵大龙说，自己从警数十年，从来没遇到过这么邪门的案子。

最早接到报案是在静安寺路附近的一家民宅。隔壁别墅有人听到半夜发出奇怪的声音，于是联系了巡捕房。邵大龙带着两个巡捕赶到的时候，大门紧闭，敲门也不开，于是他们便暴力破门，进入了屋子。他们在别墅二楼发现了劳元定的尸体。

尸体的头部被人用钝器砸开，脑浆和鲜血洒了一地。有人用手蘸着他的血，在他头顶上写了两个汉字——东晚。其中一个巡捕因忍受不了现场带来的冲击，当场把晚饭给呕了出来。邵大龙强忍胃部痉挛带来的恶心感，继续扫视整个杀人现场。尸体的四周还被点上了好几根拇指粗的红蜡烛，随着蜡烛上烛火的跳动，将陈尸现场渲染得邪性十足。不过，令赶到现场的巡捕们毛骨悚然的是，尸体边上被放置了一台留声机，留声机里还在播放着一段旋律——

SOL MI DO LA DO RE DO SOL　SOL MI DO RE SOL DO FA DO

音乐回荡在这个阴森恐怖的屋子里，让人有立刻拔腿就跑的冲动。

等邵大龙回过神来，愤怒感慢慢取代了恐惧。

——他妈的，这是在挑衅我们巡捕房！

"不管是谁在这里装神弄鬼，我一定要亲手逮住这个王八蛋，把他送去枪毙！"

与其说这是邵大龙受到挑衅后的怒吼，不如说更像是一种胜利宣言。

可天不遂人愿，后续的调查很快就遇到了问题。

首先就是从劳元定身边开始排查对他有杀人动机的人。但不论是亲戚还是朋友，几乎都没有作案动机。劳元定为人谦和，与同行之间相处得非常融洽，哪怕是对待楼下卖大饼油条的老板，也是客客气气。他的姐姐说，劳元定从小就没和谁红过脸，根本不可能得罪人。排查的结果也基本上与他姐所说的相符。

既然如此，破案的线索也就只剩下两条了。一条就是"东晚"这两个字，没人知道是什么意思。他问遍了身边所有能问的人，就连街边的贩夫走卒也没放过。似乎偌大的上海滩，竟无一人知道这两个字代表的含义。是一个人名吗？是一首曲名吗？还是一篇文章的标题名？邵大龙查来查去，依旧毫无头绪。

不仅如此，在现场遗留下的那台留声机中播放的音乐，似乎也没人知道它出自哪里，更像是凶手临时编排用来嘲笑死者劳元定的玩笑。对了，说起这个劳元定，可是一个名人。在上海音乐界，是个无人不知、无人不晓的知名作曲家。他幼时曾师从一位德国籍的犹太音乐家学习声乐、演奏和指挥，待到他10岁时，已能自己独立作曲了。当时的《申报》还登过关于他的新闻，称之为"上海音乐神童"。此时的他已三十来岁，早已功成名就，谁知竟遭遇这番厄运，实在令人扼腕痛惜。

然而福无双至，祸不单行，正当邵大龙为劳元定的案子忙得焦头烂额之际，二马路的民宅里，又发生了一起杀人案。这一次，邵大龙踏入案发现场的时候，耳边又传来了那段熟悉的旋律——

SOL MI DO LA DO RE DO SOL　SOL MI DO RE SOL DO FA DO

2

“又是那段旋律？”陈应现皱起眉头问道。

邵大龙点了点头。“这次被害的人，名叫巩飞翼。你听说过吧！”

巩飞翼算是中国电影音乐创作的先驱者之一，曾留学日本学习乐理，在电影从默片进入有声电影时代，谱写了许多脍炙人口的电影配曲，其中以电影《新世界马戏团》配乐最为人知晓。陈应现虽没见过他，却一直很欣赏他的才华。

“你发现他们的共同点了没有？”邵大龙问道。

“都是音乐家。”

“没错，我们发现这两起案件的共同点，就是被害人都是从事音乐工作的音乐家。而且，还是在业内广受好评、获得成功的音乐家。所以，在巩飞翼被杀后，我们的目标开始转向了音乐圈，试图从他们的关系里找出线索。”

“但结果还是没能成功。”陈应现下了断言。

邵大龙长叹一声。“没错，我们发现劳元定与巩飞翼虽同为音乐家，但生活上也好，工作上也好，两人的交集实在少得可怜，私底下也几乎没有来往。案子的侦破到了这里，再次陷入了困境。这就是我为啥和朋友来舞厅买醉的原因。”

陈应现思考了片刻，又问道：“巩飞翼案的现场，与劳元定案的现场，有什么不一样的地方？比如说陈尸的模样，还有留声机的位置。”

“几乎一样，就连蜡烛的样式都没变，所以我们可以肯定这是一起连环杀人案。不过因为房间格局不同，所以还是会有一些细微差别。”

“也是脑袋被钝器砸碎了？”

“脑浆和血流了一地。”

“那基本上可以肯定是同一个凶手了。”

“对，这也是目前我们警方的共识。”

说完这句话，邵大龙长叹一声。在公共租界这样肆无忌惮地杀人，而且还是两位音乐界的名人，可想而知工部局的压力有多大。这层压力，自然会转加到巡捕房来。

"这几天报纸头条都是这个案子，哎，头晕啊！"

"我还有一个问题。"陈应现将头凑近邵大龙，表情严肃地问，"那两个字也出现了吗？"

邵大龙用力点了点头。

——东晚。

这个含义不明的词，再次出现在了巩飞翼的案子里。

"我替你去打听一下，回头联系你。"

陈应现抛下这句话，起身就离开了仙乐斯歌舞厅，邵大龙还坐在原处，莫名其妙。

不过陈应现并没有让邵大龙等待太久，只过了一天，就给他来了电话。他在电话里告知邵大龙，自己找到了"东晚"的意义，让他下午4点钟和他跑一趟善钟路。邵大龙听到这个消息，激动得很，刚想多问几句，陈应现便挂了电话。等到下午4点，陈应现已出现在了巡捕房门口，由邵大龙驱车前往善钟路一处民宅。

原来，陈应现那天回去之后，托自己在南京中央大学一位姓周的语言学教授查询这个词的含义。那位教授瞧了半天，打了几个电话，终于帮他打听到上海申沪大学的古文献学家何闻义。这位何教授博古通今，尤其对世界各国古代的民俗史，有很深入的了解。

下午4点半，他们来到何闻义教授的住处。这里是一栋三层楼的民宅，门边上还贴着两张对联，上面的字迹实在潦草，邵大龙看不明白。

陈应现敲响了房门。

过不多时，门从里面被打开，门后走出一位头发花白的老人，六七十岁的样子。

"陈教授，您来了啊，久仰久仰！"

"何教授，您好，冒昧打扰，请您见谅。"陈应现冲他鞠了个躬。

"哪里哪里，周教授也是我的老相识，他对你可是赞不绝口啊！"何闻义教授伸手拍了拍陈应现的肩膀。

"对了，这位是邵大龙探长，是公共租界巡捕房的华人探长。"陈应现侧身让出位置，让何闻义能看清邵大龙的脸，"这次来找您，是因为一起案件。"

何闻义和邵大龙握了手，对他说："我们进屋谈吧！"

三人来到了客厅，何闻义给他们泡了一壶上好的龙井茶。

邵大龙心急如焚，哪还有什么喝茶的兴致，待何闻义屁股刚坐上沙发，他就开始在那儿噼噼啪啪说个不停。由于太过心急，叙述中信息量又大，难免会出现颠三倒四的句子，幸而陈应现在一旁替他补漏，否则恐怕何闻义教授都听不明白。

两起案件的基本情况大致叙述完毕，何闻义老先生低着头，沉吟片刻，便起身离开，走进了他的书房。

"他这什么意思？"邵大龙转过头去问陈应现。

陈应现摇摇头，示意他别着急。

又过了一会儿，何闻义教授捧着一沓资料出来，在邵大龙面前的茶几上摊开。

他从纸堆里翻翻找找，最后抽出一张，用食指推到他们俩面前。

上面有一行字。

> 東晚取蟲神山之櫬作琴。

"这是什么玩意儿？"

邵大龙提出的问题，陈应现也无法回答，只得与他面面相觑。

何闻义又在纸堆里翻找了半天，取出其中一张，递给他们。

又是一句古文。

> 人者，裸蟲也，與夫鱗毛羽介甲蟲俱焉。同生天地，交炁而已，無異者也。

见他们两人不明所以，何闻义教授开口道："这句话，出自一本早已失传的经书，名唤作《虫经》，据说为春秋时一位先贤所著，详细记叙了上古时期在西南地区的一种原始宗教。这个宗教崇拜的神在我们现代人看来很是不可思议，因为其外形和本性都与昆虫无异，唤之为'虫神'。而'东晚'就是在整个虫神谱系中的司乐之神。"

"东晚就是掌管音乐的神仙？"邵大龙重复了一遍。

何闻义点点头。"没错，只不过这个神有点邪性。"

"怎么个说法？"

"尽管完全的传说都已佚失难寻，但史籍里还是会留下只言片语，来描述这个神祇的所作所为。东晚就是通过吃掉拥有音乐才华的人，来成就自己的。"

"还有这种神？原来和五通神一样，是个邪神啊！"

"等等！"陈应现像是想到了什么，"也就是说，杀死劳元定和巩飞翼的凶手，是在模仿邪神东晚的行为？"

"与其说是模仿，不如说是信仰。"何闻义教授纠正道。

"信仰？"邵大龙摸了摸后脑勺。

"我明白了。"陈应现用手指敲击茶几桌面，"你们还记得留声机的音乐吗？我们假设这位凶手也是一位音乐家，留声机里的音乐就是他所作献给邪神东晚的，那他这个行为就能理解了。他杀死这些音乐家，是因为他要通过杀戮来摄取他们的音乐才华！尽管这对于我们普通人来说，是非常疯狂失智的行为，但对于一个艺术家来讲，就比较好理解了。而且如果他还是一个失去了创作灵感的艺术家，那他就只能通过拜祭邪神的方法，让自己重新回到创作生涯的巅峰。"

邵大龙听了之后，连连点头。"有道理，那我们现在就可以把嫌疑人的范围缩小了。就是一个落魄且陷入创作瓶颈的作曲家。"

"而且还要是能接触到东晚传说的人。"陈应现把脸转向何闻义教授，"何教授，您是这个领域的专家，国内如果说能接触到东晚传说的人，恐怕不会很多。"

何闻义自然明白陈应现的意思。"确实，对于西南地区古代民间信仰的研究，尤其是虫神信仰的研究，目前也只有我在做。"

"换言之，凶手很可能是潜伏在申沪大学的学生或教职人员。"陈应现给出了结论。

何闻义教授听了不响。

邵大龙心领神会，立刻答道："我现在就去排查！"

3

虽然已经圈定了嫌疑人的范围，但邵大龙探长的排查工作还是没有任何进展。上海申沪大学里没有完全符合陈应现描述的人。首先，音乐学院的教师们在劳元定与巩飞翼被杀时都有确凿的不在场证明。其次，学院的学生们也没有作案时间和动机。

两天没日没夜的工作最终还是变成了徒劳。

好不容易有点眉目，没想到还是这种结果，邵大龙感到非常绝望。他主动联系陈应现，将案件的进展和他进行了沟通。

"一定是哪里出了问题。"陈应现不停地说。

但具体问题出在哪里，他也没有想法。

日子就这样一天天过去，转眼一个月就悄然而逝了。

就当邵大龙和陈应现都认为这起邪神崇拜导致的连环杀人案已成悬案时，半夜里的一通电话，让案件再次有了转机。

那天夜里，邵大龙正准备就寝，忽然屋里响起了电话铃声。这种情况不是第一次发生，身为巡捕房的总探长，半夜里突发案件的情况也是时有发生。

他熟练地接起电话，正准备开口询问，电话那头就传来了徐乐山的声音。

"救我！我在怀恩堂。"

怀恩堂是一所基督教的教堂，由于徐乐山是基督徒，经常会去那里做礼拜。

求救声非常短促和紧急，伴着一阵嘈杂的声音，像是有人拿着东西在房间里乱砸乱敲。

"徐先生，怎么了？"邵大龙脑子是蒙的。

可还未等徐乐山回复，电话就断了。邵大龙最后听见的，是他的惨叫声。

邵大龙并没有第一时间去联系下属巡捕，而是给陈应现去了个电话。陈应现一听，立刻会意，与邵大龙两头并进，一起去怀恩堂。

徐乐山是绍兴人，妻儿都不在上海，自己是独居，又是位出名的音乐家，很符合这次凶手的目标。只是邵大龙千算万算，没算到这个凶手竟胆敢从自己身边的人下手！

邵大龙风风火火冲出家门，快马加鞭赶往怀恩堂。

幸而怀恩堂离他家也不远，一刻钟左右就到了。

邵大龙下车时，发现陈应现也刚到教堂门口，他们瞧见怀恩堂大门洞开，但内部却一片漆黑，唯有一些微亮的烛光，两人不再犹豫，并肩冲了进去。

SOL MI DO LA DO RE DO SOL　SOL MI DO RE SOL DO FA DO

耳边回荡着这段熟悉而诡异的旋律。

教堂内部摆满了长椅和祷告席，华丽的彩绘玻璃窗与跳动的烛光相映，庄重肃静与阴森恐怖的气氛，在这里并存。

"糟糕！"邵大龙一跺脚，指向闪烁烛光的一处地方。

陈应现看过去，发现徐乐山正仰倒在教堂中厅的地上，头部全是鲜血。边上的留声机正在转动，播放着恐怖的旋律。两人急忙小跑过去，邵大龙还想将好友扶起，却被陈应现阻止了。

"没救了。"陈应现紧闭双眼，沉痛地摇了摇头。

徐乐山双目圆睁，嘴角微微张开，鲜血从他的头顶染红了半张脸。他后脑有一处凹陷，显然是被人用钝器狠狠敲砸而导致的。头部上方，有人蘸着他的血液，写下了"东晚"这两个汉字。随着暗室里烛火跳动，这两个汉字一明一暗，更显诡异。

"操！"邵大龙发出一阵怒吼，"老子一定要枪毙这个凶手！"

陈应现并没有邵大龙这么激动，他睁开闭着的双眼，忽然间眉头一紧。

邵大龙当然也观察到了他表情的变化。

"怎么了？"

"邵探长，"陈应现站起身，环视四周，"凶手应该还在教堂里。"

邵大龙一听，毛都炸了，跳将起来道："还在屋里？在哪里！给我滚出来！"

陈应现借着烛光，指着地上一排血脚印道："你看，脚印在门口兜了一圈，又回去了。可能就是听到了我们的声音，躲起来了。"

他们顺着脚印，去到侧室的一间书房。

这里存放着大量的宗教书籍，平日里除了教职人员，应该没什么人会到这里。

"出来吧，我已经看见你了。"陈应现随口说了一句。

他话音甫落，登时听到一阵巨响，一排书架被人从后推倒。陈应现和邵大龙对着突如其来的变故早有心理准备，纷纷往后退去。书架没能砸到他们，但散落的书籍却铺满了他们脚下的地板。与此同时，一个黑影从书架后窜现，夺门而出。

"追！"陈应现大喊一声，拔腿就朝黑影追去。邵大龙自也不甘示弱，紧随其后，冲出了教堂。

在月光照耀下，三个人在无人的街道上狂奔，形成了一道独特且怪异的风景。

那人跑得实在太快，邵大龙已是气喘吁吁，汗流浃背，眼看就要跑不动了。此时陈应现在他耳边道："邵探长，你继续追赶，我从那边抄近路。"

"好！"邵大龙现在连说一个字都累。

陈应现跑进小路，过不多时，便从边上一条支路出现，阻挡了黑影的去处。那黑影见人挡了自己的路，也发起狂来，一个箭步将陈应现扑倒在地，紧跟着就是照脸上一拳。这记拳头力道十足，在陈应现脸颊敲出一记闷响，陈应现登时觉得天旋地转，原本紧紧抓住黑影男衣服的双手也没了劲。

这也难怪，陈应现是个手无缚鸡之力的学者，即便眼下正值壮年，却也比不了那些干粗重体力活的劳动者力气大。而那黑影男手上的劲道，何止十倍于他，当然不是对手。

黑影男挣脱陈应现的纠缠，刚想转身再跑，谁知邵大龙已拍马赶到，冲他直奔而来，嘴里还呀呀呀骂着不知道什么话。

那黑影男也不是善茬，将身子一矮，堪堪避过了邵大龙的袭击，同时伸出一脚，将邵大龙绊倒在地。邵大龙其实早就看见了他伸出的脚，奈何自己冲得太快，因为惯性已刹不住车，被他这么一绊，整个人飞将出去，狠狠砸在地上，头上鲜血直流。

黑影男趁着这个机会，转身就跑，没跑几步就消失在路口转弯处了。

当邵大龙捂着头起身时，人早就没影了。

他回头把陈应现扶起，见他脸颊肿得老高，心里也生出愧疚。

"陈教授，实在不好意思，把你搞成这个样子。"

"不碍事！不碍事！"陈应现推开邵大龙，"你不用扶我，我自己能行。"

"这王八蛋，让我抓到，扒了他的皮！"邵大龙兀自骂骂咧咧。

不过陈应现却没那么急躁了。他揉了揉自己的脸，缓缓对邵大龙说道："邵探长，原本没有眉目的事情，吃了他这一拳，倒是让我想通了不少。"

4

"什么？你说凶手既不是学生，也不是教师？"

邵大龙惊得下巴都要掉下来了。

"是的，我们的思维陷入了误区。"陈应现的手指有节奏地敲击着木桌的桌面，"我们总以为，对音乐有追求，且身处申沪大学的人，不是学生就是教师，却忽略了一件事——学校并不单单是由学生和教师组成的，还有许多其他工作人员。为什么这些工作人员，不可以对音乐创作怀揣梦想呢？"

追击凶手失败后，邵大龙先是联系巡捕房封锁现场，又找来两个巡捕看守，便和陈应现离开了。他们两人拖着疲惫的身体，在派克路与白克路路口的一家馄饨摊坐下歇脚。邵大龙说肚子饿了，叫了一碗荠菜馄饨，陈应现吃不下东西。

"为什么你会有这样的想法？"邵大龙很是好奇。

"因为刚才与他搏斗的时候，我摸到了他的手掌。"陈应现抬起头，语调坚定地说，"那是一张长满老茧、无比粗糙的手。我敢肯定，这双手的主人，一定是经常从事重体力劳动的人。这绝不是一双只弹钢琴的手。"

"手上都是老茧？"邵大龙拍了一下自己的大腿，"那没跑了！就是干活的人呀！"

"看来申沪大学，还需要你再去排查一遍。"

"明天一早我就去。"邵大龙揉了揉自己的脚踝，想起刚才受过的罪，

"绝对不会放过这个小赤佬的！胆子也太大了！"

这时，馄饨摊的老板将热腾腾的馄饨端上桌来。

"邵探长，又在破案子啊！"馄饨摊老板笑嘻嘻地问。

"是的呀，劳碌命。"邵大龙摆摆手道。

"哎哟，堂堂华人探长，哪里会是劳碌命。你做的是大事情，是大人物，不像我，就卖卖馄饨，这辈子也就这样了。"

"你谦虚了，馄饨做得那么好吃，到时候租个店面，把生意做大，我叫朋友来捧你场。"

馄饨摊老板一听，又是喜笑颜开。"承您吉言，到时候只要是邵探长的朋友，一律免单！"

两人笑作一团。

陈应现突然问道："老板平日里爱画画？"

馄饨摊老板一惊，转过头去看陈应现。"这位先生，您怎么知道我爱画画？"

陈应现用手指了指老板的裤腿。"裤脚管上都是油彩颜料，我猜你平时不摆摊时，会作作画。不过我也是瞎猜。"

"这位朋友厉害的！也是巡捕房的神探吧？"馄饨摊老板对陈应现竖起大拇指，"我小时候学过一点西洋画，但你们知道，世道不好呀，画画是老爷们做的事情，我们小老百姓要吃饭，只能做点小生意糊口了。不过呢，每天夜里，我还是会拿出来涂涂抹抹，权当消消寂寞，打发打发时间了。"

"有点兴趣，总是好事。"陈应现赞许道。

邵大龙笑着说："我倒是没想到，现在这市井里一个个都藏龙卧虎，没想到啊，没想到。所以啊，我们中国之大，什么人才没有？"

"讲到这个，我是最有感触了。"馄饨摊也没其他客人，那老板索性拖过一张板凳，坐下和他们俩聊了起来，"你们知道，我开门做生意，什么人没遇到过？不过前几天一位先生，倒是真正震惊到我了。大概是两三天前，我也记不很清楚，他来吃馄饨，吃的和邵探长一样是荠菜馅的。那天我也无聊，就和他谈天，他好像是学校保卫处工作的，但对音乐非常了解，还跟我说自己平日里喜欢作曲……"

他话到一半，邵大龙和陈应现就意识到不对劲，相视一眼后，几乎异口同声地道："那人叫什么名字？"

馄饨摊老板并没有意识到两人的情绪变化，继续说道："叫啥名字，我想想哦，蛮简单的一个名字，叫李东……李东清！对，就叫这个名字。"

"这个李东清还和你说什么？"邵大龙放下调羹，伸手握住馄饨摊老板的手。

这也是一双充满老茧的粗手。

"他就是讲，现在上有老下有小，日子难过，理想更是难以实现。他现在就在等一个机会，一个出人头地的机会。邵探长，你怎么了？是不是我说错什么话了……"

馄饨摊老板见他这么严肃，心里有点吃不准。

邵大龙摇摇头。"没事，你先去忙吧！"

老板抽出手，立刻起身离开。

"明天去查一查申沪大学，有没有叫李东清的人。"

"嗯，没想到得来全不费工夫！这顿馄饨吃得值。"邵大龙一副摩拳擦掌的模样。

"先去查，不过我总感觉事情没那么简单。"

陈应现没邵大龙那么乐观。

翌日清晨，天才蒙蒙亮，邵大龙就领着一队巡捕来到了申沪大学。询问之下，保卫处确实有一位名叫李东清的员工。不过这天他正巧休假，不在学校。邵大龙从校方这里拿到了李东清的住处地址，马不停蹄地赶往赫德路。

陈应现自然也应邀同行。

李东清的家位于赫德路的一个里弄里，根据校方提供的资料，李东清家里有一妻一子，生活上很是拮据，平日里工作倒也卖力，与同事相处得都不错。不过李东清对音乐感兴趣这件事，与他共事多年的同事都不曾了解。

他的住处是一栋老楼的亭子间，邵大龙赶到时，屋里什么人都没有。

空无一人。

房东王太太说，他们一家人好久没出现了，这个月房租都还没交。不过李东清家看上去东西都还在，甚至还有一些零钱，不像是举家搬迁的样子。

"妈的，还是晚来一步！"邵大龙愤愤地道。

"我觉得不像跑路。"

"因为家当没带走吗？"

"对于像他这样贫困的人，什么都可以不带，但绝对不会不把钱带走。"陈应现若有所思地说，"眼下只有先找到他，才能弄清整个事件的真相。"

"真相不是已经摆在眼前了嘛！凶手除了他还能有谁？"邵大龙继续说，"明天我就发布通缉，我就不信了，把整个上海滩翻个遍，还找不到他！"

陈应现听了不响。

5

李东清一家从赫德路消失的一周后，邵大龙就得到了情报，有人在静安寺见过他。

根据包探们提供的线索，邵大龙基本上锁定了李东清的一个临时住所。为了抓捕行动可以顺利进行，这次行动邵大龙召集了巡捕房大量警力，可见这次的追捕对于他来说势在必得。当然，全程参与此案侦破的陈应现教授也在邀请之列。

为了避免打草惊蛇，围捕行动是在深夜 12 点进行的。

巡捕先是将李东清所在的民宅包围，埋伏在暗处，就等邵大龙一声令下，便开始行动。由于这次抓捕的凶手是连环杀人犯，危险系数很高，所以巡捕在出发之前都配备了枪械。不过邵大龙在行动之前特别嘱咐过，没有他的命令，谁都不准开枪。这次的案件影响实在太大了，嫌疑人最好是能活捉。

到得凌晨两点，邵大龙才下令抓人。原本的计划是潜行至二楼，破门而入，但在行进过程中，有一位巡捕不小心踩中一块腐朽的木板，进而发出一阵声响。这个声音，若是在白天可能没人会注意到，但在深夜中却如同一个霹雳，将所有参与行动的巡捕心里震得直颤。

果然，房间内传来了动静。

"抓人!"

随着邵大龙的一声暴喝,巡捕们争先恐后地冲入房间。

房间里的李东清当然也早有准备,他们刚冲入屋内,就听见一阵玻璃碎裂的声音。原来李东清知道门口屯了重兵,无法逃出去,就用椅子砸碎窗户玻璃,从窟窿口钻出去,直接跳了下去。

"他跳下去了,怎么办啊!"

"抓住他!别让这小子跑了!"

"哎哟,他右拐到弄堂里去了,快点追啊!"

"胡说什么,明明是左拐,你们看错方向了!"

"邵探长人呢?"

"就在前面,比我们跑得快多了!"

巡捕们七嘴八舌地喊着,忽然远处又传来个女人的尖叫声。

"要死啊,你什么人闯到我家来!"

李东清闯入一所民宅,径直跑进厨房,取出一把水果刀,同时擒住了这家的女主人。巡捕赶到时,他一手持刀,一手牢牢擒住女主人,拖着她走到了大街上。吵闹声将不少路人引来驻足观看。那女主人被这突如其来的变故吓得花容尽失,浑身颤抖。人质在手,巡捕们不敢贸然行动,纷纷把目光投向探长邵大龙。

"李东清,你不要冲动!"邵大龙对着他大喊,"你先把刀放下。"

仿佛是听不懂中文,李东清对邵大龙的话置若罔闻。他只是不停地挥舞着手里的水果刀,冲着巡捕们怒吼。

"你没有选择,不要继续错下去!"

"有种杀了我!"李东清开口了。

"放下刀!"

"杀了我!"

"你他妈有没有听我在说什么?放下刀!"

"杀了我!快杀了我!"

李东清的情绪越来越激动,邵大龙伸手握住枪柄,额头上渗出了汗珠。如果李东清有意伤害人质,那么,即便再不愿意,他也会立刻开枪射杀。

二十多人的巡捕队将李东清团团围住,他已经没有逃跑的机会了。

月光的映照下，李东清满脸泪痕。

陈应现赶到的时候，已是气喘吁吁，他一介书生，体力当然无法和经常接受训练的巡捕们比，人家跑5分钟的路，他多了整整一倍的时间。

尽管他赶到了，但已经来不及了。

李东清把水果刀高高举起。

邵大龙也举起了枪，枪口对准了李东清的脸。

水果刀飞速落下。

枪声响起。

李东清倒下了。

他再也没能站起来。

6

"东晚"连环杀人案以李东清被邵大龙击毙而结案。之后的调查工作非常顺利，许多证物都在李东清藏匿的地方找到，包括那块砸碎三位音乐家头颅的石头。邵大龙也因此得到了警务总监的嘉奖，一切似乎都已尘埃落定。

为了答谢何闻义教授的帮助，这天，陈应现领着邵大龙亲自去他家拜访。

"来就来嘛，还带这么多东西，太客气了！"

何闻义教授看着满桌的礼盒，实在有点不好意思。

邵大龙笑道："应该的，若不是您告诉我们'东晚'的含义，我们怎么能这么快找到李东清，破获这起连环谋杀案呢！您才是最大的功臣啊！"

"哪里，还是邵探长侦查能力强！"何闻义教授摆了摆手说道。

"何教授谦虚了！"

"不过也是蛮可惜的。"何闻义嗟叹一声，"那个李东清啊，我去上课时也见过几次，年纪轻轻，看上去也不像坏人，怎么就走上了这条不归路呢！也怪我不好，平日里研究的资料随手乱放，肯定是被他看到了。他真的以为，杀死别的音乐家，自己就能成为音乐家，所以说还是吃了没文化的亏，做出这种可笑的行为。"

"何教授，我跟你讲，我当巡捕这些年，见的人多了去了。很多人啊，就是知人知面不知心，你晓得伐？"邵大龙附和道。

陈应现坐在沙发上，一直低着头不响。

何闻义教授注意到陈应现的反常，便问道："陈教授，是哪里不舒服吗？"

陈应现苦笑了一下，答道："心里确实有点不舒服。"

"哦？要不要去医院看一下？"何闻义没听出陈应现话里有话。

"是心病。"陈应现抬起头，看向何闻义，"或许何教授可以替我解惑。"

"陈教授这是什么话，有问题尽管问，我知无不言。"

然而，陈应现并没有说话，而是从嘴里哼出了一段旋律。

这段旋律十分耳熟，正是连环谋杀案现场，在留声机中播放的那段诡异音乐。

SOL MI DO LA DO RE DO SOL SOL MI DO RE SOL DO FA DO

何闻义皱起眉头。"陈教授，这是什么？"

"我想请何教授，替我解一解这首曲子。"陈应现还是说着不明不白的话。

"陈教授，别开我玩笑。我是文科学者，并不是音乐家。"

说这句话时，何闻义收起了笑容。他转过头，望向邵大龙，后者面带微笑，冲他点头。像是在对他说"请继续听下去"。

陈应现缓缓说道："既然何教授是文科学者，对音乐研究不多，在下粗通音律，就让我来替何教授，解一解这首曲子，怎么样？"

何闻义脸上的表情没有变化，似笑又非笑。

见他不搭话，陈应现又自顾自讲了下去。

"这是凶手李东清在三起谋杀案现场用留声机播放的曲子，反反复复播放，初到现场的巡捕，以及邵大龙探长，都认为这是凶手的一种仪式或者挑衅。所以起初根本没把这段旋律放在眼里。但我不一样，音乐是我的爱好之一，所以我略微研究了一下，发现这段旋律，并不属于任何我熟悉的歌曲。于是我在想，或许这首曲子是凶手留下的'战书'，于是我便回去好好研究了一番。结果，还真让我瞧出一点门道来，何教授，你猜猜是什么？"

何闻义摇摇头。"猜不到。"

"猜不到没关系，我来告诉你。"陈应现从何闻义的书桌上，拿了一张白纸，又从自己西装内侧取出一支钢笔，接着在纸上写上了一段音符——SOL MI DO LA DO RE DO SO 升八度 SOL MI DO 休止符 RE SOL DO FA DO，写完抬起头，对何闻义道，"何教授，有没有听说过简谱？"

"听过又怎么样呢？"何闻义不知陈应现葫芦里卖的什么药。

陈应现笑笑，继续道："我们将这段旋律，用简谱来标的话，8 代表高八度，0 代表休止符，就是 531612158531025141 这串意义不明的文字。"

何闻义继续看着他。

陈应现接着说："这些看似奇奇怪怪的数字，如果我们用英文对应数字来翻译的话，就是 ECPLOHECJYNA 或 ECAFABAEHECJBEADA 这两串英文。非常奇怪是不是，但是我们把这串数字倒过来的话，就会得到这样一段英文——NOTMEHELPME。"

——Not Me, Help Me！

"李东清在杀人现场布置留声机的目的，并不是挑衅巡捕房，而是在求救。"陈应现说出了自己的结论，"但是，他为什么又要将旋律设置成密码呢？因为他怕被幕后主使看见。他虽然找到了，但他的妻儿一直生不见人，死不见尸。恐怕有人挟持了他的妻儿，来要挟他背锅。这也解释了为什么邵探长追捕他时，他一心求死。因为如果供出幕后主使人的名字，他的妻儿恐怕会遭殃。"

何闻义笑着拍手。"好精彩，没想到陈教授还是个福尔摩斯呢！不过，您说这些，和我有什么关系？"

"因为你就是幕后主使人。"陈应现朗声道。

这时，邵大龙也站起来，对何闻义说："你利用东晚的传说，迷惑一些从事音乐工作的音乐家相信这位邪神，并献祭自己来达到敛财的目的。榨干这些人后，你需要有人来帮你清理掉这些麻烦。正好保安处有一位年轻人也热爱音乐和文史，渐渐与你相熟，你便差人绑架了他的妻儿，胁迫他替你完成现场的打扫工作，让他背锅。但真正动手杀死这些音乐家的人是你，真正的邪神'东晚'是你。"

"开什么玩笑！"何闻义明显慌了，"你……你们有证据吗？"

邵大龙上前一步道："没有证据，你以为我们会来找你吗？从陈教授破解这段旋律之后，我们就开始了大规模的排查工作，早就怀疑到你头上了。何教授，今天你还是停一停手里的研究工作，和我们去巡捕房走一趟吧！"

说完，邵大龙取出一纸文件，在何闻义面前抖将开来。

何闻义看着文件上密密麻麻的文字，再也没说话。

SOL MI DO LA DO RE DO SOL　SOL MI DO RE SOL DO FA DO

SOL MI DO LA DO RE DO SOL　SOL MI DO RE SOL DO FA DO

李东清坐在杀人现场，哼着这段旋律。

他的脸上都是泪水，他看着身边劳元定的尸体，知道自己回不去了。

为什么会这样？

我明明应该是个音乐家。

他看着自己粗糙的双手，想起家中嗷嗷待哺的孩子，妻子已经病得起不了床，医生说可能活不过今年春节，他是家里唯一的支柱。

不是所有人，都能追求自己的梦想的。

人和人是不平等的。

永远不会平等。

李东清将沉重的尸体拖到房间的中央，用手指蘸上血，写下"东晚"两字。

为了家人，他只能化身为"东晚"的伥鬼。

他知道自己回不去了。

民宅外隐隐传来高雅且悦耳的钢琴声，是谁家的孩子在弹琴呢？传来的音乐与杀人现场留声机里诡异阴暗的旋律形成鲜明的对比。

真好听啊，李东清心想，这孩子将来一定会有光明的未来。

而他低下头，只能看到自己粗劣且肮脏的双手。

发表于"FalseGods 伪神乐队"微信公众号（2024 年 7 月 7 日）

弈乱之岛

南城大气

【作者简介】

  南城大气，出生与长居都在南字开头的城市，故而取了这怪名儿，意在自嘲自省自励，写小说写得慢且不精，故无太多良品可供大伙儿观览。中篇推理小说《破戒之徒》曾有幸被收入《2023年中国悬疑推理小说精选》，而当下这篇《弈乱之岛》正为之后的故事。列位若没看过前篇，也不妨碍阅读本作，如读过，或许能另增少许趣味。未来也会致力于奉上更多故事以飨读者。

旧　事

"啪——""车"猛拍在"将"的棋子上。

"汝输了!"

开口的是个年轻男子，块头不大，面孔圆胖，30岁未到，可眉眼处已生了笑纹。他左手执一柄牙骨折扇，正微微扇动，扇面上绘着峭壁孤松、枝杈斜向浩瀚水面。

棋盘对面那人年纪老些，一身衣裳虽是烟蓝湖绸料子，却破烂不堪，染满碎云般的血污，右脸一片青紫，伤肿处挤得眼都没法子睁，黏着几缕乱发。

周遭幽暗昏晦，弥散着浓烈的牲口气味。这二人席地而坐在屋子当间儿，另有4个壮汉分立两侧，手执长刀，死盯着那中年男子一举一动。

只见他木愣愣瞅着棋盘，似是不信自个儿败阵，过了会儿工夫，终于抬起手指，轻轻点过对手剩下的棋子——帅、车、马、兵、相，俄而，才呻吟一般开了口："林春松啊，想不到短短时日，你棋力竟长进到如此地步。"

"哪里的话——早在半年前，你便已不是我对手了。"那叫林春松的微微笑着，蔼然得如在谈一笔买卖，"只不过，行船那会儿需哄得你开心，才每每露拙输你几招。"

说罢，他忽将笑脸一收，冷言道："范老板，我已陪你耍完这一局，结了你期望的头一桩事儿，那下一桩又是啥？"

被呼范老板的男子点点头："第二桩事儿嘛……请你将我女儿带来。"

"绡云小姐？"

"是，哪怕是今日就死……我再看看她也无憾。"

"嘿，莫要轻易言死啊，此事又不难办。"年轻人摇了摇扇子，起身大步走出牢门，身后几个手下旋即跟上，又把木门关牢锁紧。约莫一顿饭工夫，他们便领来个年轻女子，她着一身鹅黄襦裙，在这帮粗蛮汉中清丽得刺眼。就在这一众人身后，俨然又多跟来了几名护卫。

他们方走至檐下，却听得房内"咚"一声震响，伴随物件散落的声儿。

林春松登时脸色一白，忙唤人打开锁头，"哐当"推开屋门，却见着棋盘已被掀翻，棋子散落一地，那中年汉子躺倒在堂中，额前一片殷红，侧旁墙砖上也落着一团血迹。

"爹爹！"那女子高呼一声，挣脱阻拦，扑到那范老板身上。

林春松也忙冲上前，一摸范老板鼻息——已是出的气儿多，进的气儿少。

"怎就忽然寻短见了？"他虽老成稳重，可瞧着眼前情景，竟也一下失了仪态，连连跺足。

众手下皆面面相觑，一时间，囚室中唯余女子恸哭声响。

"瞧！那地上都是些啥？"一人忽大喊。

林春松忙低头，这才瞧清地板书写着一串血字，围着范老板圈出个圆环，望去似一颗巨大棋子。

定睛细看，林春松一条条念道：

"帅困囚于镬釜，黑浪阻围"

"相匿迹于户堂，黄垆覆埋"

"马劳毙于山嶂，青枢启攒"

"兵僵踣于松石，赤焰焚裂"

"车篡乱于剑壁，白锋陨击"

再瞧范老板那右手，正如枯木般垂耷在棋盘上，食指与中指皆断了一截，创口血肉模糊，将九宫和将、士都染得赤红。照这情形，这些文字应是他用指头蘸血所书。

林春松沉吟片刻，忽失声嚷道："这……这莫非是……"

帅、相、马、兵、车——血书中提及的棋子，不正是自个儿方才剩下的那几枚吗？

帅困囚于镬釜　黑浪阻围　相匿迹于户堂　黄垆覆埋　马劳毙于山嶂　青枢启攒　兵僵踣于松石　赤焰焚裂　车篡乱于剑壁　白锋陨击

当　下

四周被黑雾萦绕包裹。

漂浮不定之中，癸镜觉得有啥正盯着他，且不止一个。他瞪大双目想瞧个分明，却望见那白亮亮的一闪。

"嘭——"头颅被洞穿，顿如一颗烂瓜。

"鱼？……"

薄如纸片，银亮的金属小鱼。

此地为啥会有鱼呢？即便有此疑问，他内心却被诡异的宁静充塞着。

剧痛啃啮着脑袋，可癸镜并未死去。

还未来得及更多动作，一刹那，又有十数道银闪自八方袭来。

他徒劳地蹬了两下腿，可仍避之不及，伴随几声闷响，臂膊腰肢皆被斩断，残躯在黑雾中四分五裂。

"躲不了……"他脑袋在雾中飞快下坠。

下一瞬，瞳孔却睹见大片光亮，沉沉黑暗霎时被驱散。

发光的乃是一条山峦般的巨鲸。

它漫不经心游过，张了张大口，将支离破碎的癸镜整个吞入。

癸镜醒了。

他竭力睁开眼，瞧见四周一片暗色，唯有远端窗洞泻入几缕光亮。

"唰沥沥唰沥沥沥沥……"屋外传来不歇的水波声，间或夹杂大浪拍岸的闷响。两三个弹指间，癸镜回忆起自己所在何处——昨日黄昏，他被关进了此地。

这是间牢狱似的小屋，立在赤釜岛的高崖近侧。

掀开身上覆着的破被，癸镜缓缓站起，朝着那小窗挪去。须臾，他便行到了窗边，这窗洞恰齐他脸孔高，横着三道铁栅。

森森寒气扑面，癸镜望向窗外，此时日头方出，晨风横掠过灰褐的岸和幽蓝的海，咸腥味道刺着他的鼻尖。许是因为气候干燥，虽已入冬一阵子了，中国北部的这片地儿尚未迎来初雪。

除开这单调景色，他还能瞥见西侧一个坳子，谷不算很深，贴边建着几列矮屋，场中则搭起两个巨大棚舍，凭靠粗木柱子支顶，空荡荡没有四壁。那棚内垒砌着几个炉灶，每个上头都落着个大锅，又有另一口锅倒扣其上。近百号人立在棚内外，应是在忙碌劳作，可却僵硬、缓慢，似蠕动的泥俑。

"他们在炼制啥，水银吗？"癸镜暗想，数年前他路过三秦，也曾见过匠人按这法子焙烧矿料，从早烧到晚，便能见锅中辰砂化汞。

这浅谷之东隆起一方岩台，自地面直挺挺立了一根木柱，朱红颜色，笔直冲天，应有三丈。顶处又斜横了五根圆木，朝向各异，长短也不一，最底下那根一丈不到，其余只有四五尺。

癸镜正寻思此物是何用途，忽听身后有人开了口——

"那处风大，小心冻着了。"

癸镜惊回头，瞅见个男人从墙角阴影中走出。

他模样二十来岁，身着暗棕革甲，其内是深蓝的短袄——那是件寻常捕人的装束。男子的唇边与颌下蓄着须，半寸余长，浓眉之下眼窝深陷，嵌着两颗混沌的珠子。

见着此人，癸镜忙招呼道："陶大人……"

他在这屋中多久了？自个儿竟丝毫没有察觉。

"呼我继政就行了。"男人挥了挥手。

"你刚刚是在发梦？"这叫陶继政的又问，"就见着蹬了几下腿。"

癸镜脸上浮现出一缕尴尬："确是如此。"

"也难怪，这石室阴冷，岩板又硬，任是谁都睡不舒坦吧。"陶继政跺了跺地。

"倒不是因着这些……"癸镜摇摇头，"便是先前在家中，我也常被一些怪梦搅扰，很难整晚都睡得踏踏实实。"

到底何时患上了这毛病的，癸镜也已记不太清了——时不时在入梦之后，心中隐匿的种种恐惧便如泥沙泛起，翻涌出一个个诡异的暗喻和解答。

听闻这话，陶继政先是一愣，俄而笑道："我听闻曾有禅师梦中悟道。你这不得安睡，没准儿也是菩萨降下的磨炼修行。"

这是劝慰还是揶揄？癸镜未能辨明，只得微微点了点头，瞧向陶继政怀中，见他正竖抱一支长枪，枪尖下端铸着鱼形纹路。

鱼，梦里头的鱼。

陶继政回头望了望牢门，凑近低声道："泥螺师父，你于我有救命之恩，我定不会害你的。"

"可否将实情告知在下——你闯来这岛上所为何事？"

"实情？"癸镜叹了口气，"那会儿我所言都是实情。"

"我真是来寻我那娘子的。"

一个多月前，癸镜帮村中人瞧完病，行回医馆，瞧见柳福娘正在收拾包袱。

"你要去哪里？"癸镜将木匣卸到桌上。

"北边。"柳福娘将包袱朝背上一甩，"有人雇我做些活儿，去个几天便回。"

癸镜已然习惯她这含含糊糊打哑谜似的言语，一边沏茶一边道："你且等会儿，我也去备几件衣裳。"

"这回你不用跟着了，人越多越麻烦。"柳福娘翘着手掌，在他光秃秃脑袋上轻拍了一下，"好好待在此地，守着家便是。"

8年前，跟随这个古怪女子，癸镜出了师门岩莲寺，没多久便离了广州府。二人游历各处，撞见了许多事，终在这叫白桥的地儿安顿下来。借着这些年习得的医术，癸镜开了间医馆，操持营生。

就在这两载间，柳福娘也常外出，有时带着癸镜，有时独自一个，干着些捞不到啥好处的侠义之举。

"侠女？"夏日中一夜，两人卧床闲谈，柳福娘听他道出这词儿，笑作一团。笑罢，又搂着癸镜脑袋道，"你觉着我那所作所为，像是侠女，还是偷鸡摸狗的贼女？"

那日，柳福娘离去后，癸镜留在医馆，零零碎碎忙了些诊疗活计，待到十日之后，却未见着柳福娘回来。"莫非此回有了闪失？……"他自有些坐不住了。寻思一二，癸镜便在桌案上留下封信，锁了医馆，携着些盘缠，朝北一路寻去。

柳福娘这人行踪虽诡谲，但作为她的夫君，癸镜要寻着踪迹并不难。

他打扮成云游医僧，一边给人瞧病散药，一边就问询一件事——"近来些日子，可曾听说哪里有啥恶徒忽遭了天罚"。

大大小小的传闻织成一列道标，引领着癸镜来到一处临海的小村。

"单独一人的女子？穿一身黑衣裳？扎那么个怪异的髻子？见过的呢。"湾滩边一个老渔人回答，"她从阿田家买了条小船，自己划着出海了，似是行去了赤釜岛。"

"赤釜岛？"

"对，一直朝着北，没风的时候，大半日就到了。"老渔人抬手指指，摇头叹道，"唉，不知她一个小娘去那儿做什么？要真上了岛，怕是连骨头都剩不下来。"

"莫要这么说。"他身旁一个年轻汉子道，"那姑娘虽然打扮怪，可长得倒也标致，没准会被苍隼头领占了去做夫人——就似那范家小姐一般。"

"范家小姐？"癸镜皱了皱眉，"苍隼又是啥？"

老渔人打量他两眼，问道："你是外乡人吧？都没听说过这些事儿？"

"确如你所言。"

"难怪了。苍隼乃是帮海匪，自打南边漂来的，一年多前占了那赤釜岛。

"他们的头目叫林守元，家世出身似还不错，不知为啥沦落到干这行当。"渔人道，"此人性子残暴，不光对敌下手毒辣，连婆娘都前后虐死了几个。倒是留下三儿一女，分别唤作春河、春松、春虎与春月。一家子统辖着数百个亡命徒。

"早些年，这帮人也都是些散兵游勇，本无那么多船和火器。忽然发达起来，还是因着吞了禄洋船帮的缘故。

"那船帮本是漂洋过海做大生意的，被人唤作'浮海金山'。林守元琢磨了个法儿，让他二儿林春松混入了帮内。蛰伏两年后，忽然作乱，里应外合，一举夺了那些船与资财。

"那批船货中恰有数百支火铳，腾地便如虎添翼了。

"'禄洋'中敢冒头抵抗的，都被斩了丢进了海，余下百来人缴械降服，连同头领范老板范解，还有他独女范绡云，一齐被羁押在船内。"

听到这处，癸镜心头忽似被人一揪。

遭劫的船，横死的人，年少时自家所遭横祸腾然浮现——

当下所闻，仿佛再度窥见那明镜中的景象。

些许工夫，他才稍回过神，又问道："那为何他们又辗转来此？"

"一样是因着那禄洋船帮……"老渔人叹了口气，"赤釜岛上原也就几十户住家，像咱一样靠打鱼过活。数年前，禄洋在那儿辟了一处地，建了个码头和几座屋舍。另安排数十人在岛上凿穴开洞，似是采掘啥矿料。

"等苍隼夺了禄洋的船，自也通晓了岛上的消息，便依着引路，径直攻了过去，借着新得的凶恶火器，轻而易举便占了那岛。

"待到他们盘踞安稳了，就将岛上人和禄洋残众拘在一处，日夜如牛马般差遣，有的捕鱼做口粮，有的赶去矿上苦役。

"至于范绡云那姑娘，因出落得水灵光鲜，一下就被林守元瞧上了，他原本就色念重，见着这等美人，自是心旌摇荡，二话未讲就将她霸了去。"

听罢这些，癸镜道："那这么久了，倒也没个人去征伐？"

"征伐？哪里打得过？他们虽说是贼寇，可正拥着大小船数十，火器比老爷们都凶。"那渔人摆摆手，"眼下陆上也不太平，谁还有闲心去管他们。"

"说起这个，前些日可又听着个新鲜事。"那年轻汉子再度凑近，"讲城中的老爷非但不去剿灭，还要给苍隼封赏，求得他们不闹事端哩。"

"平定不得，便意图招抚吗？"癸镜暗想，抬脸望了望浩渺海水，忽又问道，"大伯，你这船还能卖与我？"

在渔人们惊诧的眼神中，他掏出了一大串铜钱。

就在癸镜解下船缆的时候，隐约听见那后生嘟囔："疯了，全疯了，一个个接连赶去送命。"

这一日无大风，可海流却出乎意料地凶险诡谲。待到日头半落，癸镜才将船驶到了岛东南——这是一处狭长沙滩，被高耸的山岩和嶙峋怪礁环绕，只得丈把宽地儿可以落脚。

借着夕照的些微光亮，他登了岸，又攀上七八丈高的岩壁，爬至一方宽阔台地。

周遭也没个屋舍，寻思着应无人巡哨戍守，癸镜不由得松了口气。可才行了四五步，却见一堆乱石后闪出几个人影。

"呵，找寻兄长找寻了一天，没想着却有意外之获。"讲话的是个年轻女子，站在最前，手握一杆长枪。她秀目细长，面皮在落日下显出陈酒颜色，绕额包了个赤红发巾，淡紫绢面的袄子外罩了一副甲，"远远瞧见有东西自海漂来，竟真是个活人。"

她身后跟着7个汉子，似是些护卫，皆身着披挂，手握兵刃，有几人的肩上还背着火铳。从铳身模样上看，应是佛郎机那方的舶来品。

"你是哪处来的？偷偷登岛做什么？"女子将枪指向他，口气亦如那枪刃般凌厉。

"春月小姐，当心……"身后一人忍不住提醒。

"当心什么？还要留他个活口？"那女子斜瞥一眼，"那也得他自己有那个气运……"

话音未落，那枪已乍然刺来。

"好快！"癸镜心中一惊，侧肩闪过。背后便是绝壁悬崖，纵是有一身功夫，他也不敢轻易跳下。"人多，不宜缠斗，先想法子脱身……"飞快盘算着，癸镜猛一蹬地，跃向那女子身左。

可这心思却似被洞悉了——长枪黏着一般追至，钢锋镀满血色霞光。

癸镜急忙矬腰，堪堪躲过这一击，就在下一刹，又见那刃口不讲理地一拐回劈向自个儿。他心中一惊，忙一扬手，听得"叮"一声脆响，枪尖在脖颈前分毫止住。

阻住长枪的乃是一根铜杵，紧紧攥于癸镜手中，足有三尺，拇指粗细、泪滴形的脑袋。癸镜平素便将它带在身边，可用来捣药，也可拿来防身。

"这物件倒也与你相合——半分郎中半分僧。"妻子倒曾这么笑过他。

"竟有点本事，好得很，好得很……"那女子后撤一步，挺握兵器，身子绷紧如同上了弦的床弩。"这姑娘……技艺不可小瞧。"癸镜心中亦道，逆手抄起铜杵，横在侧前。

二人在崖边无声对峙，短短瞬间，连周遭的海鸟都不再鸣了。仿若被这团气势撞着，有些个汉子不仅未上前，还不约而同小退了半步。

就在下一刻，那女子猛一甩枪，枪尖划出花团似的一圈银弧。"这一式是……鲤潮？"癸镜心中一凛，猛想起先前见识过的一门枪技。

此招既出，就见长枪猛袭向他诸个破绽与退路。"铛、铛铛——"他手握兵器，接连挡下左右十余记劈刺。"似有间隙！"觉得她这式气势将尽，癸镜拿杆硬架开枪杆，直冲向敌手。

他本要挥掌击出，却见那女子并未收势，反借他力道一甩长杆，将枪尾飞速旋前，侧身一突，狠狠捣中他的左肩。

"啊！"这一记刺得裂伤般疼痛，癸镜忍不住叫出了声，就在这刹，对手那枪尖再度回扫，直直劈向他脖颈。

他急忙躲闪，可未等喘息，见那长枪又频频刺来，如流水滔滔不绝，无半点顿挫。那姑娘的双臂若是铁铸的木造的，此时怕也要旋出了火星儿。

日已沉，薄云袭月，临海的高崖上，这长枪舞出一阵不歇的烈风，变化虽奇诡，劲力却扎实，全然不是花架子。

相较之下，癸镜疲于抵挡，却没了反击的余力。"半年未打磨筋骨，功夫着实荒废了。"他心中浮起一丝懊悔。就在这愣神片刻，刃尖"嗖——"一下掠过他鼻前，登时将那乌黑头巾挑了去。

枪头再复劈来，眼瞧着快要捅穿他喉咙。

就在这一刹，站在远端的一人却高嚷道："等等！"

他手似比嗓门更快，即刻甩出一杆兵器，"哐当"荡开了女子手中长枪。

那姑娘吃了一吓，正欲抽杆反击，望见那人面孔，胳膊却一下松了劲。"师傅。"她开口道，"你这是何意？"

"莫着急伤他。"只见那汉子踏步上前，"此人是我旧相识。"

"认识？"女子瞥了瞥癸镜，癸镜也跟着一愣。

"没错，他是白桥那地的名医。"那人点点头，"两年前，我出了趟远门。路过白桥时，忽染寒症，病得爬不起身，便是这位帮忙救了命。"

"如今一眼便认出，只因这僧人模样着实少见。"男子扯了扯嘴角，似是在笑，"记得你那医馆乃是叫泥螺堂吧，当下还开着吗？"

"是还开着的。"癸镜答道。当初他开了这铺面，因念出身师门"岩莲寺"的旧，取了个相映照的名儿，亦自号作泥螺居士。

他细细望向那汉子，几个弹指后，方从五官辨认出些许熟悉印象——自己确为这人望过诊、煎过药。

"陶继政陶大人。"癸镜记起了那个姓名。

难怪这女子的枪路似曾相识，那人病愈后几日，曾在他医馆院中练枪习武，也使出过方才那一式"鲤潮"。

——可短短数年工夫，这陶大人似已一下老衰了十多岁，全然瞧不出当初丰神俊朗的气度了。

那女子听罢，斜瞥了癸镜一眼，冷声道："既是开医馆的，为何不好好在白桥待着，跑来这数百里外的赤釜岛？"

"只因我娘子不见了，才一路寻来此地。"癸镜老实回答，"不知岛上深浅，妄自打扰了，还请见谅。"

"见谅？此岛可是你想上就上的。"女子喝道，"来人！将这秃子押去牢里。"

陶继政闻言，忙凑近求道："小姐，泥螺师父老实良善，定不是有意来寻事的，可否高抬贵手不送他入牢？哪怕让暂住在我那儿，我可先保他不逃不走。"

"那可不成。"女子抬着枪尖挥了挥，"师傅，咱苍隼虽是吃风浪里的饭，可规矩即是规矩。他妄自登岛，本可当即宰了喂鱼；眼下先不取性命，已是照顾你的面子了。"

"要是闹得让大哥知道，怕是要连着你一齐弄杀。"

言罢，女子转身便走。"且等下……"许是因着心急，陶继政竟一下扯住她衣袖。

这举动俨然惊到那姑娘，只见她步子一滞，回望瞪视："你！……"

见她动气，手下们皆惊得僵在那处。一时工夫，人声寂然，只闻浪击石鸣，声声不歇。

约莫几个弹指后，忽听这女子叹了口气。

"若不然，先带去那乌石坊扣着……"她将胳膊一甩，挣脱开去，"等明日天亮，报于父亲，再作计议。"

听闻这话，陶继政神色稍缓了缓，仿佛松了口气。眨眼间，那几个汉子便拥了上来，押着癸镜，送来这间岩砖垒砌的屋子。

"昨夜您仗义搭救，着实感激不尽。"癸镜诚恳谢道。

"小事而已，也没保得你不受委屈。"陶继政无奈摇摇头，"这乌石坊破破旧旧，原是搁放矿料用的，因离作坊有些远，故而不常打开，偶尔让夜巡的来里头歇息。"

"矿料？"癸镜道，"来此地前，我确也听闻苍隼在岛上掘矿。方才瞧着那谷中情形，似是在焙制水银吧。"

陶继政点点头："是啊，那矿穴就在岛中，平日里采得辰砂，再运到此地炼烧。"

"这几日山溪都冻上了，不便采挖，就把人都聚来这儿忙活了。"

就在这时，浅谷那方忽传来几声呼喝，就见几个穿甲衣的闯进人堆，挥扬笞棍与刀剑，如同驱赶鹅鸭。

"他们这是要做啥？"癸镜不禁问道。

"今儿有买货的商人来。"陶继政望了一眼回答，"听小姐说，首领让作坊再赶些工，好凑齐两百罐，一道装船运走。"

"苍隼在海上横行掠财，竟还有商人敢来做生意？"

"他们有劫的，也有不劫的。有些若交够了钱钞，还能一路护着，不让遭他人袭扰呢，这匪类也有匪类的规矩门道。"陶继政回答，"按着禄洋遗留的法子，此地炼出的水银成色极好，自有商人愿意采买。

"更何况，今日那货商来也不单单是做买卖的……"陶继政倒没啥顾忌，坦然道，"实则有密使混在那船上，你可曾听说？"

癸镜想起那老渔人只言片语，却还是道："没听说。"

"……为的是递送那些大人物的心思。

"若双方一拍即合，非但可以允诺苍隼一个名位，还答应赐一处岸上小港，与此地呼应，方便输运矿材。"

陶继政望了望窗外："兴许再过两个月，林守元就会与二少爷一道，搬去那处坐镇了。"

"陶大人，我有一事想请教。"迟疑片刻，癸镜还是开了口，"你身为护民之人，为何眼下要帮这群海匪做事？"

话有些刺耳，可陶继政神色却分毫未变，泰然如池中老龟："我那些个伙伴，倒也有人不愿替苍隼卖命，不过现在都已埋在土里了——就在这西边百来步外。"

见癸镜抬手合十，他笑了笑，接着道："就在苍隼来袭那一日，咱们在浅岸垒起拒马，原想在敌登岸时飞射火矢，待其乱了阵脚，反冲一气灭之。

"可未曾想到，那些船还未泊近，舷旁便顶出数十根乌黑铁竿儿，先几声雷霆般的震响，又啪啦啦射出一阵疾雨似的弹子儿。

"登时，我左右数人顷刻仰躺在地，血沫儿溅了我一身。

"自小到大，我一直修习这家传的枪术，从未遇见用兵器能赢我的敌手。常年偏居这岛上，虽见过几杆火铳，总觉着不过是唬人的奇巧伎俩。

"那是我头一回听闻百铳齐鸣，见那杀伐阵仗，我竟当即吓得傻愣在拒马后头，握着长枪，如同被猫吓住了的耗子。

"远望见有人拿铳口对准了我，我却连躲闪都忘了。就在这一刻，瞧见那春月从船上跳下，抬起长枪，拨开部下那火器。

"只听得她朝我喊道'敢执枪直面铳炮，倒是有几分胆儿'。

"嚷完这两句，春月便猛地杀来，我方才回过神，使出本事，胡乱和她在滩上拼斗了数十击。

"春月毕竟气力上短我一截，招式看来也未有正经师承，打着打着，就落了下风。就在那节骨眼，她忽后退了几步，将长枪戳在地上道'身手果真不错，如此便死了不可惜吗？可想来苍隼做番大事？'

"听闻这话，我猛地一愣，再望向周遭，已经没一个立着的同伴了。

"就在那一日，我鬼使神差屈了膝，俯了首。"陶继政道完，神色依旧平静，"泥螺师父，你瞧不起我也无妨。当下这景况，我等早与那笼中畜禽无甚差别，能活一日，便是一日吧。

"如你所见，我连这身捕人衣裳都没换，依旧做着从前的活计，只不过从给大人们当差换成了给苍隼作狗……"

"陶大人言重，我并无那个意思。"癸镜忙道。

他心中自清楚，当下世道并不太平，走各自的大道小径，都有各自选的理儿。

"对了，昨日听春月呼你作师傅。"他又道，"如此看来，那女子还算敬重你。"

陶继政叹了口气："待在这岛上，那帮人大多信不过我，自也不会将要事托付之。只有她隔三岔五寻来，说要学那无用的枪术，日子一长，就'师傅师傅'这么喊上了。"

"你谦厚了，那枪技出神入化，如何说是无用的？"

陶继政摇了摇头："家传这路枪，我已经日夜苦练了十来载，直至今天这等境界；可那些铳兵只需演训数月，待结成大阵，便是势不可摧。若一队如我这般的武夫对阵上火铳，定然会如那日一样，好似稻秆儿见着了狂风。"

"武学这玩意儿，平时虽拿来护身，可究其本源，乃是上阵杀敌之技。"陶继政掂了掂手中长枪，"倘若失了这根本，这些刀枪功夫，渐渐便也如落日残照了。"

一时间，癸镜竟也反驳不得，只是道："可那春月如此想学，表明这枪技还是极具妙处的。"

只见陶继政苦笑道："她之所以能潜心苦练，是因为她原就不需得练。"

癸镜不解地问："你这意思是……"

"因为春月有一群强兵护着，才有闲情学这本事；恰似那显贵子弟不苦于生计，自是有工夫研习音律绘画，且作一种消遣而已。"

他忽似想到啥事，拍了下掌："对了，昨晚别过后，我也稍稍打听了一下——听那些守兵讲，这十来天并无人见过陌生姑娘，你那娘子多半是没来到这岛。

"你也莫怕有人逮着她却不声张，毕竟在这地儿，苍隼不用遮遮掩掩地防着谁。"

癸镜心头似松了些许，缓缓道："多谢劳心。"

"小事儿小事儿。"陶继政摸了摸下巴，"更何况，昨日岛上闹出些风波，已一寸土一寸泥扒拉找寻过一番，要藏人理应也藏不住。"

"闹出些风波？"

"是呢，林家二少爷林春松不见了。"

"不见？莫不是出了海去。"

"应不会吧，没见着岛上船少。"陶继政摇了摇手，"寻思起来，此事端的古怪——

"前日傍晚，林守元呼几个儿女去往碧海院，商量近些天的安排——一来议定迎客的事宜；二来斟酌将来资材的输运；还有就是布置各处防卫，免得有敌乘虚而入。

"碧海院在北岸滩边，院中铺遍细碎干沙，四周被木排所围，那栅栏近二人高，入地二尺，一根根密密匝匝紧贴。院南处有条小道，直通寨子，北口则与码头相接，东处一大片沙地，西侧立着一栋高屋，屋中地板上堆着细石，做出岛与礁岩的模样，平素拿来作布阵操演。

"那日我被呼去望哨，一直在场内外行走，场中未在练兵，只得五六条舟船拖来修整，一眼望去，约莫几十人在忙活吧。

"日头快落时，林春松头一个到了，因快议定了招抚之事，他近来行路都带着春风，径直去了堂中。

"我当时未太在意，依旧沿着那木栅栏乱转，快到酉时，望见春河少爷那牛车驶入大门，缓行到东墙边停下。

"等牵牛的上前掀开车帘，我忽听车内猛一阵咳嗽，就见春河少爷嘴里喷出血来，滴里嗒啦淋在车板和壁上。"

癸镜心中一动："血？可是痨病？"

"不是，若是痨，他也熬不过这些年。"陶继政干笑一声，"不知是啥沉疴旧症，没见死，也没见着好……"

他继续道："一旁护卫见状，忙掏出块绢子，帮他擦了面孔，又待俯身擦那车中，却瞧少爷摆了摆手道'待回去再拿水冲冲吧，眼下也难收拾干净'。

"说罢，他抬抬胳膊，让手下搀着，步向那大堂。"

癸镜道："为何是搀扶着？"

"因他幼时左腿受伤，一直瘸了到当下。"陶继政道。

"待走至堂前，却听护卫说他爹还没到，赶忙又回过身，说要去南门候着迎接。

"近来他弟弟风头正盛，这长子反受了不少冷落，一下就如履薄冰了。

"又过了小会儿工夫，就见林守元与春虎大步行来，春河少爷也紧跟其后，可待几人进了大屋，却发觉林春松并没在里头。

"'二少爷方才进出几次，最后一次见着时天已黑了。'问他几个侍卫，都没人知晓他去了何处。

"'那便等等吧。'林守元道，'反正春月也还没回呢。'

"就在那会儿，我被呼去北门用饭了，方才吃完，却见着两人飞奔向堂中。

"紧接着，便见大伙儿聚向门前，赶去打听，说是有人途经西南沙地，瞧见一小块布从沙里露出，掘出一看，竟是二少爷春松的衣裳。

"拍去沙土，却见那背上写着几个墨字——'相匿迹于户堂，黄埂覆埋'。"

"相匿迹于户堂？这话是何意？"葵镜心中暗念，却也未打断他。

陶继政继续道："再往南走上几十步，又见着一片湿沙，这一挖，竟又寻见他的帽盔。

"他们顿觉不妙，慌忙跑来堂中报信儿。

"见着那两个物件，众人你瞧瞧我，我瞧瞧你，脸色都不大对；忽有个不识趣的嘀咕说'二少爷不会被埋了吧？'

"这句却被林守元听着了，他快步冲前，一刀劈掉了那厮的右耳。

"这一下子，其余人吓得气都不敢出。'全都给我去找！挖开这场子找！'头领吼得那屋梁瑟瑟响。

"一时间，数十人在场上忙活不歇，操起铲子和木桨扒拉沙地。从碧海院出入只南北两条路，找那些看守打听一圈，都说未见着二少爷。"陶继政道，"四道墙边间或有人巡视。且依着林春松的本事，定然是没法子攀爬得过的。

"林守元则与春河春虎在堂中等候，一直黑沉着脸，话也不说一句。

"不多会儿，我巡到了北口，见春月自外岛归来，正与那六个亲卫登上滩岸，便将此事告知于她，一并行去那大屋。

"听说林春松不见了，她倒是没太诧异。'会不会是那帮修船的奴人？最近似乎不太驯顺。'她与林守元道，'与其到处乱挖，何不逮着他们一个个拷问，说不定还快些。'

"可春河少爷面色登时变了，大概因那些人本为他统辖——春月讲出这话，似是要将火引到他身上一般。

"他忙反驳说，奴工被盯得死死的，且连个兵器都没，赤手空拳；若春松遭着不测，多半是苍隼中奸细干的。

"听闻此言，春月忽开口道：'如此说来，那些修缮的船里还都寻了？

还有车中，你那牛车里可曾找过？'

"'船里自是搜了的。'春河少爷更不悦了，'你说牛车是何意？难不成觉得是我所为？'

"'我仅说了车，大哥莫要想太多。'春月冷冷道，'若是还未搜找，要不大伙儿一起去瞧瞧？'

"就在这当口，又有人来报，说几处地已挖得见了滋泥，却依旧啥都没找见。林春河叹了口气，转头朝他爹道：'既然妹子好奇，那便请她亲自去搜搜吧。如此一来，也好叫大伙儿放心。'

"于是，一众人赶去了牛车旁。左近似乎没人在劳碌，地上平平整整，借着火把光亮，春月掀开车帘子，攀入车内，摸索找寻起来。"陶继政道，"过了小会儿工夫，便又从车上跃下。

"'找见啥了没？'林春河不阴不阳道，'春松可在里头？'

"他妹子面色未改，道了一句'没找见什么，人不在车里'，一边抬脚蹭了蹭车辕，踢掉靴底的泥沙。

"'你做什么？'许是觉得她寻衅，林春河正待发作，忽又蹿来一人，说在北石墙外捡着个扇子，正是二少爷随身所携的那把。

"'如此看来，他许是真出了北门？'林守元忽似有了些精神，忙朝北奔去，春虎与春月紧跟其后；我也没敢落下，追着赶至码头边。

"那处虽有人留守，却大多在船中歇息，揪着问了几个，也都没谁曾瞧见春松少爷。

"'到处不见踪影，没准是被水冲走了。'林守元道，他望向春月，'北处近岸有些个礁滩，赶紧前去看看。'

"春月得令，忙呼上那六名手下，利索登船行出码头。"陶继政道，"她本也喊我同去，可我担着巡哨之责，不得乱走，只能留在了岸上。

"就在此刻，才见大少爷被人搀着，一瘸一拐行出北门。老爷望了他一眼，冷冷道'你来此地做什么，腿不利索，浪头来了都没法子躲'。"

"那后来呢？可有消息？"癸镜问道。

"没，众人忙了一晚上，只落得满脚土沙。待到春月回港，已是亥时，她在临近礁滩找了一圈，也没见着二少爷踪影。

"可不知怎的，林守元此刻反静了心气，光是冷着张脸，一点点哀伤模样都没了。

"他把众人叫到一处，一字一句道：'如若谁能找着春松，哪怕是尸身，都重重有赏。'

"默然片刻，又大声道：'要是寻着活人，要啥赏赐便尽管挑，只要我出得起，我便能给！'

"言罢，他迈步行向寨子，丢下了不敢言语的一众人，可未走几步，忽又回头，望向春月道：'近处应还有几座小岛……'

"'上头也无人驻扎，等天一亮，你便去找找。'

"'以明晚为限，若到彼时还是寻不着，再回来吧。'

"大伙儿明着不敢大声，可暗地都在嘀咕，觉得二少爷怕已凶多吉少。"陶继政道，"春月说要个帮手，便让我与她同去，一面走还一面道'多留神些，咱也小心着刺客'。"

"刺客……难不成真是福娘？"癸镜心中暗道。

"见夜已深，我们便去了战船中歇息。"陶继政继续道，"春月应是作了万分防备，就连小憩也让大家一块儿。

"天刚露出点光亮，咱八人便驾船出了海，将附近小岛挨个儿搜找一番，却依旧未寻着蛛丝马迹。

"临近傍晚，大伙儿方回港登岸，未到寨中，春月说海面上似有人来，于是便赶去了岛东……

"再到之后，就在崖边遇着了你。"陶继政笑笑，"那崖壁陡峭险峻，故而苍隼也没思量着设防，没想着有奇人身怀绝技，竟能自此攀爬潜入。"

"惭愧……"

"待得将你收押，天已黑了个透。见大伙儿都疲累得紧，她便让人各自回屋歇息了。"

听他讲罢，癸镜发问道："你方才提及'相匿迹于户堂，黄埴覆埋'，可有啥说道吗？"

"这是当初范解范老板临死前留下的一句。"陶继政道，"在那之前，他曾与林春松对弈了一盘棋，你有没听说过？"

"未曾听过。"

"那这事说来也有些长了。"陶继政干脆在一旁地上坐下，"范老板早年丧妻，也未续弦；平素并无其余嗜好，唯独喜欢下棋。

"早先在海上行船，他便与船工们用这法子打发时间，林春松能讨得他器重，许也是因棋力本事拿捏得当……"

于是，陶继政抱着长枪，又将范老板那故事讲述一遍，直至说到范解自尽于屋中。癸镜入神听着，不知不觉，那眉头已经锁紧成一团。

"算下来，这事也已过去了一年多，那场对局厮杀我倒没亲眼望见，只是后来听看守们讲的。

"不过，因要护送绡云小姐，倒是瞧见了范老板亡故的情形。"

癸镜将那几句复念一遍，慢慢道："这一行行的，倒似是啥谶言恶咒。"

"没错儿。"陶继政点点头，"自打范老板死后，这几句便成了此地忌讳，无人敢在林守元面前提及。那些个棋盘棋子也皆被烧了，唯有绡云小姐留下了对弈的那副，聊作纪念。"

"除了林春松，苍隼里没几人会耍那玩意儿。"他继续道，"可只要知晓这几句意思的，暗下都觉得合了林家这情形。

"头目林守元自当是帅；而林春松给他出主意、斡旋交际，则似是相；那行动不便、乘车而行的林春河则为车；操持军务的春月则为兵；而惯常骑马的林春虎则为马。"

"马？"癸镜有些讶异，"这岛竟还饲着马？"

"早些年范家自陆上运来了六匹。"陶继政道，"其中一匹黑毛的格外壮实，唤作'阴铁'。

"春虎在陆上待过数年，修习了一身矫健骑术，见着此马，十分喜欢，便求林守元赏与了他。"

癸镜道："那瞧着前日情景，林春松之所以不见，恰是中了那范老板遗言之咒？"

"泥螺师父，你信这恶咒真能成事吗？"陶继政笑笑，"倘若真有玄奥，苍隼怕不是早被仇家们咒得死绝了。"

"你意思是……"

"在我看来，范老板一腔愤懑化作恶咒，虽可哀可叹，却没法子伤到林家一丝皮毛。"陶继政道，"当下情形——倒像是有人借着这咒言，暗中对林家下手。"

"会是谁呢？"癸镜疑道，"既然寻不见刺客，那莫非是岛中之人？"

虽疑心此事与柳福娘有关，他也不能堂而皇之道出；何况眼下林春松不见踪影，更成了迷雾重重的一桩事。

"谁晓得呢？"陶继政道，"不过，我倒觉着林守元应有了自个儿的揣度，瞧那夜他离开时的情形，似是对几个儿女分外在意。"

"你是说——同室操戈？"癸镜登时明白了，有些海匪虽口中不离道义，但兄友弟恭倒也未必见得，"林家这些子女原就不睦？……"

"他们皆不是一母所生，在林守元眼里，也没一个十全十美的。"陶继政点点头，"头目而今五十多岁了，也算有了些年纪。况且做些海匪的，没准哪日就命丧黑水。

"故此以后谁来当家，渐渐就成了手下们担心的事儿。

"大儿子林春河腿脚不好，身子也弱，还时不时咳血，不少人疑心他扛不起大梁。可他毕竟岁数长些，对舟船和屋寨的营造也颇有天分，自有一批愿随他捞着好处的拥趸。

"二儿子林春松机灵，专长算计买卖，这也是他能混入禄洋、得以重用的缘故；但一直未得工夫习武，也没法子率部众冲阵。

"小妹则凶悍赛过兄长，苍隼中几乎无人能敌。虽说海上人只认本事，可她毕竟年轻，且偏偏是个姑娘。"

"那林春虎呢？他不是家中老三吗？"癸镜道。

陶继政摇摇头："他只是林守元远房族弟的儿子。其父死于海中后，便被林守元收为养子，带在身边。"

"瞧春虎那模样，倒是长得和林守元一般高大，也一般壮实，拳脚亦是不差。可毕竟并非他己出，按着林守元那偏私性子，决不会将苍隼托付的。

"话说回来，许是因为抚育之恩，林春虎待头目却如亲爹般亲。他话也不多，其余人都没法子交好，每日护在林守元左右，恰如那养熟的狗一般。"

听罢，癸镜缓缓踱了几步："这几人皆是亲族，纵为匪寇，也自当同声共气，为何还生出阋墙的举动？"

"要论病根，或许在林守元那里吧。"陶继政道，"他能统御苍隼，裹挟这群人替他卖命，倒也不光靠一身武艺；那些个恩赏利诱、威迫恫吓的手段，皆无不用其极。

"便是面对儿女，他也不忘挑动彼此争斗、窥监告讦，如此一来，方能坐稳高岸，拿捏生死，瞧看水中鱼儿撕咬夺食。"陶继政继续道，"他如此多疑倒也难怪——毕竟驰骋于海上，不谨慎仔细不可成。"

"便是至亲，也得小心提防吗？"

"是啊，可这样一来，那几人哪一个能得自在快活？大少爷孤僻阴冷，二少爷狡狯奸诈，那春月又是个暴裂性子——诸多仇怨纠葛，已是绵延了好些年。"陶继政轻轻敲击着枪杆，"昨日我还听得人议论，猜是春河少爷觉得弟弟太有威胁，痛下杀手将他除去了……"

两人正说着话，只听得"哐当"一声，屋门忽被撞开，一队人拥塞于门前，其中有个女子，正是昨晚见着的春月。

一阵寒气袭进屋，此刻外头还上着冻，可春月的颊边却淌着汗水，口中微微气喘。

"小姐……"陶继政方才开口，便被她打断了——

"昨夜里，你说他是白桥的名医？"

"对，对。"

"既是名医……"春月踏入门内，直盯着癸镜，"被毒倒了的，可会治？"

"毒？"癸镜稍稍一愣，"可知是什么毒？世上毒百千种，救法各不一样。"

"还不晓得。"春月一挥手掌，"只问你能不能救。"

癸镜瞅了瞅她那神色，平静道："这样吧，如那中毒之人就在此地，可否带我前去瞧瞧？"

春月拿枪杆磕了磕地，依旧冷着那脸："丑话说在前头，若是瞧见了却没法救治，没准可会命丧当场。"

听闻此言，癸镜微微笑了笑："昨夜被逮着，这条命本就在你们这儿记了账。若伸头也是一刀，缩头也是一刀，试试又何妨呢？"

"行，行，有胆色！且随我来吧。"春月点点头，朝手下们打了个手势，旋即转身便走。

那几人心领神会，飞快掏出一根草绳，将癸镜双手反剪，捆扎利索了。

片刻未耽搁，一行人走出小屋，踏上了赤釜岛的寒土。

昨日被押来时夜色已至，而此刻天光大亮，倒能瞧清了此地情景——左近立着几处石堡，里头似驻扎着望哨之人。往北则是方才所见那谷地，就在谷地以西，岩山腾然陡峭，当间凹进去个平坦窝子。沿那缓坡立着屋舍，高高低低，如片片补丁。常青绿树掩映周遭，就在林中，隐约可见几段岩墙。"那地儿应就是苍隼的营寨吧。"癸镜心想。

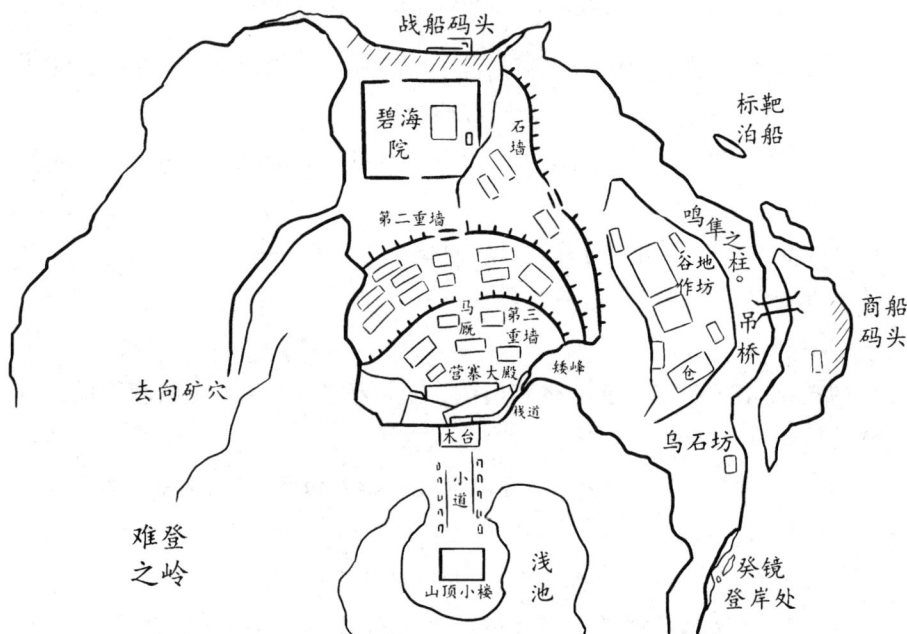

战船码头

标靶泊船

碧海院

石墙

第二重墙

鸣隼之柱

商船码头

去向矿穴

马厩

第三重墙

营寨大殿

矮峰

栈道

谷地作坊

仓

吊桥

乌石坊

木台

小道

难登之岭

山顶小楼

浅池

癸镜登岸处

他一边瞧望，一边问道："敢问中毒的人是谁？"

那些个海匪都未应声，唯有春月回了一下头，片刻才道："是范绡云。"

"范绡云，便是那个禄洋船帮的千金、被林守元强娶的夫人？"癸镜一愣，心中暗道，"前一日林春松不见踪影，眼下夫人又中了毒，这林家怎似接连撞邪一般……"

止住念头，他又问："是在何处中的毒？"

"在她房中。"春月回答，"被人用毒弩射中了。"

"你是说……弩箭上被淬了毒药？"

"对。"春月道，"一早我巡经那山上，恰在楼堂外遇见父亲，便一道去向了范绡云屋中。"

"待得进了门，见到范绡云正坐在桌案边翻书，许是觉得气闷，父亲便唤人将北窗打开了两扇。

"他问了句'为何见着我也不迎接？'范绡云才从凳子上立起。

"行到窗前时，她刚想说些啥，远端就响起一阵操练的铳声，愣生生打断了话头。待到铳响渐停，她又再开口，才说了个'我'字，就一声惨叫，扑倒在地。

"众人赶忙上前，就见一支弩箭直直刺在她右后背。

"所幸她那婢女阿杏懂几分救治之术，忙招呼将她抬去榻子上，又剪开她衣裳，露出伤口。

"那会儿范绡云人还醒着，只是不停呻吟，阿杏碰了碰那支弩，发觉还算松动，应是箭镞平滑，便一气拔出了。

"就在这会儿，我也瞧见那伤口四周有些青黑，附近大片皮肉都泛着赤红，霎时觉得有些不妙。

"'这弩矢莫不是有毒？'一旁阿杏也开了口。果不其然，小会儿工夫，范绡云便昏厥了过去。"

癸镜忙问："那射伤她的人呢？可曾抓着了？"

"当然没，若是抓着，没准儿早就拷问出了解药。"春月咳嗽两声，"见她遇刺，父亲忙驱了手下去楼外搜寻，可直至刚刚也没瞧得见个影儿。"

"方才你说箭镞平滑，莫非仅包了个铁锥？"

"不，连铁都没，就是一根尖头竹棍。"春月摇摇头，"只不过，在尾端那处绑了个物件，用棉线缠绕扎紧。"

"绑了啥？"一旁陶继政开口问道。

"我带来了，本也想交于你看看。"春月应道，她从腰间布囊中掏出一物，递将过来。

陶继政接过，乃是一沓素白绢布，展开之后，却见这布薄如蝉翼透亮，形似帕子却又不是帕子。

就在这绢布正中，书写着大小不一几个字——

"帅困因于镀釜，黑浪阻围。"癸镜默念道。其中镀、釜、黑、浪、

釜 鑊

帅 困

干

浪

囚

黑

阻 圍

阻、围用朱红之线隔开，其余几字间用的则是乌墨。

"这句话，可也是当初范老板所书文字中一段？"

陶继政蹙起眉毛，拿起端详片刻，点点头道："确是如此写的。"

"这句也是，林春松不见时那句也是……"葵镜暗想，"刺客每每行凶，为何要留下这咒杀之言？"

端详着那张绢布，他反复默念，这些字眼似化作了红黑之鲤，于心中不停游弋，激荡起一重重困惑的波澜——

若先前掳走林春松的真是福娘，那此一回可又是她？

——如果是她，为何要对范小姐下手？

——文句"帅"似隐指着林守元，为何当下被射中的反而是范绡云？

——还是说，刺客想射杀的，本不是范小姐……

正寻思着，众人恰行到谷旁岩台，就在数十步外的东端，小岛裂开了一条罅隙，约有三四丈宽，两侧峭壁十丈余高，包夹利剑般细窄的峡湾，湾中怒涛涌动。就在西侧的崖边，扯着一座吊桥，眼下正用绳索拉起，斜悬在这可怖沟壑之上。

葵镜问道："这桥是去向何处的？"

"临海的一座码头，平素运货买卖便从这方经过。"春月竟接了话，"吊桥一旦拉上去，便是聚集万把人也攻入不得。"

"我昨日漂来，见岛北端应还有一处大港。"癸镜道。

"确是有个，可只能停泊战船。"春月答道，"那地儿连通寨子，事关诸多隐秘，自是不能让外人进出。"

再一转头，癸镜又望见岩台边赤红的立木——正如早先所见，血泼一般，霎时惹眼，他不禁停了步子，凝望片刻。

"吊死人的玩意儿，有啥好看的。"春月回头冷冷道。

"吊死人？"

陶继政叹了口气："立起这物件乃是大少爷的主意，取了'隼'字的形儿，唤作鸣隼之柱。"

"倘若有奴工犯了事儿，便按罪行轻重，或死或活，将他悬吊于上，最多时这些横杆上挂满人。"一边说着，他一边望了望谷中。

"头目倒是很喜欢这阵仗，觉得此物凝集了苍隼的威风，再到后来，不光惩戒行刑，就连赏战功、迎贵客，都在这柱旁集结了。"

"且拿这重重业障，当作荡荡之勋。"癸镜心中念道。许是因涂朱没刷匀，这鸣隼之柱下段露出一截暗色，三尺有余，血红尖端似要刺破碧空，杀气森森。待得走远几步，他又忍不住回头，瞥上一眼。

就在此刻，只听见"砰、砰砰……"远处忽传来接连炸响。

癸镜朝东望去，只见一列船正穿浪而行，它们似是用什么系连着，后一个船头跟着前一个船尾，在碧波中拉成一条长线。

就在岸外一里远处，漂着一艘船，看模样应是艘商船，水波汹涌，可它并未被推着行进，多半是在浅湾中下了锚。

就在那甲板两侧，竖着一个个稻草柱子，皆有一人来高。

须臾，先是一阵阵号子般的嘶吼，紧接着"砰砰"又一阵乱响，那一列战船的舷窗上蹿出白烟。随即便见那大船上的干草柱子草屑飞起，甚至倒下了俩。

"这是在做什么？"癸镜低声问。

"铳手们正在操练。"陶继政回答，"结成了围攻的'百足之阵'。"

"百足……"癸镜一下猜着了意思——这一串舟船首尾相连，加之两旁木桨，确如一条巨大的百足虫儿。

"连船？不怕火攻吗？"癸镜道。他心中霎时忆起好些旧故事——年少念过的赤壁典故，太祖爷打鄱阳湖那一仗，还有早先听闻的西之陆土上那些。

"不怕。"陶继政摇摇头，"那些连接船的绳索也不是铁的，是麻绳裹着鱼胶，平日强韧得很，若是遭着了火，便断开了。"

"这阵法到底有何妙处？"

"因为各自拖拽着，无须疾行时，后头的桨工可以空出手来，帮铳手填药。"春月倒是搭了腔，"若需变阵，切断之间的绳索便是。"

此刻，又听得海上一阵铳鸣，癸镜低头，却瞧见陶继政的手在微微地抖。

正说着话，众人已绕到了谷地东北，离那作坊大棚越发近了，见那些屋舍里也冒出了烟，不知是在烧水造饭还是在制备矿料。

一帮人自棚中进出，皆披着棉袍子，衣裳破洞中钻出灰黑的絮。有人手中捧着瓦缶，其中盛放着新炼出的水银，另一人在缶中倒入一碗盏水，在水银上施于一层封挡。

紧接着，便见那人端起这器皿，小心翼翼搬入谷地边一栋大屋。

就在这时，忽听闻一阵吵闹，见着两个海匪从棚内拖出个人，抓着腿，脊背在地上呼啦啦挂出长长一道痕迹。

被拽着的似是个女子，四肢瘫软，眼睛已然阖上，唯有嘴还在微微张合，他俩将其朝屋中一丢，旋即离开。自此处望去，依稀能瞧见门内还躺着数人。

癸镜见状，忙朝那方行去。

"泥螺师父，莫要多管闲事！"陶继政赶紧扯住他胳膊，"多半是耐不住冻寒，动不了了，最近些天见得也多……"

"可她那模样应还未死。"

陶继政嚷道："那此刻你哪有闲工夫医她？"

"磨磨蹭蹭做什么？"春月停住步子，转身呼喝道，"若你不走，便从这崖边跳下去！"

一边说着，她已将长枪一横，似是下一刻便会刺来。

癸镜瞧了春月一眼，一言不发，迈步跟上。

虽已离了佛门数载，他还是轻念了一声佛号。

一炷香的工夫，他们行到山脚边，眼前现出那高墙全貌——岩块垒砌，十尺余高，随地势绵延。当间矗着两扇厚重木门，朱红中夹杂斑驳棕黑，似是一张巨口，将路吞了进去。

　　"隼巢到了。"春月嘀咕了一句，待她唤得门开，癸镜跟随踏入，望见了一条上坡大道。

　　一面行走，他一面环视寨中情形——此地森严如一座关塞，除开最外那一道石围子，往寨里去还有两重，墙头排布悬眼孔洞，顶头宽得能让二人并行。每走个数十步，便见一座望楼，上头立着携带火铳兵器的海匪，其中大多是汉子，竟也有几个戴绢花的女人。

　　"呵。"癸镜忍不住轻叹了一句。

　　"泥螺师父，怎么了？"一旁陶继政诧异道。

　　"瞧见此等铁桶般守备，顿觉开了眼界。"癸镜低声回答，心中则暗道——纵是夫人福娘至此，想在朗朗白日下潜入，怕也有些费力吧。

　　行到第三道门内，他又见一座高耸木楼，三层模样，依傍山势而建，一层模样似是个庙殿，正正方方；二层有半边架在一层之顶，另一半则筑于西侧岩台；三层倒又向东歪斜去。此屋宅模样歪斜不正，乍望去一股妖异气势，宛若鬼怪巢穴。

　　那一刻，癸镜竟望得出了神："这楼端的是古怪。"

　　陶继政点点头："最底那一层本是禄洋先建的，本作仓库之用；苍隼来了后，住进去了些人，地方一下局促了不少。于是乎，便借山势垒起了顶上两层。"

　　就在此楼正南，落着一间马棚，关着六匹黑鬃骏马，其中一匹生得高大些，毛色水亮，应是饲育照料得极好。

　　"瞧，那便是春虎的爱马'阴铁'了。"陶继政抬手指了指，又斜瞥向马棚旁的小屋，低语道，"看见那间房没？范老板便是命绝于此。"

　　"是吗？"癸镜应道，还未来得及感慨，忽听着"嘎啦啦"的车轮响动，抬头望去，就见一辆牛车自西行来，愈走愈近；恰有一人掀开车前布帘，探出脸来张望。

　　那是个矮个儿男子，面孔瘦削苍白，裹在灰黑衣裳中，干细得如同一道树影。

见着此人，春月冷冷道："兄长，你来做什么？"

兄长？那这人便是长子林春河？——癸镜思忖道。

"听闻范绪云被伤着了，我赶去探望。"话还未完，他忽一阵咳嗽，十来声方才止着，将帕子自嘴边移开，便又道，"你为何还在此地？倒没去逮那刺客？"

"我自有安排，不消得你指派活计。"春月道。

林春河冷哼一声，从车上缓缓挪下，那左腿果如陶继政所言，一瘸一拐。见少爷下车，近旁两个海匪忙上前搀扶。林春河走了两步，忽瞧见了春月身后的癸镜，问道："这又是谁？"

"请来的医者。"

"医者？咱岛上啥时有的这人物？"

"勿要啰啰嗦嗦，你真想探望，便跟着去；若没这心思，也莫要扰着我做事。"春月口气冷如霜雪，"万一耽误救治，不怕父亲拿你是问？"

言罢，她便未再搭理，径直往山边走去。癸镜自也不想于此久留，紧紧跟在其后。

"果如陶大人所言，这兄妹的不和已写在了脸上。"他思量道，"若不是碍着血亲，怕早已动起手来了。"

跟着春月，众人行到山脚，又顺石级攀爬至一个矮丘，便不见了前路。

"这处。"癸镜听得春月招呼，绕过一块巨岩，他瞧见一条长长木制栈道。此道四尺余宽，贴在峭壁上，依山凌空而建。栈道两侧皆立着木板，半人来高，底端凭铁杆与岩块支着，不知可承几人踩踏。

如被巨刃劈斩，此处的山壁平直，似一扇巨大屏风彻地而起。癸镜缓步在栈道木廊，若踏浮云，竟有一丝打怵。他回头望望，就见着一个人背着林春河，缓缓朝上行进。

"还真跟来了，倒是苦了他那仆从。"癸镜心中嘀咕，"脚下一个打滑，怕是二人皆活不得了。"

顺着这栈道斜行了百来步，他们终抵达这小山顶端。此地建着个木造高台，横竖约有二丈，与栈道相接，于台上朝南望去，癸镜瞧见一汪池子，形似巨大玉玦，环抱数亩大小一方岩土，应是一条溪水于此汇聚，再在东处流淌下山，只不过，眼下水面皆已冻了个结实，惨白透蓝，如一角晴空在此凋零。

在那池岩正中，立着一间小楼，上下三层，四四方方，纵横都约三丈，楼身应是用石木垒成，一层竖起通红立柱，支着飞檐，上头两层则要窄瘦些。楼周围栽了些矮松瘦柏，针叶茂密苍翠，倒为这肃杀情境添了几分活气。

"帅困因于镬釜，黑浪阻围。"望着此景，癸镜忽想起绢布上那句，"莫非……'黑浪阻围'所指便是这情形？"

"为何要在此建一栋屋子？"他转脸发问。

陶继政答道："这楼也是当初禄洋所造，范老板原想在山巅架几门炮，对准北处海上，只可惜炮还未购着，便遭遇此不测。"

"不过，那炮药倒是先运了上来，如今便贮藏那楼中。"他继续道，"听春月说，只得林守元几人晓得其所在，且被两重铁箱紧锁。"

"可范小姐她也住于此……"

"对啊，林守元也住这儿，许是守着火铳炮药怕才安心吧。"陶继政低声道，"不过，他通常只在二层过夜，并不留宿楼上。"

"不与他夫人一处？却有些古怪。"癸镜低吟着，步子忽慢了几分。

"泥螺师父何事？"陶继政忙回头。

"我瞧这左近倒是空旷。"环顾四周，癸镜道，"刺杀之人会逃去了哪里？"

"池中？林中？皆不似能躲得了人的地儿呢……"

低声议论着，众人走向那楼阁，脚下小道用岩块铺就，两旁各立着五个石墩，两尺高，系挂数道铁链，将路与池子隔开，瞧这模样，应是防着夜中行路落水而建。

七八个海匪正把守在楼底，望着春月，便一言不发地让开条道。沿着木阶直上，众人行到三楼，走进一户大屋。

这屋里收拾得清洁肃静，陈设布置恰如那豪富人家。癸镜不大懂木器，但瞧见橱柜桌椅雕花繁复、颜色油亮，也知这些物件个顶个儿的金贵。

一边缓步，他瞥向东墙边，那处落着个书格，齐整摆放着各色书册，如此看来，范小姐应是用读书来消磨着监牢一般的时光。其中书籍大多是线装，唯有几本装帧煞是惹眼，隐约可见几个泰西文字。

就在书格侧旁立着个条几，其上搁着块牌位，书写范老板名姓，牌位前搁放一个木盒，他这一瞥，依稀瞧见顶端叠放着一方棋子，诸如"将""马""车""炮""士"等，唯有那枚"将"的半边染得褐黑，煞是扎眼。

"血……"癸镜心中一动。

又望向屋北，那里落着一座靠榻，近三尺宽，铺就皮褥，其中坐着个男子，他体态壮硕，身披漆黑鳞甲，包裹着一袭狐裘；腰间系着个布囊，应是盛放铳药用的。

便是坐于这室中，此人也未脱掉帽盔，脸上还扣了个赤铜面具，模样似是哪个恶神，怒目獠牙，露出一对狭长眼，与癸镜遥遥对望。

他身旁立着个高大汉子，裹着赤红披风，套一身铁铠，瞧那甲片锃亮，应用蜡与油脂打磨过；他手握一柄长刀，头罩一只木雕兽脸儿，站定一动不动。在靠榻周遭，另有十来个海匪围立，皆身着灰褐革铠，如一群待狩凶狼。

"瞧这当中二人，应就是林守元与义子林春虎吧。"癸镜心想。

此刻，就见春月上前几步，恭敬道："父亲，那人带来了。"可林守元却不吭声，只是微微一抬手。

春月心领神会，领着癸镜，走至一扇屏风后。这处立着一座梨木架子床，床上侧卧一人，身上覆着条玉色绸被。

这是一个年轻女子，瞧见她姣好脸孔，癸镜心尖儿都不禁微微一悸。"罪过了……"愧疚感顷刻翻涌，他默念自省道。只不过，眼下此女子面色煞白，如同覆了一层严霜，嘴唇也失了血色，若不是鼻翼还微微翕动，说这是个死人他怕也是信的。

就在床旁，二女一男战战兢兢立着，模样皆三十岁上下，没有着甲，腰系灰土色布囊，看打扮，多半是岛上的郎中了。

床侧搁着一方矮桌，丢着两片染血的衣裳，顺侧边裁断，想来是拔出弩矢时，为方便将衣裳褪下弄的——轻薄的那身应是贴身所穿，血染得越发多些，顺着背脊染红一溜儿，形似一条狭长飞梭。就在这堆衣裳旁，散着一条赤红绸带，依旧留着一个结，却不似是搭配哪件服饰所用。

此刻，癸镜忽感到脊上袭来阵寒意，微微回头，见着林守元已站起身，踱至他身后四五步外。

"此人身手决然不弱……"

"弄不好，比他那女儿还厉害几分。"癸镜心中暗念，"更勿论那杀气与决断。"

他嘴上只是问道："不知可方便碰触夫人？"

林守元仍没言语，微微点了点头。

癸镜上前，探了探范绡云的气息，接着号住她的脉搏。小会儿工夫，他朝一旁丫鬟模样的伸出手："干净绢子。"旋即轻轻启开范绡云口唇。

过了半盏茶工夫，癸镜问道："可曾有呕吐？"

"起初有几次干呕，待到昏躺下来便再没有。"侍女答道。

一旁的桌案上搁着个瓷碟，上头摆放一根细长物件，想必便是那伤人的弩矢了。

"能否让我瞧一下，好作鉴别。"癸镜招呼道。

"可以。"林守元终于吭了声，似闷雷回荡。

春月朝陶继政使了个眼色，陶继政赶忙上前，轻轻拿起那瓷碟，示于癸镜瞧看——只见这是一支竹制弩矢，一尺不到，三成长短已被血染红，前半截光滑，后半段却划拉着一圈圈痕迹，交织出诡异纹样。

"磨得还真是锐利。"陶继政轻声嘟囔道。

癸镜查看一番，又示意将弩矢拿开，走回到床前。见这情形，春月赶忙问道："你可瞧得出中了何毒？"

癸镜回答："从夫人脉象、气息，还有伤口颜色看来，似是海中一种鲀鱼之毒，此毒迅烈刚猛。行凶者应是将其淬于这根弩矢。"

"那可有法子治？"

"需得速速用药。"癸镜道，"幸好来得及时，再晚上一两个时辰，等到毒劲儿散开，怕也难救了。"

"啥药？赶紧说。"

"可有纸笔？"癸镜招呼道。听闻这话，一旁那侍女忙递来。

他一边书写一边道："眼下需得备三剂药，一剂捣碎外敷，以免伤口生变；另一剂煎服，让毒自体中排出，才不至于伤及内里，落下沉疴；第三剂乃做安养之用，你们应也熟悉。"

"茯苓二钱，苦瓜干一钱……"他在上面唰唰写好三列药材名。

"这些大抵都是些易找的药材，先平抑体中毒性，再慢慢调理吧。"癸镜将方子递给那郎中打扮的女子，"你且瞧瞧，岛上可都能寻着？"

她扫了一眼，忙点头道："有的有的。"

"好，赶紧照着方子去备。"癸镜道，"若有啥不明白的，可来问我。"

"行……"

"慢着！"林守元忽一声大喝，吓得郎中们如雏鸡儿般一激灵。

"你们几个，仔细瞧瞧方子，可有何不妥与异样吗？"

那几人迟疑些许，年长那个吞吞吐吐道："这几副药，性子都温，至少吃不死人，按着夫人当下这景况，应也能扛得住……"

"且等下！"话还未完，屏风那端林春河倒说话了，自打方才进屋子，他亦如白日中的耗子般安静，此刻声儿倒是嚷得挺高。

"光是吃不死又有何用？眼下人尚未醒，怎晓得这药方真能救她？"

"想让她此刻返魂，倒也有法子。"癸镜望向春月，"我包袱中原有几枚丸药，昨日被你们收去了，可还能帮我取来？"

"在这里呢。"春月朝手下一挥手，那人忙将包袱呈上。

癸镜从中取出一个木盒，打开后，里头现出七枚小纸包。

他取出一枚，拆开纸头，递给春月："就是这枚，切开取小指尖那么大一块，不需得用水，含在口中便是。"

"等等！谁知你这药丸是啥来历？"春河少爷竟蹒跚到了这方，直指癸镜质问，"万一掺毒，不更是坏了事情。"

"若不这样——"癸镜神色如常，"我先服下一些，待上一会儿工夫，要我无事，剩下那一半再给夫人服用。"

"反正这药还有几枚，足够了。"

"那倒也行。"就在此刻，林守元发了话，"便依你这法子。"

见他点了头，癸镜便将那药丸剖开一块，径直丢入嘴里，咀嚼几回，咽入喉咙。

就在这当儿，屋中未有一人吭声，全都死盯着他。

约一顿饭工夫过去，癸镜饮下半碗水，终于开了口："眼下我安然无恙，可否让尊夫人用药了？"

春月望向她父亲，就见林守元点了点头："让她用吧，莫再耽误。"

那侍女忙走上前，取了些许药，切碎了些，又将范绡云扶起，轻轻塞入她唇间。

未过多久，便见得范绡云眉头一皱，侧躺着猛一阵咳嗽，些许药末残渣自口中流出。

"擦干净便是。"葵镜在一旁道，"原就是返魂吊命用的，既已醒来，便不用再喂了。"

此刻，范绡云终于睁开了双目，神色中还带着抹不去的痛楚与惶惑。当她瞧见葵镜，竭力凝神望了望，似是想辨清这男子究竟是谁。

"夫人，你方才醒来，不要太劳心劳体。"葵镜轻声道，"且多多休息静养吧。"

那几位郎中匆匆离开，应是照那方子抓药熬煮去了。按着林守元的意思，葵镜被陶继政带到底楼，关入一间偏屋中静候。

这屋似许久未住人了，他拂去一张凳上的灰尘，缓缓坐下。陶继政凑近道："泥螺师父，你这是哪里来神药？竟能一下催醒了夫人。"

"你要不也试试？吃不坏肚子的。"葵镜取出剩下的半枚丸子，掰碎一小块。

陶继政迟疑片刻，小心翼翼塞入口中，下一瞬，他脸色登时变了，"唪"一口将药吐出。

"怎会如此之苦！"他舌头在牙尖儿不停刮擦，口齿不清道。

"这本就不是什么返魂之丸，寻常补气健体的丸药罢了。"葵镜笑笑，"只不过都是些极苦的药材，一旦入口，定能把昏沉之人都激得醒来。"

"可你说范小姐她差点儿没救……"

"她背上那一记刺得虽不浅，所幸并未伤及要害。"葵镜压低了声儿，"那弩矢上所涂倒真是烈毒，可兴许因制备日子太久，并未残留多少，自也害不死性命。"

"所谓危极，不过是诓他们而已。"他继续道，"假做这出戏，无非为了故弄玄虚，好让苍隼多倚重我些。"

掂了掂手中丸药，葵镜忽想起与妻子初见的旧事，心中霎时有些怅然。

陶继政正待开口，门外忽响起脚步声，转眼工夫，春月推门走入。"有些事需得你去办。"她望向陶继政，"且按着那绢子的笔迹，去找奴工一个个核验。"

"找他们核验有何用？那帮人莫要说来行凶，怕是连这寨子都溜不进。"陶继政抱怨道，"何不查查苍隼中人，没准儿有哪个起了反心。"

"苍隼大多字都不识，莫说写得出这工整的一句。"春月道，"哪怕不是奴工，定也是与奴工有关之人。"

"行，行，我去便是。"陶继政摇摇头，快步走出小门，春月也跟着离去了，在门前安排下四五个看守。

转眼工夫，此地还复寂静。

约莫过了一个时辰，癸镜正在屋中打坐，听木门被吱嘎打开，稍稍抬头，再度望见了春月的身影。

"范小姐可好些了？"

"面色没那么白了，眼下似已安稳睡着。"春月回答，"父亲让领你去山下，也已派人收拾了个舒服些的屋子，可稍作休息。"

"那倒不必，"癸镜道，"若暂不需在此候着，能否允我去一趟作坊？"

"作坊？"春月皱了皱眉，"去那里干吗？"

"你可还记得来这儿的路上，有人昏躺后被丢到屋中？"癸镜道。

"当然瞧见了。"

"远远望着她那模样，我觉得似还有救。"

"有救？你和他们非亲非故，如此关照做什么？"

"我本为郎中，哪怕是不认识的，也不想那性命徒然殒灭。"

短短一瞬，春月面孔闪过一丝微笑："泥螺师父，在这岛上，除了苍隼的人，他人皆如柴火……"

"……烧尽了，再去采伐便是。"

癸镜立起身道："倘若把人当柴烧，也不期望那柴火烧久一些吗？"

春月微微眯起眼，直盯着他，似是想看透这光头郎中的心思，俄而，她开口道："行，我去报于父亲，若他允诺……"

"他要去，便让去。"屋外忽有人开了腔，俄而工夫，一具高大身躯矗在门前，霎时遮蔽了日头光亮。

"林守元?" 癸镜暗道，"他何时下来的?"

他微微点头，算是谢过了，站起身来，小心挤出了门。就在与林守元擦肩那瞬，一阵浓重的腥气撞进鼻尖，似乎是海水搅拌了血的味儿。

"我还有一事未明。" 癸镜忽停了脚，转头道。

"何事?"

"时至当下，令郎依旧没有消息……"

"为何岛上人却在各忙各的，都没几人再继续找寻了?"

此话一出，就见春月面色一滞，忍不住道："你……" 可林守元却静如山岩，只见他缓缓抬头，透过面具窟窿，黄褐的眼珠直盯癸镜。

"倘若在茫茫海中，有一人自船上落水，你会花数日工夫去搜找吗?"

未等癸镜开口，他便径直道："苍隼这条船还要往前行，自也不会因他这一人便停下。"

二人默然相视片刻，旋即，林守元便大步离去，头也未回。

待得望不见她爹的身影，春月方才长吐出口气。

"为何提这茬事儿!" 她低声喝道，"想寻死吗?"

春月已悍勇至极，却对她爹这等又敬又惧，究竟是怎样的境遇才令她变得这样——一时间，癸镜也有些诧异，可看了看她，只答道："因你兄长的性命本也是性命，我仅是好奇罢了。"

"且住口吧!" 她斥道，待平了平气又说，"还好父亲没与你计较，不然你脑袋早飞去了外头那池子。"

"对了，师傅刚也来复命，就在楼下候着，你和他一道去作坊吧。" 春月走到半途，回脸瞪了癸镜一眼，"记得老实些，休想要什么花样!"

些许工夫后，几人走出城寨，行向作坊那处。除开陶继政，林守元另吩咐了二人押解，不远不近跟在后头。

陶继政将手笼入袖中，望了望灿烂日头："泥螺师父，先前我只道你是个大夫，修习了些武技，未想到你实乃真豪杰……"

癸镜回瞧道："何出此言?"

"见着这凶神恶煞一大帮人，你连气儿都没乱。" 陶继政笑笑，"莫非您之前是哪处的将官，隐居在白桥那乡下地方?"

"陶大人谬赞了。" 癸镜摇摇头，"我若是武将，如今这纷乱世道，为何不去沙场厮杀，好讨个锦绣前程。"

他忽想起件事，问道："对了，我见那范小姐衣裳边摆了个绸带，是做啥用的？"

"那个啊，"陶继政望了望身后海匪，低声道，"听人说，每回林守元去到那屋中，都先得叫阿杏用布条捆起范小姐双手。"

"如我当下这般？"癸镜抬了抬腕子，上头正拴着根麻绳。

"确是如此。"

"为何要这么做？"

陶继政轻叹了口气："范小姐刚刚被囚时，并不需这样的……

"……直到半年前的一日，她忽将一柄茶壶掼损，捏起块瓷片，径直刺向了林守元。

"可林守元的身手何等厉害，当即抓住她腕子一扭，夺下那凶器。

"此举动虽未伤着林守元，可也惹恼了他。"陶继政道，"于是，每回他去楼中，便要将范小姐双手系牢，免得她造次。

"你瞧那屋中，并没一个利器。平素窗户也都关死，只有头目进屋时才打开，正是担心范小姐伤人抑或伤着她自个儿。"

"系牢……是那阿杏帮的忙？她倒也真不帮着自个儿的女主人。"

"阿杏？她本就是个海匪，林守元令她同住楼中，为着是监视范小姐的举动。"陶继政道，"范小姐原本另有个婢女，唤作萤雪，乃是与她一道被掠来的。早先管得不如当下严，萤雪行走也稍自由些。她往来于宅内、后厨和矿穴几处，暗地给范小姐递送消息。

"终有一日，不小心给林守元发觉了。

"于是，他们将那姑娘逮住，押向牢中。

"苍隼本打算拷问她一番，看看还有谁在串通作乱。可那萤雪性子刚烈，走至高崖旁时，撞开押送之人，一下跃入海中。"

"此地石崖如此之高，怕不是已经魂归水浪了。"癸镜垂目叹道。

"自那之后，范小姐就被监守得越发严了。便是苍隼中也没多少人被应允登楼，更勿论禄洋的奴工与咱。"

癸镜点点头："如今看来，那林守元看似勇猛强横，安排事务竟如此细微谨慎。"

"那也是没法子的事儿，"陶继政道，"他纵横海上几十年，树敌甚多，想要他性命的能塞满几条大船。平素他皆独自睡眠，门窗通通锁紧，只要起身，必然着甲，一日三餐都是由心腹厨子独做，且要让几人试毒后才能呈上。"

"这不，半个月前刚就遇着一遭。"陶继政道，"那一日，替他斡旋的人来访，林守元难得大摆酒宴，请那群客人和儿女心腹们共聚。

"就连范家小姐也被叫去陪席，那是半年来我头一遭再见着她。远远只望见那姑娘被仆从盯瞧着，坐于林守元身旁，动弹不得，活似坐监。

"等菜上来，先是一盆烧鳗，林守元的爱犬'山狼'循着味儿来，摇头摆尾蹿上了席，林守元乐得开心，夹起一块鱼肉丢了过去。

"那狗三两口将肉吞进肚子，可没走几步竟抽搐发抖，转眼工夫，倒地咽了气。

"众人见着此情形，都吓坏了，登时乱作一团，有人惊得打翻了碗碟，有人顾不得体面，抠着喉咙往外吐；林守元怒不可遏，寻来人一问，都说他那道菜明明已验过了毒。

"思来想去，他认定是奉上菜来的两个海匪起了坏心，当即命人押下去，吊死在鸣隼之柱上。"

就这么聊着，几人来到了作坊，一众奴工瞧见这新鲜面孔，忍不住都停下打量。此地守着数十个兵，正围着个炭炉取暖，陶继政行去那方，道明来意，一个看似管事的听闻明白，不耐烦地挥挥手："且去且去。"

旋即，癸镜被领到那窝棚边，窝棚没开窗，只有一个门，踏足走入，一阵浓重的沤臭直刺鼻头，宛如在墓穴中屠鸡宰猪了一般。

陶继政拿来一盏油灯，微微照见里头情形，屋墙角堆着破损的木锹铁锄，另一侧横躺着五个人，癸镜一一瞧看，有两个人已然咽了气，另三个倒还有一丝性命在，其中便有方才那女子。

她双手和脸颊满布冻伤痕迹，嘴微微喏嚅着，人蜷缩成一团。

癸镜拉起她的腕子，正想号脉。"不要动我宝贝……"女子猛地缩回胳膊，呓语一般嚷道。

"宝贝？"

"是这个吧。"陶继政弯腰，捡起地上一个布包，轻轻打开，只见里面有一朵脏污发黑的绢花、小半块碎铜镜，还有一把只剩五六根齿的梳子。

见着这些物件，他轻叹一声："这姑娘名叫彩蓉，被押来的时候才 15 岁。这里头乃是她娘亲遗物。她爹爹原本是禄洋的火长，3 个月前遇着矿穴坍塌，被埋在了里头。"

他顿了顿，又道："要是今儿她人也没了，这一家就一个都不剩了。"

"有我在，她死不了。"癸镜低声道。

掏了掏包袱，他寻出几枚丸药，问道："可有水？"陶继政闻言，一摸窗边瓷碗，发觉其中虽有半盏水，却已冻了个结实，再捧起脚边的木桶，却只见着一大块冰坨子。

"我拿到火边去化开。"一边说着，他将桶提了出去。

癸镜在作坊内忙个不歇，他先是给那三人施了药，又跑去外头，揪着那些人喘气儿的空闲，察望着各自景况，不少人已然被耗得快油尽灯枯，连答话都有些费劲了。

陶继政则立在一旁，帮着和那些个海匪打圆场，许是因着传了林守元的话儿，一时间竟没人过来纠缠。

眼下已过正午，天顶日头灿烂，可谷中也未见着暖和。四周泥地依旧冻得结结实实，癸镜冷得跺了跺脚，瞧见褐土中还撒落嵌入了些石子，这处几颗那处几颗，颜色大多青黑，包裹几缕赤红，宛若一块块凝结的血痂。

他从土中挖起一粒，朝陶继政问道："这些便是辰砂岩块？"

陶继政点点头："对，应是太过细碎，磨碎前挑拣丢弃掉的。"

癸镜将石子儿捏在手中，瞧了瞧不远处的鸣隼之柱："那上头赤红，亦是涂的辰砂吧。"

"是啊，这立柱还有寨子大门，都是用此物染的。"陶继政道，"在这地儿也不算金贵了。"

癸镜摇摇头："虽说不金贵，可一样是煎熬人命挖出来的。"

"若不敲骨吸髓，按着苍隼的脾性，多半将他们朝海里一推了事。"陶继政道，"如此一来，至少还让这些人多熬了几年寿数。"

就在这会儿，炉灶周遭活计都停了，就见人吆喝两句，百来人鱼贯步向一旁仓库，将其中一个个陶缸搬出。这些器皿似个大碗，模样粗陋，没准本就是此地烧制的，眼下工夫，上头草编的盖子也被揭去。

"他们将这一坛坛水银取出做什么？"

"应是要装船了，先得搬去码头边那屋子。"

"原来如此。"癸镜将那碎石丢去一旁。

话音才落，癸镜忽见左方扑来个身影，他朝后一闪，那人一拳便挥了个空。"杀才！"动手的是个中年汉子，脸被灰烟熏得乌黑，鞋都未穿齐，口中骂骂咧咧。

一时间，癸镜亦茫然错愕，陶继政已然冲去，抬手阻着那人："莫要昏了头！这位是来帮大家瞧病的。"

一旁冲来三个海匪，对着大汉便是几竹板。"痴傻了吗？嫌这地儿日子好过，明日就送你去掘矿！"其中一人吼道。

"误会，误会了。"此番工夫，陶继政倒又护起那汉子来，将人连推带搡地驱远了，"还不快滚去做你的活儿！"

待他走回，癸镜好奇道："方才那人怎么了？"

"不晓得。"陶继政回答，"许是因着瞧着你脸孔，误以为是先前哪个冤家吧。"

"呜——"就在这时，一阵号角声自寨中传来，不多会儿后，大群的海匪奔出，踏过谷地的外围，奔向东端的岩台。小会儿工夫，人已聚作一团，另有一群人向更东处行去。

"嘎吱嘎吱。"那方传来巨大动静，应是吊桥被放下了。

"他们这是要做啥？"癸镜道。

"应是那商船快泊岸了，布置出迎接的排场。"陶继政仰起脖子，望向那鸣隼之柱，"这等隆重，那船中果然是藏了贵客。"

癸镜心领神会："是那陆上来的使节……"

"对。"陶继政点点头，"你瞧，头目和两个少爷在那儿呢，看这阵仗，去到岸边的应是春月。"

"这原本应是老二的活计，而今他不知所终，也只能交由了女儿代劳。"

顺陶继政视线望去，癸镜瞧见了林氏一家。

林守元立在正中，贴近那鸣隼之柱，林春虎与另几个骑手分列两侧。大少爷春河已从车上走下，被人搀扶着，伴在他父亲身旁。

一杆杆旗帜立于人群，被冷风吹得呼啦啦响，上头描绘的鹰隼似正翻飞。高高穹顶一丝云也无，白晃晃日头晒得半天湛蓝都褪了去。

谷中奴工皆止住了步子，抬起脸仰望，如土偶陶俑般散布矗立，个个露出木然的神色。"是又要……杀人了？"癸镜听见身旁一人低声道。

林春虎端坐在"阴铁"身上，甲衣包裹着裘皮，挤得他越发臃肿，海风吹得毛尖簌簌地动，整个人活似头魁伟的山魈。他似是在大口喘息，腔中气息鼓动而出，凝成一股股蒸腾的雾。

明明身为海匪，却执意要蓄养着那几匹马；在这小岛之中，零落几个骑兵也无施展身手的机会。如此看来，林守元所图应是更大的天地吧——可让他那野心驰骋的一方陆土。

在这一刻，林守元也高抬起头，遥望向东端。

"他是在看着那近岸的舟船吗？"癸镜心中暗道，"还是瞧见了林家横行沧海与山川的前程……"

这当口，只听大少爷一声令下，十余个海匪上前，对天端稳了火铳，根根铳绳被飞快点燃，弹指工夫，便是一阵齐齐炸响。

鸣铳，迎客。

伴随此铳声，林春虎座下的"阴铁"忽躁动起来，不停踢着蹄子。

"咴——咴！"春虎口中呼喝，似是想安抚住马儿。可就在下一瞬，高大黑马发出刺耳嘶鸣，扬蹄狂烈腾跳。

周围众人皆纷纷散远，唯有林守元猛冲上前，应是想制住那惊马，可这一抓却只揪着了春虎的披风，只听得"剌啦——"一声，愣生生撕扯下一大片。旋即，他便被撞了个趔趄，一屁股坐在了地上。

诡异景象中，林春虎被这癫狂黑马载着，跨过垒石堆，奔出绝壁的边缘。

旋即，一头栽入了峡湾中的激流。

事出突然，宛如幻景一场，原先那威风凛凛的武人已然不见，只余半拉子披风，血泊一般铺在那岩地；恰一阵疾风吹过，就见那破布掀起一角，呼啦啦飘拂几下，旋即无力瘫软，如一丝不甘的魂灵。

大伙儿皆惊得傻愣在那处，下一瞬，林守元仓皇爬起，狂奔至崖边，对那浩荡水面嘶吼了一声："父亲——"

见这情形，林春河僵立片刻，忽挣扎蹒跚上前，将林守元的面具一把揭去。

旋即，众海匪愕然的愕然、惊呼的惊呼——

那铜面具下竟不是林守元本人，而是另一副年轻面孔——他的养子林春虎。

"到底发生了何事？"癸镜离得远，只望着了个大概。当下工夫，他见岸边人乱如群蜂，奔行向四面八方。

"大人落进水里了！""快些去救！""此处哪能下得去！"

与彼方相对，谷地倒是沉入寂静，奴工们都似泥塑一般盯着那处，个个神色木然，似是被眼前情形掠去了魂儿。

"别傻立着，把盆端稳了！送还回仓，送回仓！"几个监工似刚回过神儿，大声呼喝道，"送完便都回屋，都回屋子里去！"

听着怒喝，那帮奴工才仿若醒来，纷纷捧着手中陶盆，挪向屋舍。

"马劳毙于山嶂，青枢启攒？"

——这一句忽撞入癸镜心间，可念起来又有些不似当下情形；而且落水的并非林春虎，而是林守元。那会是"帅困因于镬釜，黑浪阻围"吗？……却又更不相似。他感到一阵目眩，低下头，望见褐土上滴洒着银灰的水银，细微如尘，针尖般的闪亮铺满整个谷地，如同踩入白日里的星河。

遗咒呢？此回可有人留下了那遗咒？

就在此刻，就听得"嘎嘎嘎"一阵响，那吊桥被慢慢拉起。片刻之后，一大群海匪奔到谷中，将此地之人围作一团，尽皆缴了兵器。癸镜望向陶继政，见他脖颈正被一柄长刀架着，神色倒未太慌乱。可只赶得及匆匆对视上一眼，陶继政便被推搡着，隐于人群之中。

"莫要乱动！"身后忽有人大喝。

癸镜回望，只见那是个海匪，比自己岁数还小些，唇边连胡须都未长，虽满面凶恶狰狞神色，可依旧藏不住声儿中那一丝颤抖。

瞅着癸镜并未反抗，那人赶忙上前，绑缚住他胳膊，又押着他朝坡上行去。就在这节骨眼，只听得不远处一阵嘈杂。

癸镜望向那方，见春月正飞快奔来，领着滩岸边部众，黑压压一群应有百人，洪流般拥往断崖边。

"父亲怎么了？为何坠下崖去？"瞧见吊桥这侧的兄长，春月怒道，"你到底干了些啥？"

"桥呢？桥拉起了作甚？"她继续骂道，"你这跛狗，意欲何为？"

"住口！明明是你在装神弄鬼！还妄图构陷于我。"林春河吼道，气急败坏，活似被铁叉刺了的豺狼。

猛一挥胳膊，他身后一长列火铳飞快抬起。

另一方海匪见状，慌忙纷纷后退，"砰砰"一阵激烈炸响，依旧有几人避之不及，仰躺在地。

片刻未等，这方又再度填充枪药，"退！退！"春月大声吆喝道，不消得她说，那些部众赶忙窜逃，纷纷拥去了岩山后头。

"休想逃脱！"林春河嚷得太急，引得一阵咳嗽。

"咳咳咳……便是逃到万里之外，我也要将你缉拿，替父亲与兄弟报仇！"

一边叫嚣，他一边夺过部下手中火铳，朝对岸射放出一击，可这一击也未能打得着谁，他反倒被枪药爆鸣顶了个趔趄，差点摔倒。

"为何如此狠辣决绝？"癸镜望着四散灰烟，不由得放慢了步子，"他爹方才遭难，尚且下落不明，他便腾然变了脸孔，待手足如仇寇。"

高崖之上，人声吵嚷，海鸟纷飞，鼓噪喧嚣。

便是再驽钝的活物，也能觉察这晴日下激荡的暴风气味。

其后又发生了何事，癸镜也没法子得知，他被几人押送着，再度返还至"隼巢"。这一回，他被带去三层楼中，直至走到东侧一间屋子。打开门后，就见房内空空荡荡，海匪们将他朝内一推，旋即将屋门给关了个严实。

光亮从木框罅隙泻入，照见飘浮尘埃。癸镜轻叹了一声，默默靠墙根坐下。

就这样，他瞧着那几束光慢慢黯淡，变得昏黄，直至消失，不多会儿工夫，门缝再复漏进了火烛的颜色。"酉时了吗？"癸镜心中寻思，就在这时，屋门忽被打开了。

立在门前的人竟是林春河，身后就跟了一个随从。

这苍隼新主低头看了看，应是未瞧见可坐的地儿，只得扶墙立着道："泥螺师父，你在想什么？"

癸镜动也未动："在琢磨这一连串异样之事。"

"那可琢磨出了个头绪？"林春河道，夹着几分嘲笑调子。

"并无头绪。"癸镜道，"许多事我也不知内情——比方说你父亲为何会穿着春虎的甲胄，又骑在他的马上。"

"老头本是让他当一阵子替身，自山上下来前，两人去了房中，互易了盔甲。"林春河道，"以往老头也曾做过此安排，只不过从未瞒着咱们。"

"许是今日他觉得你们皆很可疑。"癸镜直白道。

"哼，"林春河冷笑一声，"与我又有何干系？只是提防春月吧。"

"大少爷你似是很笃定？"

"对父兄下手如此阴毒狠辣，除了她还能有谁？"林春河一甩袖子，"便是春松不见那会儿，我与春虎都一直伴着父亲，只有她在周遭游逛。"

癸镜倒不想与他争辩，只问道："那春虎现在去了何处？"

"他？问我要了艘船，独自出了港，说是想法子找父亲。"

林春河口气淡然，似不太在意这义弟的去向，大概因那一人也翻不了天。

癸镜缓缓直起腰，问道："对了，陶大人又被带去了哪里？"

"和春月麾下残余喽啰在一起。"林春河道，"且放心，我也不是我爹，没那么残暴的杀伐。只消得他们老老实实，投诚于我，自然不缺一口食吃。"

言罢，他忽道："你可知我为何将你请来？"

"因为少爷你身子有恙，希望我能治好吗？"癸镜低声道，望了望林春河饿鬼般的面孔，他缓缓摇头，"不，也不只是因为这缘故……"

他继续道："我猜，也是为了范小姐——你怕万一她身子有了异状，而我恰好不在，便没人再能医她。"

林春河一下愣住，半晌才又问："何出此言？"

"只因你对范小姐着实在意，又不似是对后母的关切……

"换作别人倒也不怪，但是搁到你身上，说不通。"

林春河盯着他，神色越发冷峻："为啥说不通？"

"你对诸个血亲都心怀敌意，只因那帮人无一不是你继承苍隼的阻碍。"癸镜道，"而若无意外，你父亲自也想让范小姐生下新的子嗣。"

"如此一来，她对于你而言，俨然已是潜藏的威胁。"癸镜道，"今晨，我本是你妹妹喊过去帮忙的，且又是个可疑外人——出于多种缘由，你都有理有据可阻挠我医治。

"但你从头到尾的表现，显得过于期望我治好她了。"

癸镜抬头，望见林春河身子微微在发抖，这少爷依旧披着那身狐裘，应不是因为入夜之寒吧。

"话说回来，你对范小姐抱何等心思，我自是管不着。"癸镜自墙边站起。

就在这时，寨中忽响起几声号角，急急促促，又似忽然断绝。紧接着，传来接连呼喝之声，愈来愈吵，似海潮滚滚奔袭。林春河诧异扭头，又听得一阵凌乱脚步自远而近。

小会儿工夫，便见个海匪奔至廊下。

"不好了！"他大声嚷嚷着，差点儿摔个跟头。

林春河一脸愠色道："大呼小叫做什么？"

"是春月！"那人惊惶道，"春月小姐杀来了。"

听闻这名儿，林春河登时瞪圆了双目："那吊桥不是还悬着吗？如何杀得过来的？"

"不晓得，她未走吊桥那端，也没乘船，单就一个人闯来了这方。"

"单就一人？"林春河上前一步，揪紧那人领口，"那她现在何处？"

"还没找着！"那人哭丧道，"有队人在岛南望见了她，霎时就被挑翻了三个，其余二人吓得跑了……

"……待呼了一群人去，却已没了影儿。"

"那都去搜找了吗？"

"已经让去了，已经去了！"手下惊慌应道。

"岛南？"听闻这话，癸镜心中一动，他想起东南的狭滩峭壁，自个儿正是自那处登了岛，"莫非春月也是借了此道？其余人攀爬不得，所以只落得她独自竭力而上……"

"小贼妇……"林春河艰难踱了两步,口中喃喃,"独自一个儿又能做啥?"

"我这便再去打听打听,看看是否找着……"那人小声道。

"不好!"就在此刻,林春河忽一拍手掌,大叫道,"是吊桥!她应是去偷袭那处的守兵了!"

那海匪登时应和道:"没准是的!确像小姐会做得出的事……"

"一旦吊桥攻下,对岸之兵便会再度杀入吧。"在一旁听着,癸镜暗想,"她竟想凭一人之力行此谋划。

"那女子端的是骁勇非凡,可惜啊,生于这恶巢之中……"

望了望林春河惶惑的神情,他淡淡道:"春河少爷,瞧这情形,你似遇到了些棘手之事。

"寨中安危要紧,就莫要陪我在此闲聊了吧。"

林春河瞪了他一眼,似是想说啥,却一阵猛烈咳嗽,血自他口中喷出,洒在廊道上,好容易缓过气,他擦了擦嘴,跌跌撞撞地往门外走,身旁那侍卫要来搀扶,却被他一下推了个趔趄。

眨眼工夫,人便消隐于夜色。

他走后不久,门被再度关上了。一片漆黑中,癸镜立听得几个匪兵窃窃私语。

"嘿,你觉得小姐这番可能成事?"

"成了又如何?桥边好歹一群人守着,她能不能活下来都不晓得。"

"我说万——万一她能活命,还能打入这城寨中,那咱们可咋办?"

"大少爷会败?混讲什么!"

"且就这么想想吧,你说……小姐会不会把咱们丢去喂鱼?"

"少说百多人呢,她还能全宰个干净?"

"这么一瞧,好在咱哥儿几个都无须扛在阵前。"

"诶?被关起来的那群人中,是不是有个是你兄弟?要不你先去囚营那边等着,要是势头不妙,赶紧把他们放出来,好落个功劳……"

"这主意行,我且溜去看看……"

旋即一阵脚步乱响,应是走了一人,其余海匪你一言我一语,依旧说个不歇,自癸镜听来,不少词儿是一样的意思翻来覆去,听得他竟有些乏味。

　　就在这档工夫，只闻远端越发吵嚷嘈杂。透过门缝，依稀能瞧见天际红通通亮了，应是哪地儿起了火光。

　　"如此看来，春月的战策已成。"癸镜心想，"她那些手下应是踏过了吊桥，与春河部众起了厮杀。"

　　约莫又过了一顿饭时辰，噼里啪啦脚步声再起，未到近前，便又听得号丧一般的叫唤——"不妙！大事不妙了！"

　　"怎了？慌成这模样？"门外几人忙道。

　　"那帮做奴的忽然冲出来了！"

　　"来的不是小姐的部众吗？与奴工又有何干？"

　　"乱了，都乱了！桥没守住，小姐他们一下冲进了寨中，杀穿了第一重墙，幸好第二重大门守备还行，没一下子失陷……

　　"可就在那会儿，咱们后阵忽然乱了套！

　　"本以为是敌人迂回攻来，谁知放眼一瞧，就见那帮人连鞋都没，乌泱泱全是奴工。"

　　"他们不是早被拉去关起来了？如何出得来的？"一个海匪诧异道。

　　"是啊，天晓得哪个放的。"那报信人道，"大少爷忙支了一队前去平乱。谁知那些贼竟然搞来了火铳，就听一阵炸响，咱这方登时仰倒了大片。"

　　"火铳？"另几人皆叫嚷起来，"这么说来，火器仓也失了守？"

　　"应就是了！"

　　"莫非他们早与小姐串通好了？就在这节骨眼上戳咱一刀。"

　　"没，他们是咱的兵也打、小姐的兵也打，只要见着穿甲衣的，就扑上来索命。"

　　"那可如何是好？前头人可还抵得住？"

　　"这谁晓得！"

　　就在下一瞬，这几人似是都陷入沉默。须臾，报信那人开口道：

　　"我也算在海上漂了10年了，见过的大小场面也有百回——要我瞧，依着这阵仗，今日苍隼怕是凶多吉少。"

　　他顿了顿，继续道："利索点儿，都别在此耽搁了，这会儿去那滩边，若是前阵能顶得住，咱们就再折回；若是顶不住，就赶紧驾船溜去……"

"那……这……"

"若要逃，这屋里的人怎么办？"

"带走！"那人又道，"大少爷和小姐都似很在意他，无论谁赢，咱手里总能捏着点儿东西。"

话音刚落，他们将门咣当撞开。

望见空无一人的屋子，几个海匪全都一愣。

"呼啦——"一道黑影自门上翻下，膝盖正撞着当中海匪的脑袋，身旁同伴还未回过神，脖颈也"啪"一声遭了一击；其余二人见势不妙，忙去抓兵器，可手中刀才出鞘半寸，却被一手一个抓住面门，猛掼在青石地上。

弹指之间，这几人已一齐昏厥，不省人事。

下手的自是癸镜，他一抖胳膊，断绳如死蛇般松脱，他指尖正捏着一根细铁线，原藏于棉袍袖边里，乃是先前柳福娘教他的割绳法子。

片刻未犹豫，癸镜飞奔出这小院。

一时间，那喧嚣越发汹涌，炮药在鸣响，人众在吼叫，山岩在震动，仿佛这座岛已经活了、苏醒了，似巨象般摇颤身子。

"今夜这乱局，到底会如何收场？"癸镜立在楼阁上，遥望见人群如蚁，延漫了诸个山道和墙头。火烟四起，炖沸这一釜血肉之羹，怒鸣与哀号自其中喷薄而出。火铳点点炸亮，那帮奴工应没多少人拿得这利器，有人手上似连兵刃也无，却个个头也不回地杀向寨中，接连有人扑向敌兵，裹挟一道坠下高墙陡坡，亦有更多人倒伏后就再未见爬起。

奴工的攻势瞧不见章法，应也无谁在指挥，更是许久未得操练。可那些苍隼的军阵更乱作一团，虽未望风披靡，可只些微吃了点亏，便又往寨内退缩回大截。

被禁锢了一年多的劲力，在此刻炸散开，如同地火迸发，燃至隼巢的诸个角落。

无论是春月还是春河，其部众皆似遭半渡而击，正苦陷于厮杀的浊流中。

"福娘，是你策应的事端吗？"癸镜一边奔跑，一边思忖，"你到底在不在此地？"

须臾，他奔过至二楼，踏上那宽阔木廊，忽听到不远处传来声惨呼。"你！你……""杀了他！"惊惧叫嚷乍起，夹杂兵械碰击的乱鸣。癸镜急忙收了步子，正待瞧望，这喧噪竟一下平息无声。

他轻轻踏入那小道，望见地上横七竖八躺倒了五六人，血在廊上缓缓流淌、汇聚，唯有一个身影依旧立着。

"陶大人。"癸镜霎时认出了他。

那人正是陶继政，"噗——"他从一具尸身上拔出长枪。

陶继政大口喘着气，左边袖子破了一道，赫然已见着胳膊的受伤皮肉，他缓缓倚到墙边，褪下衣裳，自衣襟撕下一缕布，咬在牙中，在伤口左近绕了几圈。

癸镜急忙奔去，招呼道："陶大人，我来助你吧。"

陶继政惊诧抬头，继而神色腾然一松，自嘲般道："还是学艺不精，对付这么几个，都能见了血。"

癸镜望向那伤处，应是遭了一记刀劈，破开血啦啦一个口子，他利索地将布条裹扎好，念道："伤得还颇深，这番收拾只是权宜之计。"

借着灯笼光亮，癸镜又扫了眼那几具尸首，瞥见两三个见过的面孔，不禁微微一愣："这是……小姐的兵？"

"是啊。"陶继政口气淡然，"不枉我忍到今日。"

癸镜讶异回望向他，片刻之后，心领神会道："原来如此。"

这一年多，无论是顺从还是颓唐，陶继政都完完全全收起这一份杀意。而步入今夜这景况，已无须再隐藏和掩饰了。

而今这阵仗，定也有你一份功劳吗？陶大人。

陶继政将衣裳披好，摘下壁上灯笼，转脸道："泥螺师父，眼下这寨中乱成一团，你还是快些离开吧。"

他向着东南一指："朝那处走上百来步，可见着一堵矮墙，原先有些人守着。方才见那儿已经空了，应能安稳溜出去。"

"那你呢?"癸镜问道,"何不一道走?"

陶继政笑笑,嘴角吐出一丝缥缈寒雾:"我还想去见……"

话音未落,只听木廊那端忽传来一声怒喝。

"这皆是你们干的?"

两人忙转头,只见那地儿立了个人,借着墙外烧天的火焰,癸镜看清那是春月。

她头发松散了大半,海草般凌乱,也如海草般潮湿,上面应不止是汗水,更沾裹了不知几人的血。

原本俊秀的脸上也沾满红黑色污迹,唯有一双眼睛明亮,似饿了许久的狼。

她竟单枪匹马杀入此境?——癸镜心中亦微微凛然。

春月望向地上那些部众的尸身,又望向陶继政,望向癸镜。

"你,都是你!"她忽咬牙切齿道,"自打你这妖僧来了岛上,就一下子不太平了!"

听闻这话语,癸镜并未开口,眼下任何辩白都是徒劳,她那怒火不会因着只言片语而熄灭。

"拿命来!"春月咆哮道。

兵刃攥紧,若流星般直袭。

"快走!"瞧这情形,陶继政猛搡了癸镜一把。

"不用。"癸镜面色沉静,拨开了陶的胳膊。

"可你……"

在陶继政惊异的目光中,他低语说:

"陶大人……"

春月离二人只余十来步。

"今早,你不是说有人能梦中悟道吗……"

只余五六步。

枪尖离他不足一尺。

下一瞬,癸镜步子骤然动了,闪过这一刺,猛朝前冲,踩着血水,溅起赤红细浪。春月的枪尖戳了个空,回身追刺,又见癸镜足尖腾然踏向侧后;二击未中,她再横扫而去,却慢了一拍,自癸镜胸前划过。

可癸镜那双手却始终松松垮垮垂悬，并未做击出的架势。

这正是他师门岩莲寺《水缚冰固》中的闪躲步法"寒江乱雨"。

"想逃？"

长枪挑出个枪花，封断了癸镜退路，将他迫入墙角。他忙拾起地上一杆枪，似是想挡下这一击，却听见"咯啦"一声，木杆被一下劈断，前半截孤零零捅在壁上。

枪身再次刺向了他，癸镜将断杆朝地上一掷，又捡起一杆火铳。

"啪——"火铳被击飞。

枪尖冷酷地追索着性命。"铛——铛——铛"癸镜飞快捡起地上一切能使唤的兵器阻拦，可是不是被折断，就是被长枪挑脱了手。

临到末了，他手边唯剩最后一柄长刀。

"受死！"春月吼道。

枪锋忽至，刀亦出了鞘。

"叮——"刃身相击，癸镜竟被推飞了几步，将刀横插在墙才止住了足。

春月自不会予以他喘息的机会——

一式"鲤潮"杀至。

枪尖霸道挑来，眼瞧着就要捅穿他心口。

就在这一刹，却见癸镜腾然松手，朝长刃下一埋腰。

春月心中一惊，就在这刹那，枪尖已越过那刀身，她急急变招下劈，却被那刀"铮——"一下弹开。

癸镜入墙这一刀刺得异乎寻常地深。

瞬息之间，他已闪至三尺之内。

只来得及小退半步，春月将枪尖朝上撩起，枪尾自下回旋，再度使出昨夜那一式，却忽听着身后"咔"一声。

借着余光望去，后旋的枪身磕着了方才那杆断枪。

"为何！……"不及思索更多，见癸镜已如鬼影般迫近。几乎在同一刻，他右掌已贴附上枪杆，下一瞬，五指攥紧，腕旋，肘压——春月顿觉着兵器被股怪力撕离了手掌，惊诧之间，左肩、心口、上腹、左膝连挨四记重击。

等春月从痛楚中稍回过神，喉头已被枪杆抵得死死的，整个身子被压制在壁上。

方才那瞬，癸镜使出师门《火侵焰噬》中夺兵之技"缠烟"，融入《地崩岩解》的十三式"绝峰摧断"。

"为何……"春月嘶哑道。

"你那招大开大合，需得足够地方施展，而今这狭窄廊道，太容易露出破绽了。"癸镜平静道。

"见识过你上回的枪路，我粗估需用两三根兵器来掣肘阻挡，恰能留出闪躲窜逃的罅隙。"

他瞧向不远处的陶继政，见其亦是一脸错愕，似还没从这短促胜负中回过神。

"若你修行至陶大人的境界，能娴熟变通，倒也未必无应对之法。"

这秃贼那番闪躲抵挡，竟是为了在场间设下罗网？春月心中涌起一股荒谬之感，夹杂丛生的怒意，可却发作不出。"要杀便杀了，磨蹭作甚！"她吃力吼道。

听闻她此言，癸镜忽松开了胳膊，瞧向一旁道："陶大人，方才听来，你似有话要与林小姐说。"

春月惊异地望着他，又回望向陶继政。

这一瞬，二人视线对到一处。

廊外的厮杀声依旧，隔着树与屋，倒也瞧不见外头炼狱般的情形。

"眼下情形，还有什么好聊的？"片刻之后，春月终于开了口，恨恨道。

陶继政微微眯起眼睛："春月，我……"

"且不说是先前……"春月的语气忽变得哀婉，"哪怕就是昨日你说出来……"

"嗖——"便听得一声沉闷的呼啸，春月额侧飞溅出赤血，身子腾然一僵。

下一瞬，她颓然倒地，未能道完那余下半句。春月两眼圆瞪，似是从未料着会死于火铳的弹子儿。

"啪——"陶继政手中灯笼跌在一旁，蜡烛呼啦啦点着了纸。

他上前，蹲低身子，轻轻抚过春月的发鬓，待移开手，指尖已然蘸着她的血。

虽然被火映着面庞，癸镜却睹见陶继政双目越发暗了下去，似是连最后一星儿的光也熄了。

这些年，癸镜窥见过许多死亡，繁如山草秋露；春月这逝去，也不过是那适才散碎的一滴。

"陶大人，节哀。"他低声道。

癸镜早已不是那个懵懂小和尚，幽微之间，他早已体察到陶继政的一些心思。

——春月，这女子侵入他过活了十余载的乡土，击碎了他的安宁日子，屠戮了他的同伴。

可她也是他勤勉的徒儿，他自觉无用的枪技的唯一传承；他煎熬年岁中一点点细微寄托，是此地坦诚待他的唯一女人……即便那些皆如梦幻泡影般虚无。

这种种心绪，也许已拧转交织成了乱麻般的情愫。

就在这时，廊下忽传来一阵喧嚷。

"快快，快！"

"最内一道门已经关上了，没人进得来，大伙儿莫慌！"

"春河少爷有令，一个脑袋一锭金！"

"此地似是有人，都小心着！"

听这景况，守备的海匪应已缩到了这楼堂左近，与墙外僵持。

陶继政立起身，将自己兵器夹于腋下，又单手提起春月那杆长枪。

外面火铳声连绵如新年里的爆竹，可他的手却没再颤抖半分。

"快离了此地，泥螺师父。"他望了一眼癸镜，沉声道。

"莫要求死！"这当口，癸镜已说不出其余劝阻之词，刚想拦着，却见陶继政已飞奔往道口，连头都未回。

"一年有余，已活得……够久的了。"

陶继政猛冲下长栈，快似山巅直落的坠岩。道中一海匪未及提防，被那腋下长枪贯通，整个人撞飞了出去。陶继政咆哮着，右掌提枪一劈，又将一旁铳手的臂膀连铳斩下。

大风起了，吹得夜空中烟灰乱涌，几缕破碎的旗儿如鬼魂般横飞。

"我如何逃得！"癸镜也自巷道杀出，步履快得将这疾风踏散。

"嘭砰——！"他拳头连夯中两个海匪胸口，将他们击翻在地。

一众海匪惊惶四散，可陶继政更迅于他们，单提长枪，刺出浩荡的鲤潮。刹那间，寒刃纵横，劈倒了左右二人，枪尖又猛戳入一人小腹。

可就在刹那间，只听得砰砰数声，陶继政心口骤然爆开两个窟窿。

陶继政踉跄几步，回望了一眼，癸镜不知他是望向自己，还是廊中春月的尸体。

"还好，还好……"他低语道，旋即摔躺在青石之上。

"陶大人！"癸镜高呼道，他拾起长枪，反手一掷，将那持铳的当胸洞穿，再飞起一脚，将另一人踹下栈廊。

赶不及去瞧望陶继政，他又见有十来个海匪冲上木栈，围杀而至。

这一瞬，癸镜心中骤然变得异样宁静，"娘子啊娘子。"他从海匪尸身上拔出那枪杆，"不知此一战后，咱们还能否见得着了……"

就在这瞬，周遭树顶呼啦啦摇曳，如有百十只狸子在其上奔行。

下一刻，一道黑影自天而降。

落地刹那，人群中迸出四散的血霙。

降下之人身裹一袭黑衣，侧脸被溅染得绯红点点，却未显半分狰狞，仿佛这模样才合衬她的秀逸明锐。女子嘴巴微张，也许只有癸镜听得着那摄心震魄的啸叫。

"福娘？"那一刹，癸镜还以为望见了臆想的幻影，只见她一手执一把尖刺短锥，当间拴着一根丈把长的铁链，正是她近来惯使的兵器。

舞动而起，翻飞如掠食魂魄的夜蝠。

尚未来得及眨眼，锥尖划拉过两人的喉咙，又重重钉入第三人身上，下一刻，另一只手上也已掷出，击中冲来的海匪面门。她指尖仍牵在链子中央，忽地一钩，铁锥便自人身离脱，拽出两道飞虹般的血线。

"忙些事，耽误了。"如燕影一般飞掠癸镜身侧，她嚷嚷道。

"留神那铳！"癸镜高呼出声。

就在十步开外，已有三人举起了铳杆。

可柳福娘竟比他们那指头更神速，话音未落，她已闪至那些人之间，兵刃起落便是几个血窟窿。几杆火铳自他们掌中跌下，柳福娘一手一柄，稳稳握住，回身直指右侧树丛——

"砰砰！"火铳炸鸣，那树后应声传来两声惨呼，一个人影扑倒在地，另一人捂紧小腹，提刀冲出。柳福娘右脚一踢，撩起第三杆火铳，接着铳柄，旋即又一声"砰——"，就见那汉子眉心绽开朵血花。

这些年，她已将"寂音聆世"的功夫修习至大成，方圆十丈内，一应物件皆如摄入双目，更无一人可遁形藏匿。

眨眼工夫，周遭已没一个海匪还立着，可栈道那处又传来嘈杂动静，柳福娘瞭望一眼，旋即冲向癸镜，拽住他手腕朝东便跑，未奔几步，眼前已然是楼台边缘，离地有二丈多高。

"落地后也莫停！"柳福娘大声道，拉扯着他一同朝远端跳去。

"轰——"身后如雷炸响。

癸镜踏落地上，片刻未歇，朝前直冲，可未跑几步，背后却遭着猛地一击，腾然昏厥了。

癸镜睁开眼，四下昏暗，隐约可见棕褐的壁顶。

他又回到那艘熟悉的船上。

——曾载过大师父乙影的船，或许也是曾载过自己的船。

长梦中的船。

癸镜挣扎立起身，望见眼前立着个高大身影，倒未感丝毫讶异，只是行礼道："大师父，许久未见了。"

乙影，他那位在岩莲寺的授业恩师，一别数年，连生死也未知。

可每每在困惑中进入睡梦，便大抵能见得着此人。

"若你不见着难解的事，我俩也不会在此地相会，"乙影笑了笑，"瞧你这情形，又是遇上了无端灾劫？"

癸镜望了望船外寂然水浪，叹了口气："这一日见闻太多，一时半会儿恐也理不清头绪。"

"千头万绪，实则只纠缠在那几个关节里。"乙影一挥手，船内亮起一根蜡烛，"只消你找出它们，便可疑窦顿开。"

言罢，他便向舱外走去。癸镜跟着大师父，踏上甲板，眼下正是白日里，四周望不着陆地，唯见汪洋一片，船舷边立着一具具草人，似曾相识。再度环视，他忽见远端现出了八九艘船，飞快行来，如苍隼般结成了百足之阵。

就在下一瞬，诸个船上一阵鸣响，无数弹子儿直击他这处，亦有百千根箭矢如飞蝗般射来。

癸镜心中一惊，眨眼之间，一颗颗弹丸洞穿过他的身子。

未有疼痛，未有流血，正愕然着，"啪——"一根箭矢钉入了身旁的舱壁，望见上头纹路，癸镜忽觉得有几分熟悉——

这是刺中范绡云的那一根吗？

下一刻，舱壁腾然渗出赤血，滴淌下来。

癸镜惶惑环顾，忽见舷旁一个草人被引燃了，"大师父，火！火！"他慌忙大叫道。

乙影却似聋了一般，默然立着。

弹指工夫，周遭草人皆烧了起来，炽焰熊熊，烤得甲板上若同炼狱。

"眼下你可参悟了？"大师父立在舞动的火烟中，高声问道。

这一刻，癸镜心中乍然闪过个念头："莫非……"

似是洞悉了他的心思，大师父乙影笑了笑："既已知晓了缘故，你便可离开了。"

"大师父，且等等。"癸镜急忙道，"我还有些事未搞明白……"

话还未完，整艘船骤然瓦解，化作百千条炙热火炭。

"扑通"一声，癸镜跌入幽深海水。

癸镜猛睁开了眼，视线所及是如瀑的黑发。

"呵，醒得倒蛮快的。"柳福娘的声音钻入他耳朵。癸镜吃力地支起身子，才觉察原是一直侧枕在妻的腿上。

"不再歇会儿了吗？"柳福娘轻轻抚着他的脑袋，"那一下撞得可不轻，别勉强逞能。"

癸镜迟疑片刻，再度缓缓躺倒，将头轻靠了过去。

此刻，二人正身处一艘木船，这叶孤舟顺海漂流着，慢慢离开岸边。

晨风送来呛人的硫炭之味，数道烟灰升腾，与薄云织在一处。岛中远近都喧嚣绵延，时不时传来不似人声的嘶吼。

只不过，这一切动荡似乎与他都再无关系，癸镜心绪恰如坐卧莲中的菩萨般宁静。

"多谢了……"他开口道。

"嗯？谢啥？"

"当然是谢你救我一命。"

柳福娘用手掌拍拍他脸颊："不救你咋办，我还不想年纪轻轻就做了寡妇。"

"……"癸镜轻轻闭上眼，"这几日你都藏去了哪里？"

"东边浅湾的那艘船上。"

"啊？"癸镜一愣，旋即轻轻苦笑，这处确是海匪们始料未及的，每日对着那船连射弹丸，怕是没人会觉得有谁敢藏在其中。

可眼前是柳福娘，精通"寂音聆世"的柳福娘，胆大包天的柳福娘。

"他们击出那些弹子，大多仅够射穿船板。"她似是看穿了癸镜所想，"我又在舱内堆了些口袋，灌满海沙，便可周全稳当躲在里头了。"

"若要往来岛上，凭借藏于船中的一块木板就行。"

"为何如此着急离开？"癸镜揉了揉后背，被砸着的那处依旧疼痛。

"再走晚些，怕就难脱离了。"柳福娘轻笑一声，"像咱这种'侠女'，还是不要过于置身事中比较好。"

"这后头的局面，禄洋的人自己收拾便是。"她望向远去的小岛，"苍隼已败，林守元落了海，春月中了铳炮，林春河死在殿中，林春虎也不见了踪影，林春松嘛，早先就被我宰了……"

"唔，果然是你杀了林春松？"癸镜缓缓坐起，"正与我昨夜揣摩的一样。"

"嗯？好一个'昨夜揣摩'。"柳福娘笑道，"莫要做事后神算子。"

癸镜摇摇头："我这么说，自有凭据。"

"倒讲来听听。"

"岛上那位朋友、呼作陶继政的给我讲了讲当晚的情形，我只是凭此稍作了推测。"癸镜道。

"前一夜，你结果了林春松，恰逢他哥下了牛车，便将尸身藏入其中；待大少爷觉察时，他又想法子移去春月船上；临到春月出海，见着那尸身，果断将其沉了水。"

"如你所言，我确是把他塞进了车，可并未顾得后头的事儿。"柳福娘道，"你才来这岛上，为何说得如亲见着一般？"

"因那兄妹二人都不经意露出马脚，显出已知晓林春松之死。"癸镜回答，"不过，关于此事，我的猜测大多依仗陶继政所述，希望他讲的皆是实话吧。"

"林春河许是察觉得早些——我作此结论，只因那一晚春月曾去到他牛车搜寻，查看车中是不是有异样、二哥会否被藏于其内。

"可待她进去翻找了一会儿，却没找着丝毫痕迹。"

柳福娘疑道："既是啥也没寻见，又有何能核验的？"

"正因没找见痕迹，才显得不对劲儿。"癸镜摇摇头，"记得陶继政说，林春河赶来碧海院时，曾将血咳到了车壁与车内地上。

"倘若春月查验车中，定会瞧见先前血迹——而她不知兄长咳血之事，本应会拿来作疑点提出。

"可她一句未提，应没瞧见那血，却是为何？"癸镜道，"只能是有人在之前就擦去了。"

"林春河曾与手下说不着急收拾，回去再说，待遇见他爹后，也一直待在堂中，为何有人会拭去那血迹？

"如此说来，大抵是打理某些带血残局时，一并拾掇掉了吧。

"按当时情形——十之八九是林春松的尸身。"

"如此排检，唯有一个时辰和机会可作安排。"癸镜道，"林春松先前曾去迎接父亲，按他惯常行为，应是先行回了牛车处。

"我猜测，当时林春河本欲进车，却一下瞧见已死的弟弟。

"他兴许已吓得魂飞魄散，却忍住了没叫嚷，因为他知道，若招得许多人来，怕就全然说不清了。

"故而他平抑心情，速速招呼手下，安排对策。自己则赶去等候林守元，并一道去到屋中，静静等待一个时机。"

柳福娘问道："什么时机？"

"想法子将尸身送出碧海院，直至移去春月的船上。"

"可四周皆是高墙，他是如何做到的？"

"手法倒也简单，只需掘开那沙地。"癸镜道，"陶大人先前说，木排下埋地中二尺；可如有趁手器具，沿着那墙角挖上一会儿，便能挖一条路通到院外。"

"可此举动太过昭彰，想要不被察觉，只需让一群人在各处乱掘便可。"癸镜比画了一下，"故而，林春河应是让人将弟弟的袍子与帽藏于沙地，再装作偶然寻得。"

"附会上那一句'相匿迹于户堂，黄埋覆埋'，只为造出'二少爷被埋于土中'的假象，好引得让大伙儿纷纷挖地罢了。"

"哦，莫名留下那一句，竟是这等缘故……"

"因那牛车遮挡，所以他们的举动并未被察觉。"癸镜继续道，"待得将尸身从洞中送出，再将其还复填满上，便难见痕迹。"

"我之所以作如此推断，是因陶大人提及件事——在查验完牛车后，春月脚踩车辕，蹭落了靴底粘黏的泥沙。

"院中原本只铺了干沙，为何会黏在春月靴上呢？"癸镜道，"究其缘由，多半因那地儿曾被掘开，甚至挖出了沙下的湿泥。

"可陶大人又说附近土地平整，如此看来，只能是还复填埋、仔细整饬过，只不过那会儿夜深，借着火光也望不清干湿。"

"可如此一来，倒显得欲盖弥彰。"癸镜道，"加之其后尸身现于春月船上，故而应是掘出了一条外通小道。"

"如此说来，应还有人与那尸身一道出去了？"

"对，他们许是偷偷待在岸边，见得春月回岸，无人看守，便将尸身运入船舱。"

"自墙边捡着折扇，应也是为了将大伙引去码头，以期撞见尸身，坐实春月行凶。"癸镜继续道，"林春河不蠢，自不会说'人没准在妹子船上'这等刻意之词。

"丢下扇子，再引得人去本是个妙法，不过他因腿脚不便，赶去迟了些，未料春月已驾船出了海。"

听完这一串，柳福娘拍拍掌："那春月呢，为何也给你揪着了狐尾？"

癸镜拿起一旁的船桨，一边划一边道："她啊，有些举动不大对劲儿。

"前夜，我从那礁滩上了岸，又攀爬岩壁登了岛，可她在逮着我之后，竟就这么离去了，竟也未管那滩边情形。

"昨日陶继政也道'见大伙儿疲累得紧，便让各自回屋歇息'，可知春月始终没去那方查验。

"既然知晓这地儿，为何不再去探寻一下——万一林春松的活人或尸身就在那礁岩旁呢？

"林守元已发了令——若寻得人，不论死活皆有重赏，那要争得这功劳，更不会视而不见了。"

柳福娘笑笑："也许她是怕寻见尸体，惹上弑兄嫌疑？"

"那也不会丢着不管，"癸镜道，"因为他人似也在搜寻，若我是春月，哪怕找着后偷偷处置，也不会瞧都不瞧。"

"如此可知一件事儿——那便是春月知道兄长并不在那里，已然死了或被拘禁。

"之前已说过，林春河应是晓得弟弟已死；他与春月势同水火，定不会互通这类秘密——春月若要获悉这情形，只能凭她自己或是心腹。"

"那她是何时得知的？"癸镜继续道："陶大人曾提及，春月自傍晚归岛，随后便被径直领去了碧海院，在堂中待了小会儿，便又乘船出海；等到她再上岸，即刻又与陶继政合流。

"直至昨日遇着我，这群人几乎皆在一处，便是连小憩也未分开。

"如此看来，二人分开之地唯有一处——那便是春月出海之际。所以我猜测——尸身当时正在那船中。"

柳福娘道："话说回来，她为何不说是在海中找着了林春松？"

"倘若真是在海中寻见，没准她会如实禀报，可正因尸身陡现舱内，才让春月一下警觉——按常理说，她定会猜测是兄长构陷。

"这样一来，若真向林守元禀报实情，又不知她大哥是否有后手。所以，干脆将尸身沉海，落得个干干净净。"

言毕，癸镜望了望妻子："也正因以上种种，我才猜到你是杀死林春松的真凶。"

"怎的忽又拐折到了我身上？"柳福娘嘟囔道。

"若是林春河那一方杀死其弟，应不会择选牛车这种对己不利的地儿，还将尸身藏匿其间——一开始便弃在他处，总好过怀揣这么个烫手芋头。

"可若凶手为苍隼中其余势力或是禄洋奴工，在那么长时辰里，应不会毫不吱声，给林春河留下转圜的空闲。

"所以，凶手应是个出没于此地的外人，且来去自由。

"在我所知之中，便只得你了。"

"倒有几分道理，可如此弯弯绕绕，真是费神。"柳福娘笑着叹了口气，"我取林春松性命，本想给苍隼添几分乱。可没料到这兄妹俩都定力十足，无一人吱声，还将春松那厮搬来弄去，愣生生搞出这悬案，活不见人死不见尸。"

癸镜无奈笑笑："不过，如此一来，兄妹间的猜忌变得越发厉害了。

"如今回想，昨日林守元坠崖后，二人剑拔弩张，腾然决裂，此事恰如那燃火的引子一般。"

"那范绡云遇刺之事呢，你可还参透了？"

"差不多吧。"癸镜点点头，"依着我的推断，刺出那弩矢的并非他人，是范绡云自个儿。"

柳福娘道："为何这么说？"

"只因当时情形，却有矛盾之处。"

"矛盾？"

"范小姐的衣裳，"癸镜回答，"我瞧见过范小姐的内里衣裳的血痕，顺着脊背朝下蔓延了数寸有余。"

"你意思是——中了弩矢不该流出这么些血？"

"那倒不是，这弩矢浑圆一根，并无钩刺，若是松动些，流些血来倒不奇怪。"癸镜回答，"怪异之处是——依着当时情形，她受伤那一瞬便已扑倒在地，接着便被抬去了榻子加以救治。"

"我晓得了。"柳福娘一拍掌，"——那血决然不会在衣裳上淌出那样长一道痕迹。"

"正是如此。"癸镜点点头，"有这等痕迹，只能是她中弩之后还站立了好久，也没被其余人给察觉。"

"隐忍至此，从那时情形看来，只能是她暗自所为。

"至于那刺入的时辰，应是在林守元进屋之前——范绡云强忍着箭头刺入和毒药侵体的剧痛，待到那些门窗大开，才作被箭矢射伤的架势。"

"可她为何要刺伤自己？"

"为了传出消息。"癸镜回答，"闹出这番巨大动静，为的是送出绢布上那一句'帅困囚于镣釜，黑浪阻围'。"

"这话中藏了啥玄机？"柳福娘道，"仅仅是她爹死前所写一段儿吧。"

"没错，虽然和那句字眼一样，可她示于人瞧的法子却花了番心思。"

癸镜抬起胳膊，在空中比画着，"那张纸上写着此句，又叠成了几叠。且只有'困''囚''帅''于'四字周围是用乌墨打了线。

"倘若仅将此处顺那墨线折起的话，就会呈出她那隐语。

"——先会瞧见'困'与倒反的'囚'相叠，这纹样你可眼熟？是不是和棋盘九宫相似？

"再叠二次，可以瞧见'帅'字位于九宫底的边角，而倒反的'于'落在了九宫底的正中。

"而倒反的'于'，便恰似'土'字——如今忆起，那'于'字的末笔似乎有意未勾得分明。

"如此一来，便瞧见一个异样情景——九宫中的'帅'与'土'易了位。

"这便是范小姐拼死也要送出的隐藏之词。

"前一日，林春松不知所踪，林守元应是觉察到了危险，恰逢商船与使节同来，岛上阵仗越发芜杂，他便与林春虎商量，交换了身份。这样一来，万一有人行刺，也能让春虎作为替身，挡去他一重灾劫。

"而范绡云应是偷听着了这谋划。得知林春松遭着不测，她觉得应是同伴已开始动作。但倘若那二人互易身份，又会让林守元逃出生天。

"那一刻，她心中定然很焦急，可被囚禁在那孤楼，几无方法将消息送于同伴知晓。

"可能林守元说起林春松不见，提到那'相匿迹于户堂，黄埋覆埋'；顺着这句，范绡云忽想出这凶险法子，漏出此风声。

"在那隐语中，林春虎被解作'马'；可若从职责来瞧，护卫在林守元身侧的他也可以认作是'士'。

"所幸的是，如范绡云所期望——陶继政拿到了这张绢布，并趁着盘查的契机，将这情形示于了他人，及时觉察了范小姐暗藏的用意。"

癸镜环顾四方，满目苍青波涛，向南望不到出云国的陆土，朝北离那隐岐尚还遥远，数只海鸟掠过头顶，许是飞赴向鲸海之滨那寂寥的岸滩吧。

"苍隼里皆是倭人，春月也提及大多人字也不识；陶继政亦说，海匪中只有林春松会耍象棋。

"因而，撇开禄洋的人，苍隼几乎无法看破这张绢布隐藏的意思。"

柳福娘叹息道："这么自戕又是何苦来？哪怕是装样子，也能等林守元进来了再刺啊？"

"只因每回林守元登楼前，她都会被丝带绑缚住双手。"癸镜回答，"我也是找陶大人问询了才知的，这样一来，待二人见面，她一举一动不但惹眼，甚至都不便动弹。

"因而她需先刺中自己，直面众人站着，借长发隐藏起那根短短的弩箭，静候时机。"

"可那弩箭自何处而来？"柳福娘道。

"那物件倒好寻究源头。"癸镜回答，"因为它原本不是一支弩箭。"

"不是弩箭？那是啥？"

"我听陶继政讲，一个月前宴会上，林守元曾遭下毒行刺，那菜肴在呈上之前明明已经试了毒，可待他夹了一块丢给狗儿，却让它毙了命。

"他觉得那是上菜仆从所为，便将涉事二人利索杀了。

"可我倒觉得此事另有其因——那便是林守元的筷子。

"那双竹筷应是被人淬过毒，当时宴会上一片纷乱，有人打翻了碗碟，有人将吃食呕出。借此机会，范小姐将那筷子藏了收起。

"今日所见那锋利箭头，应是范小姐用竹筷所制，她原本想用此物刺杀林守元，却一直未寻着机会。"葵镜道，"见着那弩矢时，我尚在疑心，为何要在上面划拉出纹路？眼下看来，是为了让它瞧起来与原先不大一样，以免被林守元看破。"

"但这筷子之事皆是你推测。"柳福娘道，"可有证据？"

"证据的话，便是陶继政昨日的一句话。"葵镜说，"他望见弩矢时，说'磨得还真是锐利'。"

"单这一个'磨'字，便能知晓许许多多的事儿。"他伸指比画道，"但凡竹造弓矢箭头，大多是削出来的。为何会有人做'磨'这等吃力活计？

"陶大人这么说自是无心说漏了嘴，由此可知，他晓得制弩箭之人没有利器，只有'磨'这一法子，而岛上只有范绍云是此境遇——因除她之外，便是奴工也有可使唤来削切的物件；正因他笃定是范小姐制的，所以他显然也清楚这弩箭是何由来——知道之前是何物，又是为何到她手中的。"

葵镜继续道："依他所言，自打那丫鬟投海，范小姐被囚于楼中，除开苍隼的那一小群，旁人都接近不得，而那一场宴席中，则是这半年来头一回见着她。

"就凭宴席间短瞬几眼，陶大人便在当下笃定了弩箭与范小姐有关。那这弩矢与长筷、宴中之毒与箭头之毒，还有这不长也不短的日子——一应事儿归于一处，大致可契合我刚刚的推测。"

"按你这说辞，那一日将林守元的筷子换成这毒筷的正是陶继政？……"

"不晓得，可即便不是他，他定然也洞悉详情。"葵镜回答，先前目睹陶继政行凶，知道他复仇之念仍在，如助力行刺，自也理所当然。

"因此，陶大人作为同谋，恰是其中不可或缺的一环。"葵镜道，"他受春月信任，查案本也是分内之事；他知晓弩箭由来，亦能看穿遭刺是范绍云自己所为，因而定也会将这异样情形传达，让大伙儿去探究其中之意。

"正因此密信，即便林守元与春虎互换装扮，也未能逃过昨日的刺杀。"

"这范小姐的性子确是着急了些。"柳福娘道,"留得青山在,不怕没柴烧,所幸这回阴错阳差终于成了事;若功亏一篑,她不是白白涉险了吗?"

"兴许是怕等不及了吧。"癸镜道,"你听说有人要招抚苍隼,与之交易之事吗?"

"有所耳闻,应是毛利氏那方的来客。"

"原是毛利的人吗?"癸镜微微颔首,"这么来看,他们应是想借苍隼之力,袭扰尼子氏领下伯耆一带以便向东攻略延拓吧。"

"甚至允诺予以陆上小港,按着苍隼的谋划,林守元应会离开此岛,加之多了这一处地盘,他也容易纾解子嗣的争斗。"

"等到那一步,禄洋船帮的仇就更难报了。"他继续道,"若不赶紧动手,谁知这只苍隼会不会越发强盛,长成一只噬天吞日的妖鸟呢?"

此刻,小舟漂到高崖间峡湾旁,癸镜忽直起了腰,朝岸边望去:"那是?……"

柳福娘回头望去,只见一人仰倒在岩堆间,水浪涌动,冲刷着他的身子,他双目俨然已闭上,不知生死。"是林春虎。"柳福娘道,"他人竟在这儿?"

就见他甲胄丢在不远处,身上只有单衣,似在海中泅水后上岸的,左近不见舟船,不知漂去了哪里。

"莫非,他自昨日一直在此,想着在水中捞出他养父?"癸镜喃喃道。

夜中岛上纷乱似与春虎全然无关,并无任何人理会他,他也未去理会任何人。

不知他徒劳寻找了多久,或许是因着力竭,倒在了那处。

"唉,也是个傻子,莫要理他了。"柳福娘回过头,拿起船桨轻轻划动了两下。

"那黑马坠崖之事,你可已勘破?"

"方才我发了个短梦,梦里似又遇着了师父乙影。"癸镜幽幽道,"经他一番点拨,我应是知道那奇诡的法子了。"

"哦？那行凶的是哪个？"

"正是那一个个沦为奴工的苦人。"癸镜说，"即便不是所有，也是绝大多数，他们那百来人，同心戮力，一起夺了林守元性命。"

"在那梦中，我瞧见铳炮对我齐齐射来。林守元与那马应是遭着了一样的事儿吧，是那数百盏镜子，映着艳阳之光，一齐照在了他们身上。"

"就似那'阳燧'取火之法。"癸镜抬脸，却睹见浓云如毯，遮蔽天穹，全然不似昨日晴朗，"诸光汇聚之地，应是一下灼热难挨了。"

"镜子？哪里来的镜子？"

"就是奴工们手中那一盆盆水银，"癸镜道，"最上头原封着一层水，天气寒冷，被冻了个结实，恰可以阻着水银流淌，短短那瞬，即如银镜。"

他想起小屋中那只碗，其中饮水早已结成了冰，而那水银藏在附近大仓，其封坛之水定也一样吧。

就在林守元坠崖那刻，他也曾见水银点点洒满谷中，应也是奴工将陶缶倾斜故而滴落的。冰面未全然封死那器皿，故而漏了些出来——搁在平日，这是决然瞧不见的情形。

在那一刻，众人皆在做同一件事儿，才得现出此景况。

"对了，披风……"癸镜似在自言自语，"林守元曾被扯下一片披风，便是被大风吹拂，却依旧滞停在岩台。眼下细想，只能是甲衣上油蜡遭着炙烤，稍熔化后沾染着那布，继而在石地遇冷粘黏了。"

"可我记得日头的升、落、行经每天皆会变化，且谷中足有百来人，为何能一下对得齐整呢？"

"因为他们时常辛苦揣摩练习。"癸镜道，"就在给奴工们瞧病时，忽然有人冲我下手。"

"那会儿工夫，我以为是因说了失礼之言。可现在看来，应是我动了地上那些碎石。"

"碎石？"

"对，他们应是用碎石标好了每人所立之位，若有上冻，便用水银操演。若天气尚暖，还有些镜子之类的小物件可用。"

癸镜忆起彩蓉的那只布囊，她本是船上火长之女，或许也习得了其父观星望日的本事，担起那研习之责。

"这法子却也有极大的不便——因为林守元行走不定，每每他凑近谷地，也未必有合适机会拿出如此多陶缸。"癸镜道，"我猜最初他们是想引燃营寨，可离得太远，不得成事。"

"所以，见海匪常在鸣隼之柱附近集结，他们便以此为标的，等待一个合适的契机。"癸镜道，"我见那柱子下端颜色暗沉，还以为是涂色不匀，仔细思来，许是辰砂被炙烤久了的缘故。"

"昨日，便是天、地、人几方合契的大好机会。

"那马儿受炙发狂，也许非奴工们原本意图。他们应是想将敌酋整个人引燃的，林守元平素也携带炮药包袱，冬日里也裹着毛裘袄子，若能起了火，怕是难逃一劫。"

柳福娘道："可他并未被烧着呢。"

"许是因日头不烈，镜子也少了许多，并未能如谋划那般燃起火来。"癸镜叹了口气，"说来也可笑。倘若林守元如平素一样站立，或许只会被燎烫一下，多半也能逃得开。

"可昨日他偏偏自作聪明，与春虎暗换身份，骑在了那匹马上。

"马如何奔逃，可就没法子随他心意了。这或许正是天道报应，笃定了他要遭此一劫。"

"不过这法子端的是怪异，禄洋那些囚人咋琢磨出来的？"

"好些年前，我曾听那异邦之人讲过个故事，"癸镜苦笑道，"就连昨日见着'百足之阵'，忆起火战之术，这故事还曾飘过心间。

"古早之时，西处某地曾有位大学问家，一日敌方战船来犯，他让兵士们搜罗城中镜子，立在城头，一齐对准敌船风帆。

"如此一来，诸多明镜聚集了日头之光，引燃了敌人船舰。

"禄洋一直与佛朗机等国人做生意，就连范绐云书阁内也有泰西文字的书，没准她也听说过这事儿。"

"此法聚集众人细微而谨慎之勇，也是少数似能远远除掉林守元的法子。"癸镜叹道，"可他们应不是因着胆怯，昨夜我见他们杀入寨中，却个个踏锋饮血，舍生忘死。

"而范绐云刺入那弩箭时，定也知此物凶险——或许她当夜曾清洗过，可应也不晓得还余多少残毒。可即便如此，她依旧毅然豁出命去，欲将消息传给外头的同伴。"

"她这性子，没准也是承自其父亲吧。"

"当下想来，心有余悸。"望向翩翩振翅的海鸟，癸镜缓缓吁一口气，"万一昨日天未应之，没能让林守元坠海，此事又该落得如何下场？"

柳福娘笑笑，从身后抽出一支火铳，对着水面比画了一下："倘若那样，我便会去试试——能否来代行这天道了。"

癸镜忽想起什么，问道："福娘，你来这岛上是受何人之托？"

柳福娘望了望远处，悠悠说："数月前，我瞧见个女子被山贼追赶，便出手救下了她。

"那女子惊魂未定，足足一夜后才敢开口。她说自个儿是从赤釜岛逃出，原是范小姐的丫鬟，名叫萤雪，投海之后，竟未有大碍，趴在一块浮木上，顺着海流漂了大半日，终才被好心渔人救起。"

"丫鬟萤雪？便是陶继政提及的那位婢女吗？"听闻此巧遇，癸镜心中腾然有些恍惚。

他缓缓道："这姑娘接连遭险，却也能被人连着搭救，真也是不幸中万幸。"

柳福娘继续道："她将苍隼与禄洋的过往告诉我，也提及了赤釜岛当下的情形。当然，还有范老板留下的那些文句。"

癸镜默然，如听闻的这般——在二人遇着那一刻，焚城之火已被点着了，那座压在禄洋众人身上的妖巢终在昨日坍塌。

"正是这数百人共谋，将细微之力凝成一处；他人助之，天亦助之，才能得今日之胜。"

癸镜瞧了瞧那灰蒙蒙的岛："眼下看来，倒似是那苍天有眼，范老板写下几句遗咒，似是七七八八得以应验了。"

"遗咒？"柳福娘忽又笑了，"那可不是啥遗咒。"

"什么？"癸镜一愣，"在那屋子里的一圈血书？不是为了咒林守元和那苍隼的人？"

"咒杀？范家父亲拼出老命，自然不是为了这等无聊且无望的事情。"

"范老板明明是唤女儿见面，却在见着之前兀然自尽，你不觉得难合情理吗？"柳福娘搁下船桨，"只因他要将这一条条伪装成遗咒，实则将真心意图藏于其间。"

"真心意图？"癸镜茫然道，"那是何事？"

"不知先前你听说了没，林守元待曾经的妻室极其暴虐，为何对范绡云反多了不少耐性。

"在此之前，苍隼明明已得了禄洋全部钱货，为何林春松依旧频频探访范老板，甚至用刑，到底在索求何物？范老板愤然自尽，他又为啥如此心急？

"只因他们贪欲吞天，并未得到全部想要的东西。

"范家经营数代，所累钱财已不止生意中寰转的那么多，因这海上一些营生并非朝廷应允。故而，他们应在某地隐藏了一笔资财，不为外人得知。

"林春松应是打探到些许消息，因而一直想挖出那钱财真正所在。

"你是说——那五句，正是藏宝的隐语？"

柳福娘不置可否，点了点他的心口："你可否还记得呢？且念念看。"

葵镜一字字道："帅困囚于镶釜，黑浪阻围，相匿迹于户堂，黄埴覆埋，马劳毙于山嶂，青枢启攒，兵僵踣于松石，赤焰焚裂，车篡乱于剑壁，白锋陨击。"

柳福娘笑了笑："可你这念法似是错的。"

葵镜诧异道："如何是错的？莫非我听陶大人讲时听岔了？"

柳福娘伸出食指，在他眼前画了个圈："你可曾想过，为何范老板要将其写成一个圆？"

"为了……让其显得似是颗棋子儿？"葵镜皱了皱眉，就在下一瞬，他心中腾然划过一丝亮闪，"我晓得了——范老板有意混淆顺接之序！"

"还算机灵！"柳福娘抚掌赞道，"重整前后排布，文句便成了——

"黑浪阻围，相匿迹于户堂

"黄埴覆埋，马劳毙于山嶂

"青枢启攒，兵僵踣于松石

"赤焰焚裂，车篡乱于剑壁

"白锋陨击，帅困囚于镶釜"

听罢，葵镜依旧一脸困惑："可这几句的意思……又作何解释？"

柳福娘道："要明白其中之意，需得察觉其中的一些字眼。"

"那便是——户、山、松石、剑、镶。"

"你可曾听说，范老板用血掌覆住了将与士。"柳福娘道，"而'士'

为另一方的棋子，若如棋盘中一般倒逆，恰似'干'字。

"若连起来解为'干将'，则与那几个字结成了干将莫邪的典故。"

"干将……逆着的士？"癸镜心中一动，忽想起范绡云屋中的棋子，那染血之"将"旁确是干干净净的"士"。

他不禁问道："如此说来，范绡云倒转'于'字作'士'，莫非也是借着这旧事琢磨出的……"

"或许吧，而此典故，恰是启开范家秘密的地图。"柳福娘娓娓道来，"传说干将在献剑被杀之前，曾叮嘱妻子莫邪'出户，往南山，松生石上，剑在其背'。待到其子长大，南望却不见山，又在堂前见着石上松柱，破开后寻得了那雄剑。

"再到后来，侠客取他头颅献于王，借机砍下王的头颅后自刎，三首落入镬中，煮烂到无法分别，大仇也终于得报。"

癸镜点点头，此故事他确也曾听过。

"对比这典故，第一句'黑浪阻围，相匿迹于户堂'便可得到解释——这藏银不在他处，就在此岛中。"柳福娘道，"无论是被浪所围、相不渡水，还是本就藏匿于户中之宝。"

癸镜回想起岛中情景——倘若立在马厩旁的牢屋前，将此岛比作居所，那蓄存宝物之地莫非是……

"而第二句'黄埕覆埋，马劳毙于山嶂'，则包含山嶂与马以及黄埕这样的消息，结合于一处的话……"

"我晓得了。"癸镜抢着道，"棋子中马是斜行，若把那如屏青山视作棋盘，此句所指是上山的栈道！那地儿也恰如典故中堂前之柱。"

"对。"柳福娘道，"而'青枢启攒，兵僵蹄于松石'，映照典故，是得到那'宝贝'的法子。"

"你可还记得抵达山顶之后，去向那小楼的小径？"柳福娘笑笑，"道两侧各有五个石柱。

"那便如棋阵一般，每方各落五个兵卒；而'青枢启攒'这句，启攒既可作停灵，也可作迁墓之解；合到一处——则是指在此地向下挖掘。"

"为何是从此下挖？那与第二句的栈道有什么关系？"

"栈道乃是藏宝之处，却不是得宝之法。"

"自山顶下挖十分艰难，应需破岩裂石。"柳福娘道，"倘若径直打那栈道主意，则会对应第四句的景况了。"

"'赤焰焚裂，车篡乱于剑壁'，剑壁，即峭壁，表明又回到了山壁这侧；车篡乱——指的车进到原本对方'将'的位置，是位于崖顶正中，恰也是栈道末端木台。"

"若焚毁了栈道木台、炸裂开山壁这侧，便会如最后一句'白锋陨击，帅困囚于镬釜'——'银白锋刃自天而降'。"柳福娘顿了顿，"待在下面正殿的'将帅'，遭着灭顶之灾。"

"此情景在昨夜已然发生。就连你也被一道波及，幸好未被伤及要害，只是晕了过去。"

癸镜愣住了："莫非我是被那……"

"对，这玩意儿落下后，撞在岩壁上，又撞着了你的后心。"柳福娘自一旁的布囊中掏了掏，取出个亮闪闪物件。

那竟是一根银锭，半尺来长，圆滚滚如卷起的画轴。

"我只捡了这一根，且作此次帮忙的报酬，应不算贵吧。"她笑道。

"那时……到底发生了何事？"

柳福娘道："昨夜，我打开牢狱，释出禄洋的众人；后又奔去那山顶，寻思将范小姐救下。"

"许是因着寨中生乱，看守小楼的海匪们全撤了下来。"她继续道，"待我见着范绡云时，她正倒伏在屋中，挣扎着朝门外爬。

"在她不远处，有个婢女正横躺着，已死了好一会儿了。"

"应是阿杏了。"癸镜诧异道，"她一个有功夫的人，为何会被病恹恹的范小姐杀死？"

"因为筷子这物件本应有两根啊。"柳福娘道，"除去被当作弩箭的那根，另一根稳稳刺在了阿杏腰上。方才听着你说淬毒的由来，倒也解了我昨日之惑。"

"原来如此。"

"我将范小姐扶起，匆匆道明来意，又将当下岛内情形讲与她听。

"得知苍隼正死守最内一重墙，她眉头霎时锁紧。

"只听她道'这一层墙依仗地势，极易守防，若是外头硬攻，不知要折多少性命'。

"我宽慰说，稍后我便下去，将那些顽寇一一击败。'姑娘莫要犯险！'她忙挥手，片刻工夫，似是决意道，'我还有个法子，需得你助我。'

"'难不成是按着令尊的遗言？'听着我的话，范绡云不禁一愣，随后答道，就在一年前，她已猜出了这隐语的意思，而楼底恰有林守元贮藏炮药，正可拿来使用，炸掉这高台与栈道。

"我赶忙将她带下了山，藏在营寨东北稍远一处。旋即拆解锁头，将炮药取出，堆在那栈道顶，拉出一根长长药线，取火引燃了。"

"本想安顿好后便走远，谁知下到山脚，却见着你在与众人厮斗。"柳福娘叹了口气，"没想到你竟寻来此地，好险就把你一道给埋在了里头。

"如此一来，我俩才跑了数步，那炮药便就炸响了。栈道坍塌，山壁崩裂，不计其数的银锭自山顶撒落。"

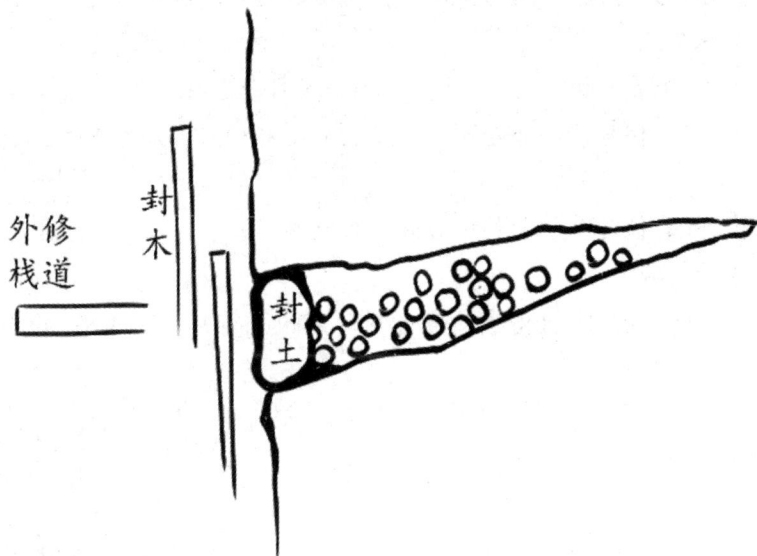

癸镜尚未全然回过神，问道："范家的先人为何要如此安排？"

"因有几重用意吧。"柳福娘道，"一来，并不太会有人想着藏银会在此地——栈道是上山的唯一之径，破坏后便动弹不得。

"二来若是被歹人觉察着秘密，不得方法掘开那洞口，便会被喷涌银锭砸中，活不得命。

"范老板予以如此的暗示，或许正如干将莫邪的典故——那利剑既是贵重奇珍，亦是复仇之器。"

"他当初应是被林春松所威胁，如若不道出那笔藏银的下落，苍隼便会对范绡云不利。"柳福娘道，"于是他寻了这么个法儿，自己求死，并留下那一圈恶咒也似的血字。

"如此一来，不明所以之人会被这些字给吓唬到，而像林春松那般机敏的，许能琢磨出些其中玄机，隐隐觉察其后另有文章。

"苍隼能体察着一丝异样，却又猜不出究竟——这便是范老板给女儿留下的第一重庇佑。

"如此一来，他们便会巴望从范绡云这边寻得结果——哪怕不是全然的破解，丝毫点滴线索也成。在苍隼眼中，那姑娘似成了一把易碎钥匙，所有秘密系于她一身，却又不可蛮横粗暴对待。

"有了这几重心思在，林守元便不会轻易伤她性命。"

听罢这话，癸镜竟有些恍惚："范老板真是果敢决绝，竟是以己之命换得这等保全。"

"对，在此番安排下，范绡云也可有三条可选之道。

"第一条，便是猜出那隐喻后，老老实实将实情告知林守元，乞求得苟活。

"第二条，倘若有一天苍隼覆灭，而范绡云保全，她可自崖顶自下挖掘，安然获得藏银。

"第三条，既是时机得当，可将洞口自侧面破开，银钱将自天而降，化作灭杀苍隼的利器。"

癸镜缓缓点点头："明白了，为了不让禄洋的同伴徒增伤亡，范绡云决然选择了第三条法子。"

他望向岛中，隐隐正可见隼巢的残墟。这一刻，癸镜仿若瞧着了昨夜那情形——栈廊的断木轰然坠下，山巅岩壁洞开，万千银锭飞瀑般急落，骤然倾泻在正堂与侧近地上，若天隙巨剑，砸穿屋瓦，击烂海匪们的皮肉与筋骨，将林春河与数百爪牙葬于这可堪敌国之财中。

那会是怎样的壮绝与血腥之景？癸镜心中不禁惴惴，倒有些庆幸自己没能目睹。

他愣神了片刻，忽似想起什么："如此说来，范老板与林春松在棋阵间厮杀时，必然经由了一番周密算计，才能留下所需的那五枚棋子。

"最后这一局棋，虽说范老板明着是输了，可暗里……他棋力定稳压了林春松一头。"

盯着青黑水浪，癸镜低声道："范小姐，连同禄洋活着的人、岛上住民，还有你，接替着他下完了这扭转命数的一局。"

"所幸他们未被磨灭了心气儿。"柳福娘道，"要击溃强敌，光凭外人襄助且不够用。"

"没了决意，哪怕渡了此劫数，也难在这乱世走得长久。"

癸镜一愣，轻轻点头道："是啊，往后日子，范小姐没准还会遇着更多艰险与愁痛。"

柳福娘忽想起什么，自身后取出个布卷包袱："对了，早先你还昏躺，我在那楼旁见着此物。"

癸镜打开一瞧，只见里头裹着一支折断的枪头。

"它应是没了主人，我便自作主张拾来了，且留你作个纪念吧。"福娘理了理鬓发，"昔日严岛一战，大内氏的陶晴贤兵败自尽；这陶大人与他同姓，许是一直隐居在此的旁亲？"

"他也未曾和我提过……"见着这残破兵器，癸镜心头忽涌起好些股感怀，凝望片刻，轻声道了句"多谢"，又将那枪刃细心包好。

就在此刻，忽有一星儿冷丝丝细物降下，落在了柳福娘鼻尖，她抬头望望，瞧见阴霾愈重了，天光似碎成了剔透粉絮，飘摇散落。

"未想昨天还日头煌煌的，今晨便开始下雪了呵。"她一边说着，一边伸出手，接那些雪片玩耍。

飞雪纷纷，直至黄昏依旧未停。西侧崖边，一座孤坟已被积雪覆满。范绡云穿一身素白衣裳，被人挽着，慢慢行到这坟前。她轻拂去墓碑上碎雪粒子，露出上面字眼——

"显考 范公 达□府君 之墓"，其中一字已被磕去，瞧不大清了。

篇　末

十月中，傍晚的风已掺了凉意，吹落道旁银杏叶，在寺中绵延出一条金毯。

正当下，师兄弟们全都在他处忙碌，此地只剩得癸镜和壬朴。二人所在这小楼本为庙内的藏经室，不过癸镜惯常直呼它图书馆。

屋中已亮起了灯，壬朴合上这本《弈乱之岛》簿册，摇了摇头："到了末了，又故意留个尾巴。"

"尾巴？"

"是啊，范老板啊，他到底唤作啥名儿？"

"唔。"癸镜若有所思吭了一声，又将册子拾起，一页页翻了过去。

他俩是在藏经室书架上发现它的，不知是谁将其夹在一堆经书之间。

片刻后，癸镜答道："唤作范解……故此可能是范达因？"

"范达因是何说道？"壬朴好奇道。

"与侦探内容有关的范达因，曾是活跃于上世纪初的一位作家，写过《主教谋杀案》等佳篇，他笔下有菲洛·万斯这个著名侦探角色。"

"当然，此人也曾提出过一个较有名的写作准则，叫范达因二十条。"癸镜继续道，"不过，就此文章的细节看，似是大多与之相悖的。"

"相悖？"

"对，比方说第一条，他提议读者须拥有和侦探平等的解谜的机会，所有线索都必须交代清楚。"癸镜道，"可这篇开头'中国'实为"中国地方"，且用单字姓等要素进行叙诡，隐藏了地点真相，给读者造成误导，也制造了些许不公平。"

"准则第二条'除凶手对侦探所玩弄的必要犯罪技巧之外，不该刻意欺骗或以不正当的诡计愚弄读者'。这和第一条类似，文中故意使用地点叙诡，模糊了语言差异导致的谜题难解性。"

"准则第三条'不可在故事中添加爱情成分，以免非理性的情绪干扰纯粹理性的推演'。可故事中描绘了陶继政和林春月的朦胧好感，一定程度上影响到角色行为逻辑，男女主角亦是本为夫妇。

"第四条'侦探本人或警方搜查人员不可摇身变为凶手'，陶继政身为捕人，却是某些案件的凶手。

"第五条'控告凶手，必须通过逻辑推理，不可假借意外'。男主遭遇陶继政大开杀戒，意外洞悉了他的复仇之心。此事件贯通了行为逻辑，也为其他案如毒杀等提供了切入。另外，柳福娘则未隐瞒行凶，而对应那番推演则偏重于事件还原。

"第六条'推理小说必须有侦探，侦探不侦查案情就不能称之为侦探'。通篇故事，夫妇二人只在最末对先前景况进行推断，得出些结论，推理并未影响其余角色，也未扰乱到案件进程，与传统意义上的侦探不同。

"第七条'推理小说中通常会出现尸体，尸体所显露的疑点愈多愈妙'。在当下几件谜案中，相关人员都未有尸体呈现。而明确死亡的，死因都直接显现揭露了。

"第八条'破案只能通过合乎自然的方法'。此条倒明晰——男主已能自睡梦中觉察疑点，助其勘破案件了。

"第九条'侦探只能有一名，负责真正推理缉凶的主角，就像古希腊战争剧中的解围之神，是独一无二的'。如第六条所言，本作中并没有传统意义上的侦探，即便解谜，最后一个解答也非男主得出。

"第十条'凶手必须是小说中多少有点分量的角色才行'。这条也很明显——刺杀林守元的凶手们是一群被奴役的人，连名字都未出现。

"第十一条'那些做仆人的，比方说管家、脚夫、侍者、管理员、厨师等，不可被选为凶手'。这一条的道理便如上条。

"第十二条'就算是连续杀人命案，凶手也只能有一名'。很显然，几起案子的凶手不是同一人。

"第十三条'推理小说中，最好不要有秘密组织、帮会或黑手党之类的犯罪团体，否则作者等于在写冒险小说或间谍小说'。而这故事发生在海匪的帮派'苍隼'之中。

"第十四条'杀人手法和破案手法必须合理且科学'——同第八条，癸镜使用梦中破解之法，并不科学。

"第十五条'谜题真相必须明晰有条理，可让有锐利洞察之眼的读者看穿，我的意思是，在案情大白之后，读者若重读一遍小说，会清楚地发现，破案的关键始终摆在他眼前，所有的线索也无一不指向同一名凶手'。同第十二条：线索没指向同一名凶手。

"第十六条'过长的叙述性文字，微妙的人物分析，过度的气氛营造或是在一些旁枝末节上玩弄文字，都不应该出现在推理小说里'。可故事中则有很多非案件相关的内容甚至打斗。

"第十七条'不可让职业性罪犯承担推理小说中的犯罪责任'。而柳福娘恰是受了丫鬟萤雪的委托前来刺杀的。

"第十八条'在推理小说里，犯罪事件到最后绝不能变成意外或以自杀收场，这种虎头蛇尾的结局，等于是对读者开了一个不可饶恕的大玩笑'。故事最后以一场抗争结尾，走向与罪案无关的结局，且没有对应的人遭到惩戒。

"第十九条'推理小说里的犯罪动机都是个人的'。柳福娘纯粹是为了侠义和心情杀人，而范小姐刺伤自己也是为了给禄洋他人以活下去的可能。

"第二十条'一个懂得自重的推理小说家通常都不会再次使用，因为所有的推理小说迷对于这几种方式都再熟悉不过了。谁要是用了它就等于是承认自己的愚昧和缺乏创意'。范达因列举了几个例子，如'狗遇熟人不叫，因此熟人是凶手'等。其中最后一个是'一个密码或者密码信，被侦探解密后解开了案件'。而文章最末，柳福娘最终解开了那几句话之谜。且整个事件也可说'解谜'后找到战胜敌人的法子而终结的。"

"原来如此，"壬朴嘟曦道，"不过，写这故事的人是喜爱抬杠吗？为何要与这二十条过不去，执意一一打破？"

"兴许是为了趣味上的挑战，也兴许只为了让人读罢开心一笑。遇见那些熟悉却意外的因素，本也是侦探故事的兴味之一。"癸镜道，"不过，话说回来，这故事虽刻意打破陈旧规则，却又有些结构与意景俨然承袭自先贤——如阿加莎及其他一些作者。

"一面借鉴前人累积的丰富经验和模式，一面不断尝试突破框架，拓展边界与可能——这或许就是此类故事不断延伸前行的方式吧。"

忽一阵风吹起布帘，也将那簿册吹落在地，癸镜赶忙弯腰捡起，搁放回桌上。

"虽说如此。"他心中暗道，"眼下离先贤的时代也渐远了……"

"面对'技术'与'载体'的汹涌狂澜，写下这故事的人，是否也曾与陶继政见着火铳时那样感到些微的迷茫呢？"

选自上海交通大学推理协会会刊《伪证之书3（下）》（2024年9月）

英雄最后出场

雪　止

【作者简介】

　　雪止，广州市青年作家协会会员，推理小说爱好者，曾任华南农业大学推理协会会长。

序

　　"大魔王！束手就擒吧！"勇敢的小朋友挺身站在"大魔王"面前。

　　"哈哈！就凭你也想打败我？不自量力！"

　　只见那小朋友"啪"的一声就将"宝剑"抽了过去，"大魔王"正想躲避，却一个踉跄与"宝剑"撞个正着，暗叫不好。小朋友乘胜追击，立即做出必杀技的起手式，一通摆弄过后，大声喊出招式名便将"宝剑"扔向"大魔王"。

　　"哎呀！"

　　"大魔王"应声倒地，正义战胜了邪恶。

　　激烈的大战过后，该收拾房间了。

　　"爷爷，你倒下得太快啦，还有几句台词没说呢。"小朋友一边将"宝剑"放回床头，一边抱怨起刚才的"大魔王"。

　　"记不得了，你居然记这么清楚。"爷爷慢慢在床边坐下。

　　"好多集里都说过哦！"

　　爷爷只是笑着摇摇头。不只台词，第几次当反派、第几次被打倒、哪天开播的……这些都记不太清了，自己真的老了吧。不过，今天晚上是大结局——这是一名勇敢的小朋友告诉他的。

"爷爷，下次继续！"

"可是大结局了哦。"

"下一部也会有坏蛋。"

"那好吧……"

"我想当英雄！"

"嗯……"爷爷迟疑了一会儿，然后点点头，"爷爷支持你。"

晚上 8 点。客厅的电视机已经传来大结局开播的声音，那是主角每次出场都会说的台词——

英雄登场！

"靠你了，班长！"

或许，让一个周六的调子变得阴郁只需要一通电话，一通班主任打过来的电话。面对三色冰淇淋，以及一旁的勺子上映出的自己，田芊这样想着。勺子上扭曲的模样讥笑着轻易答应下来的自己，下一秒，勺子就染上了抹茶的颜色。

田芊不常来学校侧门这边，如果要来，只会是来这家茶餐厅，一般会和朋友一起来。周六回学校实在难得，就想着来吃点吧，也让自己好受些。

"班长……"

不过，她怎么也没有想到自己还会遇见别的学生，而且还是同班同学。抬头确认声音来源时，几滴融化的冰淇淋还挂在田芊的嘴角，草莓味的。

"墨、墨利？你怎么也在这里？也是被江老师叫回来的吗？"田芊边说边抽起一旁的餐巾纸擦拭嘴角，并示意他坐下。

"不是啊，我回来……怎么说呢……今天有些事情。班长是因为江老师？"墨利站在椅子一旁回答。

"是啊，说是让我回来帮忙改期中考的卷子。"她拿勺子拨弄起杯里剩下的一个半球，"啊，这么说你也要去学校？"

墨利点点头。

"还是第一次周末回校呢。"

"我也……"

得再想些话题。田芊心想。这时她突然想起来自己还没有加墨利的好友，之前没有什么交集，现在当上班长了，为了了解同学也该加一下了。这么想着，她不禁后悔起来，自己为什么没有在学期初就加呢？或许这样就不会苦于怎么和他交谈了。

"那个……不如加个好友？"

"没带手表……"

这是在拒绝？不过，自己因为想着完事之后立刻回家所以也没带，或许只是单纯的没带吧。田芊没有再往下问。多去了解墨利的想法依旧没有实现。

墨利依旧没有坐下，时不时瞥向店门口。田芊注意到他的动作，稍稍歪过头，只见一名短发的年轻女性站在门口摆弄着手机。这个人田芊认识，她是三年级的音乐老师龚雪。看样子，两人应该同行，墨利在经过这里时无意间看见了班长，于是进来打声招呼。不过，田芊怎么都想不出两人的交集，即使是音乐课，墨利也不常表现，在课堂之外又为什么会走在一起呢？而且还是……在周六一起回校？她迅速含住剩下的半个冰淇淋球，芒果味的，好冰！在口中停留一会儿，咽了下去。

"走吧，一起去学校！"田芊起身说。

"啊？哦，嗯……"墨利没有料到班长会这般速战速决，他只想着进来打声招呼而已。没等他反应过来，班长就已经站在龚老师身旁了。

"龚老师好！"

"嗯？哎呀！这不是小芊吗？原来小利说的同学是你呀，他都没告诉我。啊，他人呢？"

没等老师的视线落到他身上，墨利已经走到了前面。

"走吧。"他在前面催促道。行进的方向是学校侧门。

"啊，你们走侧门呀，进得去吗？"田芊问。说是侧门，其实也就是一扇破旧的铁门罢了，只有在上学放学时才会打开，似乎和旧楼一样是新建时遗留下来的老古董。田芊不觉得这扇门会在周六打开。

"要到了钥匙！"龚老师从包里翻出一串钥匙在田芊面前晃了晃。

"这样啊……那我去前门吧，毕竟和江老师约在……"

"干吗绕啊！直接跟着来就行了，你还怕老江找不到你不成？"说罢便拉着田芊往前走，顺势把她推到前头。

"你们俩好像没什么话题啊？"龚老师指的是田芊和墨利，目前两人相距1米。

田芊自己身为班长，确实也不太了解这个总是独来独往的男生。她试过主动接近，不过成效甚微。之前因为班上发生的一些事情田芊还怀疑过他，最终也洗清了他的嫌疑。不过，两人没什么话题倒是真的，至少目前如此。

"啊对了，老师为什么会和墨利一起回校？"田芊问出从刚才开始就想问的问题。

"嗯？小利刚刚没告诉你啊？"

"他只说有些事，没聊其他什么。"

"这个闷葫芦……"也不知道前面的墨利有没有听见。目前两人相距1米2。

"今天下午杂技队在市里有比赛，我带队，我让队员早上先回学校集合再排练个几次，这次是奔着第一去的。"

"也就是说，墨利……"田芊一脸惊讶地盯着前方不远的背影。

"啊不是不是，小利是艺术团助理，是回来帮忙的。"

"哦，这样啊……咦？"虽然没有杂技那么震惊，但这个身份还是令田芊意想不到。没想到他还挺多身份的，田芊心想。视线不自觉地就留在了前面的墨利身上。

不知道墨利有没有注意听身后的对话，总之他走得更快了，目前两人相距2米。

侧门一开就是大片的水泥地，然后是已经在学校里没什么存在感的旧楼。田芊发现旧楼二楼有一处窗户开着，但看不清里面，而且没有防盗网，不过她并不担心会进小偷，不是因为那四米多的高度，而是没人看得上，这里是学校里最破旧的一块。

"你先去训练室吧，他们三个应该也快到了。"

"嗯。"说罢，墨利便在两人的目视下径直走上了教学楼的楼梯。所谓

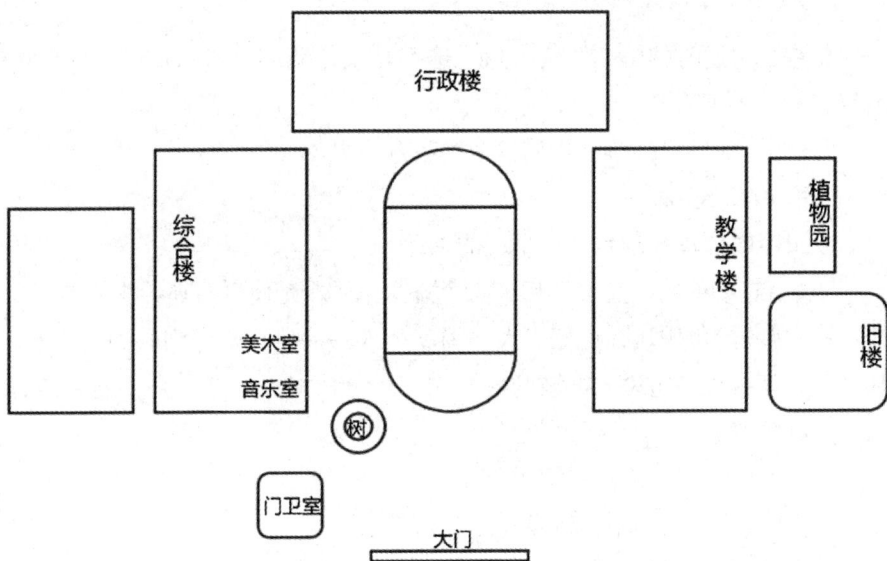

学校平面图

行政楼

综合楼

美术室
音乐室

教学楼

植物园

旧楼

树

门卫室

大门

的训练室就是位于教学楼顶层的舞蹈室，每天放学后艺术团都会去那里训练，之后龚老师要去前门等杂技队的三名队员，而田芊也要去前面等江老师，两人并行走向操场。田芊能够从操场看到三年级 1 班教室的那扇窗，和其他教室一样关上窗户拉上窗帘，看不到学校的那股生气，这对于第一次周末回校的她而言满满的不熟悉。

"说是助理，其实也就帮忙处理些杂务，或者和团员沟通之类的，小利很负责。"瞥一眼楼梯，龚老师和田芊说。

这个学期，田芊当上班长后，由于种种原因与墨利的接触多了起来，虽然每次接触都只有寥寥几句，甚至会怀疑他，不过田芊至少能感觉到，这个男生虽然总是独来独往，但并非不想与他人接触。

"就是有些捉摸不透呢。"田芊说。

三名队员比老师来得还要早，这原本是一件值得表扬的事。

"站住！！"

"就多玩一会儿，别那么小气嘛。"

在门卫室外上演的是一场追逐战、争夺战。双方分别是门卫王叔叔和两男一女三个小孩，争夺的是那个女孩手中的、王叔叔的手机。

"接着！"

在跑道边进行的是一场接力跑，选手是杂技队的三名队员，接力棒由王叔叔的手机充当。

"阎琴，成平，钟晴！你们三个给我过来！！"

"啊，老、老师……"

在田芊眼前进行的是一场严厉的训斥。

"对不起……"一通训斥后，三个捣蛋鬼乖乖地将手机还给王叔叔。

"不是不给你们玩，说好一人一局就一人一局嘛，要说到做到。"王叔叔一边收好手机一边说，微皱的眉头刻着半分庆幸、半分无奈，还夹杂着一丝残存的怒意。

"知道了……"三人齐声回应。

"原来周末也有门卫值班啊……"田芊自言自语道。

风波结束，操场回归宁静。趁着江老师还没来，田芊决定先和三人认识一番。虽然这么说，可实际上主动出击的还是刚才领头跑的女生。她叫阎琴，四年级1班，虽然比在场的学生都大一年，可身材却和他们相当。田芊记得前不久的体检时发现自己已经长到了1米3，高兴了一下午，而现在看过去似乎都是这个身高。只此这么一刻，她想着今天要多吃点蔬菜。

"我叫钟晴，三年级2班！"

"我叫成平！三年级3班！"

两个男生也相继自我介绍起来。而后，江老师终于到了。现在是9点，第一节课下课时间。今天是周六，所以熟悉的下课铃声没有响起。带有些许陌生的安静造访学校，然而今天的学校注定不会平静，只是此时的田芊还没有意识到。

江老师的手机上已经扫描好了两个年级的试卷，田芊的任务就是录入试卷上的小题分数然后再拉几下表格，一项很简单的工作。

"就拜托你啦！中午老师请你吃饭！"将手机递给田芊后，江老师扭头就对付起桌上的一大沓试卷。这沓试卷也就是江老师不得不搬救兵的原因。

今天早上8点田芊就起了床，原本没有起这么早的，不过担任班长后，她就要求自己更早到学校，久而久之，即使是周末，起床时间也早了起来。周末早晨的惯例行动只有那几项——刷牙洗脸、吃早餐、写作业或者看看书、等午间动画开播。只不过今天插入了一项——给江老师回电话。

小芊早上好！[星星]希望能够请你帮老师一个小忙哦，不知道你什么时候起来，看到信息就给老师回个电话吧！[爱心][爱心]

这是吃早餐时田芊在手表上看到的内容。周末的惬意告诉她可以无视，班长的职责却告诉她要回复老师，结果就是她要牺牲周六上午的时间来帮老师偷个懒。

"估计做完也来不及回家看《超能斗士》了……"

"哦？班长也爱看这个吗？"江老师将头靠过去。

"我觉得很好看……咦？莫非老师也！"

"啊没有没有，是我侄子喜欢看。"老师连忙摆手。

"哦……也是呢，老师现在肯定已经不看动画片了。"田芊似乎感觉到一旁江老师的办公位一阵颤抖，不过看江老师不再说话，自己也只好继续干活。

看不了动画片的不止田芊，还有要去参加比赛的人。

"这可不是超能斗士会干出来的事哦。"刚才在旧楼前，龚老师这样教训阎琴。其实三人都该挨训，不过这里阎琴最大，又是三个捣蛋鬼的小头目，拿她开刀就能镇住其他两个。

"我自己玩不玩是无所谓啦，两个小弟说还想玩嘛就……"阎琴噘起嘴来辩解。

"爷爷也没教过你这么当英雄吧？"龚老师也摆出说教的架势。

"都说了对不起啦，再说了还不是因为老师这么久都不来……"

"嗯？"

"没、没什么……"

"好吧，既然老王不追究了，那就这样吧。"龚老师看了眼一旁的王叔叔，"老王，这次就不用看着了，你先回去吧，我带着他们几个。"

"行！那注意安全！"王叔叔爽快答应一声，朝着门卫室的方向走去，不一会儿就消失在了众人的视野中。

"不过，你们三个。"龚老师再次扭头转向三人，"今天可得给我好好争气，一定要给我拿到第一，不要辜负了我和爷爷对你们的期待。"

"好！——"刚才还被教训的三人回答得充满干劲儿，阎琴回答得尤为神气。

阎琴应该像是《超能斗士》里的红斗士？田芊心想。动画片里红斗士是三人小队里的领袖，这点和她契合，只不过正义的化身应该不会捣蛋……田芊还没上去是因为龚老师让她等下拿个东西，他们要进道具室。

"先拿着！"老师递给田芊一个布袋，自己则拿着钥匙开门。

似乎刚才三人都往布袋里放了东西，田芊窥上一眼，看到里面似乎装了一些小零食、两块看起来差不多的面包、一个不知道装了什么的铁盒和几个零钱袋，估计是他们把带的东西都放进来了吧？田芊猜想，毕竟排练时这些应该不能带在身上。

没等田芊再看仔细些，道具室的门就开了，里面漆黑一片，要不是老师马上开了灯，根本看不见任何东西。她向来很少接近旧楼，更别说这个道具室了，甚至走进来之前的几分钟她才知道原来旧楼一楼有个道具室，毕竟旧楼早就不用于教学了，在还没拆除之前都在给各个校队使用，要么就是放各种杂物。

道具室……意思应该就是放演出道具的吧？田芊心想。也似乎是要急于印证这一点，一开灯，房间就爽快地将一个铁制大柜子竖在她眼前。透过虚掩着的柜门，田芊能隐约窥见几套似乎是用于演出的服饰，还挂着根一米多的不知道干什么用的钩绳。

"比赛要表演些什么呢？"田芊问。

"嗯……应该是你想象中的杂技，虽然这次是以各种叠罗汉为主。"

虽然还是一知半解，不过田芊没有追问，当她看见三人陆续拿出铁环、独轮车、小球等道具时，她已经明白了老师的意思。

之后龚老师只是让她把钥匙和手机拿上去，门也没锁。

"龚老师一直都这样，上课也不带手机。"一旁传来江老师的评价。

田芊也知道，虽然龚老师平时看起来有些吊儿郎当，可每次上课都很投入。音乐课的声响经常盖过下课铃，要不是教室有钟，龚老师恐怕根本不知道该下课了。

想到这里，田芊不由得想起了墨利，他也有不同的一面，平时沉默寡言、独来独往，却意外地会担任各种职务，遇到困难也愿意站出来。只是……不知为何田芊觉得他有点故意和她保持距离。

"老师，你觉得……墨利是一个怎样的人？"

"嗯？怎么突然……啊，对哦，既然艺术团有比赛那他应该也在。"江老师想了一会儿，"嗯……怎么说呢，应该可以说是一个可靠的人吧。无论是当年级委员还是助理都尽职尽责，之前校运会那时候也是。啊对了，开学搬教材的时候他一口气搬了三科的书。"

这倒是田芊第一次听说。

"可是好像有些难相处呢。"

"嗯……我觉得就是性格使然吧，可能不擅长与人相处，也有可能就喜欢这样。一个班就是这样的吧？有性格各异的同学，冒失的马理、聪明的程靖、喜欢独处的墨利……"江老师将头探向隔壁，"还有可爱又认真的班长。"

听到老师这样的评价，田芊顿时觉得有些不好意思。

"就是知道班长一定会愿意帮忙才找班长的，要不是班长愿意牺牲周六上午的时间来帮忙，我可就有大麻烦了！"

"其实是因为我住得近吧……"

"啊……哈哈！"

田芊向来给人的感觉都是乐于助人，不过她自己知道，对她而言拒绝就是徒手凿穿一堵厚墙，现在对着手机和电脑屏幕的她就处在厚墙的某处阴影之下，同样处于阴影中的还有班长这一身份，这一直是她心里的一块疙瘩。

"不管怎么说，这都是班长的闪光点呢，今天的班长是老师的英雄哦！"

"哦？哪里有英雄？"

突然出现在门外的龚老师打开窗探头进来，还没等田芊反应过来，她就已经进门并闪到了江老师身后。田芊这才瞄了一眼屏幕角落，发现已经12点了，不知不觉就到了午休时间，只不过没有下课铃也没有午休的钢琴曲。

"排练完了？"

"嗯，吃完饭休息一会儿就该出发了，希望一切顺利吧。"龚老师抓起手机摆弄，"啊，刚好午休时间，我掐得挺准的嘛。"看样子训练室里没有钟，龚老师也没拿手机，估计是凭着这些年当老师的直觉结束排练的。

"本来打算一起点外卖的，结果这三个小鬼都带了午饭。老江要点吗？一起？"

"你就只会点那些便宜猪脚饭，小孩子才不喜欢这个呢。"江老师停下改试卷的手，拿起一旁的手机，"说好要请班长的，顺便连你那份也点了吧，叫两个大披萨怎么样？"

"好！！"田芊和龚老师齐声回答。

"嗯……我想想，还是给那几个小鬼也点一些吧，怕他们不够吃，也就钟晴那家伙的看着丰盛些。"

江老师一边点头一边操作。

"行，那你先点吧，我还得去锁个门。"说着，龚老师就拿起钥匙走出了办公室。

办公室的两人还没做完手头上的事，在外卖到之前只好继续刚才的工作。田芊一边想着刚才江老师所说的"英雄"，一边对照手机屏幕填着最后一张表。当上班长后，田芊也阴差阳错地解决了一些事件，这样的自己能不能算是英雄呢？至少现在，她还没有这方面的实感，不过现在填表的速度似乎比刚才快了些。

总之，先继续这样吧！她暗自决定，毕竟班长总会遇上那些不寻常的事情。

就像现在这样——

"阎琴，成平，钟晴，墨利！你们四个给我过来！！"

似乎是旧楼那边传来的怒吼，相似的台词田芊今天也听过，声音的主人也还是一样，只不过这次多加了一个人。

还不知道出了什么状况，不过她首先意识到的，居然是《超能斗士》现在已经开播了。

坏蛋出没！

旧楼就在教学楼正后方，一听到龚老师怒吼，江老师就知道出了不一般的状况，停下改试卷的手打算去看看情况。田芊也听得出来，虽然内容相差无几，可语气却要比之前严重得多，正好她也填完了最后一张表，于是便跟着江老师去一探究竟。

"说吧，谁干的？现在坦白我还可以不追究。"入口处，龚老师质问起众人。

没有人回答。

"别以为我找不出是谁，旧楼可是有监控的，我找门卫看看就知道了。"

有了些反应，但还是没有人回答。

"唉。"她叹了口气，"那说说你们在刚才都在哪、干什么，或者看到了些什么吧。"

打头阵的是阎琴。

"不是我，放好东西后我就到综合楼那边的美术室午休，因为累，所以就直接听着广播音乐趴着睡下了，没看见什么其他的。啊，反正也不锁门就去了嘛，挺喜欢那里的，之前也会偷偷去……"神情有些游离。

接着是钟晴。

"也不是我，排练后我就直接到教学楼前面那块空地上吃饭了，就离这里不远。要说看见什么……教学楼那有张窗帘一直在飘算吗？还挺好看的……好吧，没看见什么……"眼神有些躲闪。

然后是成平。

"也不是我，排练完后我就到音乐室休息，一进门就听见窗外大榕树那边的喱喱声，有些吵我就把窗户关上了，没看见其他什么。啊，以前也……偷偷去过，反正不锁门嘛……"一直掐着胳膊。

最后是墨利。

"也不是我，因为困，训练结束后我就不吃午饭直接回教室睡了，没看见什么……话说，原来周六也是有门卫的啊……"和田芊一样的感慨。

"意思是你们都不在场？可是你们要知道，除了你们没有人有机会偷了啊。"龚老师朝着操场走去，"跟上来，看看监控就知道了。"

不用说，她要去的地方是门卫室，那里可以调出校内所有公共区域的监控。其他人默默跟着，一层微妙的氛围静静地压在四名"嫌疑人"的身上，只有来看热闹的两人还一头雾水。坦白？查监控？偷？刚才……是在确认不在场证明？直觉告诉田芊……根本不用直觉，很明显就是出事了！

现在她和江老师也只是糊里糊涂地跟着，而她们了解到出了什么事，还要等到看完监控前往旧楼调查的时候。

得益于铁门上栏杆的设计，在门外就能够将眼前的这个房间一览无余，甚至能够感受到几缕拂过栏杆的风。奇怪的是，放眼整栋旧楼也只有这里是这样没什么安全感的门，看来里面的东西似乎并不重要，然而这里偏偏就是"案发现场"，龚老师也将这里称之为"荣誉室"。

"简单来说，就是荣誉室有个奖杯不见了。"站在所谓的"荣誉室"门前，龚老师开始向两人解释，"排练结束后我让他们把东西放回道具室，我回办公室拿东西，这个你们也是知道的，之后我就来旧楼把道具室的门锁上，然后来到正上方的荣誉室，也就是这里，来打扫打扫，算是每次训练后的惯例了，艺术团的基本都知道。打扫时看了眼玻璃柜，发现那有一个奖杯不见了，房间里找遍了也没看见，可昨天下午我来的时候还在的，想来想去也只有他们几个有机会偷了。"说着便拿出钥匙开门。

"荣誉室"在旧楼的二楼，道具室正上方，一看就是很有年代的房间。落地镜、橡胶地板，四周嵌在墙上的把杆……

"这里以前是舞蹈室吗？"田芊问道。

"嗯，很久之前了，还是学校只有这栋旧楼的时候。现在也就是个简单的荣誉室罢了。"龚老师伸出食指往几个柜子的方向随意挥了挥。隔着玻璃柜门，能看见柜子里摆放着各种各样的奖状、证书和奖杯，其中一个柜子上出现了一个突兀的空缺，应该就是龚老师口中的那个被偷走的奖杯。

江老师凑近仔细打量了一会儿，像是发觉了些什么似的点点头。

"原来如此，这些也是值得纪念的荣誉呢。"

"是啊，所以才特地腾了这地方来摆着。"

田芊起初不太理解对话的意思，自己也凑近去看了才发现，摆出来的都是些不太值得摆出来的荣誉——优秀奖、感谢参与的奖状、参赛就会有的纪念章……几个比较大的奖杯上刻着的最好名次只有第六名。

"那些好的名次都被上头摆出去宣传了，哪会在意这些无所谓的名次，可我也不忍心把这些都一股脑塞进纸箱，就随便要来间没用的房间，自己整来几个柜子摆出来。"龚老师边说边轻抚空缺前的柜门，"不见的这个也一样，是艺术团第一次集体参赛时拿到名次的水晶奖杯，团体第八名，结果不是很好，但那是一个好的开始，也是那三个小鬼的第一次演出。"她整只手掌按着柜门，稍作停顿，像是要去填补这个空缺，可惜手掌太小。

"虽说是第八名，可那个奖杯还挺大的呢。"龚老师笑着用双手比画出一张大饼的样子。

"你刚才说只有你有钥匙，那他们真要偷也进不来吧？而且，从刚才的监控来看……"江老师回想起刚才监控看到的画面。

"我知道，所以才来找他们进来的方法。"

门虽然老旧，不过没有钥匙也的确打不开。除了门，或许只有这扇窗户可以用了。田芊看向那扇开着的窗户，这才想起来那是今天早上刚进侧门时看到的那扇窗，其他窗户倒是都锁上了。可是，4米的高度，四周也没有可供攀爬的物体……她暂时还没有思路，比起这个，她更在意一个一直没有被提及的问题。

"为什么……要偷走奖杯呢？"

"不清楚。"龚老师耸耸肩，"不过也不重要，拿回奖杯再说。"龚老师露出一副不置可否的微妙神情，她默默走到窗边，越过把杆，探出头俯瞰，"先不说这个，我现在已经知道他们耍的什么花招了。"现在她终于知道了为什么监控只拍到了一个人。

"啥?！就一个人?！"龚老师几乎要将整张脸贴到屏幕上。

"冷、冷静……如你所见，只有这个小姑娘进去过。"门卫小李指着一旁的阎琴说。

小李刚刚开始值班就被要求调监控，已经是摸不着头脑了，龚老师这样的反应更是令他不知如何是好。原先的门卫王叔叔这会儿前脚刚走，要说早来哪怕一分钟都能见到——这是小李自己说的。毕竟也得有自己的周末生活，周六只值半天班。听了之后，在场的两个老师和被拉来当苦力的田芊都有些不是滋味。

"就那点东西我一个人就能搬，哪用得着他们几个？"阎琴叉起腰来。

的确，只有阎琴说的是"放好东西后"，田芊想起她刚才的证词。

原本以为查看监控后就能解决，原来只是龚老师在虚张声势，旧楼只有朝向教学楼的入口处有监控，还是装在教学楼外墙上的。看来学校没有那么好心为一栋不知道什么时候就会拆除的建筑投入那么多。仅有的监控显示，阎琴在12：02走进旧楼，双手架着早上拿出来的道具，两分钟后走出来，手上没有任何东西。到12：10时龚老师进入旧楼，5分钟后出来，除此之外监控再无拍到其他人进出旧楼，并且旧楼只有这一处入口。

"所以，你们刚才提到的不在场证明，在12：02到12：10之间，哦……除去走路的时间，一直都是成立的吗？"龚老师瞪着四名"嫌疑人"质问道。

众人先是想了想，随后一起确信地点头。

"虽然还不知道发生了什么，不过光看监控似乎阿雪更可疑呢。"一旁的江老师打趣道。

"啊，对对，是我干的，打算找个东西晚上压泡面来着。"龚老师随口回应，"说起来，你们为什么来凑热闹？"

"听你那叫声就知道出事了，小利可是我们班的，作为班主任得来看看有没有惹事。"

"其实是改卷改烦了吧……"最终龚老师一脸不甘地将视线从监控上移开，"没什么事，我这边能解决，你回去继续干活吧。"

"那……我来等披萨？"

"好吧……"

一听到披萨这个词，几位"嫌疑人"的目光顿时都亮了几分，不过此时还不敢直接看向正在气头上的老师，于是便将目光落在一旁的田芊身上。还没搞清楚情况的田芊察觉到凭空增添的几份注视一时有些不知所措，看向老师那边，却发现龚老师竟然也在看着自己。

"啊，我、我……也来等披萨……"田芊像是掩饰尴尬似的扶了扶眼镜。

"不考虑12：02之前的时间吗？"江老师问。

"之前我都盯着呢。"龚老师指了指自己的眼睛，然后转头看向小李，"可能老王会知道些什么，你有他电话吗？"

"没有，除了值班的时候我和他就没联系了。"

"差不多天天见的怎么连个好友都不加啊？罢了，我问下老金，他应该有老王的电话。"说着便掏出手机拨打。

"那个，龚老师……"

不久后，她就皱起眉头，好一会儿没有声音。"怎么打不通啊!"

"哦……我刚想说的，这一边的信号都不行，得往外走一些……"小李一脸无奈地说。

"×××!"（温馨提示：小朋友们，请不要说不文明用语哦!）龚老师怒而收起手机，看样子也没心情去有信号的地方打了。

"不过，老王应该也不能提供什么信息，你看，监控都没有拍到老王，说明他就没过去，偷懒了吧估计是。"小李安抚似的指着监控说。由于旧楼年久失修，虽然还在使用，但说不好什么时候会出问题，所以一看见有人靠近旧楼门卫一般都会过去看看情况。田芊想起来早上搬道具时王叔叔也过去了。

"唉，好吧，毕竟周六了谁还认真工作。"龚老师无奈，只好放弃。

"不能这么说哦，如果分内的工作没有完成，即使是牺牲周六我也会认真做完的!"江老师叉着腰一脸自豪地说道。

"江老师还是不要这么说为好……"一旁周六被老师拉回来干活的苦力发出幽怨的声音。

"啊，哈、哈、哈!"

"罢了，反正除了你们几个小鬼之外也没其他人。"她看向门外四人，他们依然低着头，"我去旧楼再看看就知道你们耍的什么花招了。"说着便走出门卫室。继续走之前似乎想起来些什么，停下转身，"老江你等披萨的话就顺便看着他们几个吧，别让他们乱跑，就在这罚站。"之后又看向站成一排的四人，"你们现在不坦白也可以，在这里好好想想，稍后我会一个一个找你们单独谈话，你们可以那时候再坦白，我保证谈话内容不被任何人知道，只要坦白我就当作这件事没发生过。不然的话，等我上报给学校，可就不是那么好说话的了，希望你们好好考虑。"丢下这句话后，她便径直朝着旧楼走去。

还没等龚老师走远几步，江老师也走出了门卫室。

"你来替我看着吧。"她吩咐小李。

"啊？我……"小李不知所措地指了指自己。

"啊，还有，披萨来了就先替我收着。"接着也走向旧楼。田芊见状，觉得自己也不太适合待在这里，又不想就这么不明不白地回办公室，也只好跟上。之后龚老师也的确在旧楼发现了端倪。

"其实很简单，反正窗户没有防护，直接从窗户进来就行了。"龚老师指着窗户说，"当然了，这里是二楼，一个人肯定不够高，要将他们的身高加起来——也就是叠罗汉。"

龚老师告诉过田芊，今天下午的表演以各种叠罗汉的杂技为主，那自然就会专门训练这一块，以叠罗汉的方式从窗户进来听起来是可行的，不过，杂技队的三人都和田芊一般高，自己是1米3，窗台有4米，三个人叠起来，减去头部的长度……不够！可龚老师却认为就是从窗户进来的，那就是说……

"老师的意思是……加上墨利之后的四个人……都是犯人？"

龚老师点点头。

"监控之所以没有拍到其他人就是因为他们绕到了旧楼背面，等到阎琴放好道具后，就一同到窗外组成人梯让某个人进来，拿走奖杯，从窗户抛出去让下面的人接着，最后再从窗户出去，可能还是人梯也可能直接跳下去让其他人接住。这些对于他们来说都不是什么难事。"

对于练过的人来说的确如此，可是……

"可是墨利并没有学过杂技演出，如果真像老师说的要四个人……"

"小利的确没有学过，但只要他在最底下支撑就好了，不需要攀爬。当然，就算在最底下也需要技巧，不过，这里和演出时不同，有建筑外墙可以挽扶，难度会下降很多，况且不需要像演出一样一直支撑，只要撑到有人爬上去就行了。"

"啊，这有点像超能斗士的合击必杀呢。你看，红、黄、蓝三色斗士也是叠在一起使出必杀技的，嗯……不过现在是四个人，啊，那就把黑斗士也加上，虽然现在还在单打独斗，不过之后肯定会入队的……"江老师一番滔滔不绝下来，在场的另外两人也不知该如何回应是好。

"老师……不是说没看过吗……"

"啊！哦，那个，是没看，我、我侄子告诉我的，哈哈！"

可疑的发言。

"话说回来，小利的话确实可以呢，记得我刚才和你说过他一个人搬教材的事吧？"江老师立刻转移话题。

经江老师这一提起，田芊也被说服了，四个人组成人梯的确是可行的办法，可这就意味着四人都是共犯，其他人姑且不论，墨利真的会做出这样的事情来吗？这样的疑问浮现在田芊脑中，不过她也知道自己并不了解墨利，如果这就是唯一的可能，那么她只能承认。

除非……

"龚老师，我记得道具室里好像有一条钩绳对吧？"田芊想起自己进入道具室时的情形。

"嗯？啊，你说那个啊，那是之前用来临时充当安全措施的登山绳，已经很久没用过了，毕竟不是正规的保护装置。你问这个干什么？"

"那么这条绳子能够支撑起一个人的重量吗？"

"这肯定没问题，毕竟也算是安全措施，怎么了？"

"那么要从窗户进来只需要三个人就可以了。"

"你是想说……将最顶上的人换成登山绳，然后顺着绳子爬上来？"

田芊点点头。在她的记忆中绳子的长度是刚好可以替换一个人的。

"可是就算绳子够长够力，也必须用钩子钩住稳定的地方才能用。你看这个窗台。"龚老师将整只手掌盖在窗台上，"哪有可以钩的地方？"

窗台较宽，而且窗户的滑槽也很浅，实在是不好下钩，不过……

"钩住的不是窗台。"田芊也将手伸了过去，"而是……"在某个位置停住，"这里。"她的手握住了窗台下的把杆。

龚老师这才反应过来自己忽视了这一点，这里已经不作为舞蹈室很久了，即使依然保留了原先的设备也不会去关注。某人在早上搬道具时偷偷顺走登山绳——只要卷起来塞进口袋里就不会被发现，在排练结束后与其他两人到窗外组成人梯，利用带钩子的登山绳补足剩下的高度，将绳子甩进窗台，钩住把杆，如果不成功就多试几次，等到固定后再沿着绳子攀爬，之后就是和龚老师的想法一样的操作，只需要在最后放回绳子再离开就行了。这就是田芊的想法。

"这样啊，我都忘了这个了。这样的话的确只需要三个人，不过，除了小利所有人都进过道具室吧？只要有进过道具室的人就都有可能拿绳子，就算是肯定没拿绳子的小利也还是有可能充当人梯而成为共犯，所以，还是没有排除任何人的嫌疑啊。"

龚老师说得没错，即使现在证明了可能有人没有参与，也不能说明谁是无辜的，墨利还是有可能协助偷走奖杯。

"那个……我问一下，你们说的绳子是长什么样子的？能给我看看吗？"就在两人还在思考之际，一旁的江老师突然发言，似乎是有什么新的想法。

龚老师不一会儿就下楼把绳子带了上来给江老师，江老师把绳子拿在手上仔细打量了一会儿，然后说："看来可行呢。"

其余两人还不明白江老师这是在说什么，而江老师已经走到了外面，带上了门。两人面面相觑之际，只见绳子带钩的一端从铁杆之间缝隙处探了进来，伸到锁的附近，之后又慢慢往回缩，钩子慢慢碰到了把手，然后再迅速一抽！咔嚓！门开了，江老师再次出现在两人面前。

"有绳子就没必要从窗户进来啦。"江老师露出一副得意的神情。

这一点的确无论是龚老师还是田芊都疏忽了，她们太注重考虑如何从窗户进来，反而忽略了直接走门口的可能性，这里的门不同于旧楼里其他的房间，铁杆的设计让这个门只需要有工具辅助就能轻易突破，而绳子就是一个很好的工具。

如果不从窗户进，那么，在案发时间进入旧楼的人，除了龚老师就只有阎琴，可是……

"虽然证明了可以从门外开锁，也不能说明不是从窗户进来的，就像我和小芊也没想到开锁方法一样，他们一样也有可能没想到。更何况，你能够轻易开锁是因为你够高，而对他们来说就有些困难了。"龚老师冷静地点出现状。

"是这样没错，不过至少我证明了一个人就行。"江老师依旧得意。

"一个人？如果是用这种方法，只能是小琴干的了吧？可是她出来时没有带任何东西，奖杯的大小可不是能够藏进口袋里或衣服里的，其他窗户也都锁着。再怎么说也应该有个人在窗外接着奖杯吧？就算是藏在旧楼某处，其他房间也不能像这里这样开锁，更不可能直接就放在室外，这样太明显了。"

江老师听了之后，眼神立刻锐利了起来，一副"就等你这么问"的样子。

"的确，不过当时旧楼里还有个地方不用开锁也能进——道具室。"

"唉……"听到这里，龚老师顿时失去了兴致，"这种可能性我也想过，既然拿走了奖杯就应该让自己能够随时处置奖杯才对，可是他们都知道我之后会去锁门，他们又没有钥匙，怎么会让自己处于这么被动的状态呢？"

"不是藏在道具室，而是通过道具室运到外面。"

"哦？什么意思？"龚老师又起了兴致。

"其实还是窗户。"江老师移步到窗边，"只不过用的是道具室的窗户。道具室就在这里正下方，也就是说在一楼，小琴可以在拿走奖杯后来到道具室，打开道具室的窗户，把奖杯放在窗台，然后走出旧楼绕到背面，从窗台拿走奖杯后把窗户关上，这样就可以一个人完成了。"

江老师对自己的想法很满意，就连龚老师也浮现出一丝认可的神情。

"老师应该没有去过道具室吧？"这时，田芋突然问道。

"没去过啊，怎么了？"江老师没搞懂她为什么要这么问。

"那难怪，可为什么龚老师也没有发觉呢？"

"啊？发觉什么？"龚老师被田芋突然的提问弄得一头雾水。

"道具室的窗户是用不了的哦。"

"为、为什么？"江老师连忙问。

"我第一次进道具室时因为没有开灯所以根本看不见，可是在'荣誉室'门外即使没有开灯也能够看清里面，这是因为道具室的窗户被衣柜挡住了，所以光线无法通过窗户进入。既然已经被挡住，自然就无法使用窗户，而且那个大衣柜怎么想也不可能是一个人能够移开的。"

"呀！这么一说确实是。哎呀，我都没怎么留意过衣柜后面，印象中一开始就是这个样子了。"

田芋说得有理有据，可是这样一来就弄得江老师有些尴尬。

"这、这样啊……那、那还有可能是直接丢到窗外，毕竟这里只是二楼嘛，摔一下应该也没事……？"

"怎么可能！"龚老师当即否定，"先不说会不会摔坏，再怎么说这也是他们拿的第一份荣誉，怎么可能这么不爱惜！"

"呜呜……"

"而且，"田芋也过来补充，"底下是水泥地，奖杯摔下去的声音肯定很大，刚才龚老师回办公室时开了窗，如果奖杯真的摔了下去，那么我们应该能在办公室里听到才对，毕竟我们连龚老师在旧楼的大叫声都听到了。”

“呜……其实、其实我在小说里看过，只要两个人结合就能变成四手四脚，身高 4 米，这样就可以一个人爬上窗户……算了，我已经完败了……”好不容易有表现的机会却是这样的结果，江老师顿时沮丧了起来。

“你哪看的这些乱七八糟的三流小说？”

“呜……”

“不过也没事啦，至少说明一定是合谋嘛！”龚老师安慰道，“不过，还是一开始的问题，即使知道至少有两名犯人，也不知道有几个人，更不知道到底是谁……两人作案的组合有三种，三人有四种，四人……”她掰起手指算了算，“一共八种可能，也很多了。”

“都有合谋呢……可为什么没有出现互相包庇的不在场证明呢？”江老师问。

“你都反应过来会互相包庇了，在嫌疑人只有他们四个的情况下，包庇只会显得更加可疑。”

“那……偷走奖杯需要的时间……”

“除去两人作案可以较快解决，其他都需要多花点时间，以这几个小鬼的技术，我发现那会儿应该刚回到他们自己说的地方没多久，时间还是很紧的。”

龚老师来旧楼调查，最终找到的就是这八种可能，可是，知道这个并不能解决问题，最后还是不知道奖杯是谁偷走的，奖杯现在又在哪里。而这才是她最想解决的问题。

“罢了，回去看那几个小鬼招不招吧，真的是，下午就比赛了却搞出这种破事儿来。”龚老师一边说一边往门口走去。

“阿雪是个好老师呢，换作是其他老师，估计不会管谁干的，直接就一并处罚了。”江老师跟上去说。

“我不想冤枉好人，更不喜欢这种做法，不过……”她在门口旁停了下来，“有时我也觉得自己应该再硬气一点，或许就不会发生这样的事了。”她低下头来，这还是今天以来第一次。

田芊原本准备跟上，可是看到龚老师这个样子，觉得自己还是慢一些好。忽然想起来窗户还没关，于是又回头走向窗台。虽然不知道龚老师指的是什么，可是说到不够硬气，自己又何尝不是呢？看向窗外时，田芊意识到这一点，如果自己能硬气些，或许现在已经在看《超能斗士》了，虽然这样就当不了老师的英雄了。

这些事还是之后再想吧！田芊这么想着，伸手缓缓拉上窗户，同时也在脑中迅速过了一遍目前为止的信息，她一直觉得自己遗漏了些什么，现在……

啪！窗户关上了。

"走吧，小芊！"门口处的江老师催促道。

"嗯。"田芊缓缓走出门，然后在龚老师面前停下。

"老师，现在或许已经可以知道谁是犯人了。"田芊的发言打了两位老师一个措手不及，刚才还只是在讨论手法，似乎没有线索能够确定谁才是犯人。龚老师正要示意她往下说，而田芊却先一步发言："另外，我还有一些问题想要问一下老师。"

插　曲

"为什么会这样？明明……"

"……"

"那么现在怎么办？"

"计划真的失败了……"

捆住坏蛋！

远远地就能看见四位"嫌疑人"并排站在门卫室之外。小李也站在一旁无所事事。大门内侧空空如也——披萨还没到。

"辛苦了！"龚老师朝小李致意，"这几个小鬼有乖乖待在这里吧？"她看向前方的四人，"还是说，有谁招了？"

"结束了？你们还挺快的……一直站在这里也没怎么管，不过倒是听到不知道谁说了一句'计划真的失败了'……"

"没错！你们的计划已经失败了！我们已经找到了犯人！"龚老师站在门卫室外，宛如小说里的侦探般宣告，"准确来说，是我身后这位小侦探找出了犯人。"她转身拍了拍田芊的肩膀，示意她走到前面。

真正的"侦探"没有上前，只是在距离数米的地方对着四人，无论是墨利还是三个捣蛋鬼，在听到找出犯人后都无动于衷，只是继续半低着头。他们的反应是田芊已经预想到的，甚至她自己也清楚，找出犯人意义并不大。

所以……应不应该说出来呢？她站在原地稍作停顿，随即向前迈出一步。刚才龚老师问她犯人是谁时她没有说，她需要先确定一件事，所以才会先来到这里，说出犯人后，她还有自己想要确认的事。终于，她开始发言。

"我想先再确认一遍，12：02 到 12：10 之间，你们都在各自所说的地点吗？"田芊首先问起他们一开始的证词。

四人默默点头。

"那么，不只是地点，还有地点之后的内容，在刚才所说的时间段内都是成立的吗？"她的这个问题是所有人都没有想到的。

一直低头的四人根本没想到会被问这么奇怪的问题，甚至还没有弄清楚这个问题是什么意思。

"意思就是，广播音乐、大榕树传来的声音、窗帘飘动，在你们处于相应的地点时，是一直持续的吗？"田芊解释说。

众人一副才想起来说过这些的样子，虽然还是不知道为什么要这么问，不过想了想，还是一口咬定地点头。

"这就是找出犯人的关键。"她镇定地说，之后又向一旁的小李要了纸笔。小李也搞不清楚情况，糊里糊涂地就在门卫室里摸出来一个小本和一支笔递给她。不只是小李，到目前为止，在场的所有人都还不清楚田芊想的到底是什么。

"首先，我们来弄清楚为什么会看到或听到这些。"说着，她在纸上写上"广播音乐""大榕树的声音"和"窗帘飘动"三行字。

"首先是广播音乐。阎琴说过，在她午睡期间一直都有播放广播音乐。"她走到阎琴面前，"可是今天是周六，广播站并没有设置周六的自动播放，大家今天应该都没有听到铃声吧？"

众人这才明白过来田芊想要说什么，在没有播放音乐的情况下，阎琴说自己听到了广播音乐就显得很奇怪。

"很简单，既然不是广播，那么就是人为。午间音乐是钢琴曲，而我记得……"她走到下一个人面前，"音乐室有钢琴，而你说过你当时就在音乐室里。"她对着成平说。

成平听了后立刻缩起头，无所适从地将视线瞥向地面。

"应该是没有听到午间音乐，所以就想着自己弹了吧？"

他轻轻点头。

现在在场的人，加上已经下班的王叔叔，就是今天在学校的所有人了，去了音乐室的只有成平一个人。再加上音乐室就在美术室隔壁，琴声很容易就会传过去。田芊的推论很合理，只不过如果是这样的话……

"你居然还会弹钢琴？"

"怎么从来没和我们说过啊？"

面对身旁一脸惊讶的两个男生，成平一脸害羞地低下头。

"你小子还有这技能啊。"龚老师也是有些惊喜地拍了拍他的头。

"只会……一点点而已……"成平头更低了，不让别人看到他的脸，不过所有人都知道此刻他的脸一定烧得通红。

田芊往本子上写了几笔，走到下一个人面前继续说。

"接下来是大榕树传来的声音，那其实是钟晴发出来的。"

听到了自己的名字，钟晴抬起头来，目光有些游离。

"这个要从龚老师在道具室外递给我的那个布袋说起。"她看了眼龚老师那边，此时的龚老师两手空空，应该是把布袋放在排练的地方了。"当时我看了一眼布袋里的东西，你们应该是把带着的东西都放进去了吧？"

众人点点头。

"包括午饭对吧？"

虽然不知道为什么要问这个，不过众人还是继续点头。而一旁的龚老师则忽然一副懂了的样子。

"啊，我懂了，那个什么哐哐声就是你在吃饭吧？你那个铁饭盒。"她向钟晴确认，他稍显僵硬地点点头。

布袋里的铁盒就是钟晴的饭盒。田芊之所以想到这一点是因为点外卖时龚老师说的话，她当时说只有他的午饭看起来丰盛一些，布袋里能看到的吃的就只有一些小零食和两块面包，作为午饭肯定不能用丰盛来形容，所以钟晴的午饭只能是在铁盒内，估计是在家里做好带过来的吧。既然是铁盒，那么吃饭时就会发出敲击声，距离较近的音乐室也能够听见。钟晴说自己在大门前面的空地上吃饭，这个范围很笼统，不过门前的那棵大榕树就在范围之内。至于为什么一开始没有说出具体地点，田芊有一个合理的猜测。

"成平只说是大榕树那里传来的声音，可是他的视角应该能看到树下有没有人，你是爬到树上了吧？"对于他而言，爬树应该是一件很容易的事。

"啊哈哈……"听到自己的调皮行为被直接点出，钟晴也只好尴尬地挠挠头。

"你这家伙！很危险的知道吗！"龚老师往他头顶狠狠拍了一掌。

"啊疼！知道啦知道啦！下次不敢了……"

田芊继续往本子上写了几笔，然后走到下一个人面前。

"最后是窗帘飘动，这个很简单，就是教学楼有教室的窗户没有关上。可是，早上的时候教学楼靠操场一边的窗户是全部关上的。"她看了眼教学楼，现在是都没有开窗的状态，和早上时她看到的一样。

"时间段内在教学楼的人，除了在办公室的我们，只剩下说自己回教室午休的墨利，应该是墨利想开着窗睡，让风吹进来，同时也要用窗帘遮光，所以在这片空地上会看见风吹着窗帘飘动。之后离开教室时关上窗，所以现在恢复了没有窗户打开的状态。"

田芊看向墨利寻求确认，墨利轻轻点了点头。接着，她在本子上写上最后一行字，将本子展示给众人。

广播音乐 ————→ 成平在音乐室弹琴
大榕树的声响 ————→ 钟晴在树上吃饭
窗帘飘动 ————→ 墨利在教室午休

本子上整理了刚才得到的信息，田芊还画了箭头表示对应关系。然而，直到现在所有人都不知道她为什么要说出这番推理，这番推理又如何能在八种可能的组合中找出犯人呢？田芊并不着急，她先是告诉四人刚才在旧楼找出的几种可能，之后才继续说明，在此之前，她还在本子上又画了几笔，后来似乎是觉得位置不太够，于是翻开新的一页，并将本子横过来，再画上刚刚的那几笔。只见她在本子上画了四个圈，然后在圈里分别写上了四人的名字。

"到这里就可以解释为什么要在意这些细节了，阎琴听见钢琴声说明成平在音乐室；成平听见大榕树传来的声音说明钟晴在空地；钟晴看见窗帘飘动说明墨利在教室。虽然没有人能够证明自己当时所在的位置，但是通过其他人的证词能够佐证。"田芊再次提笔往小圈之间添了几行字。

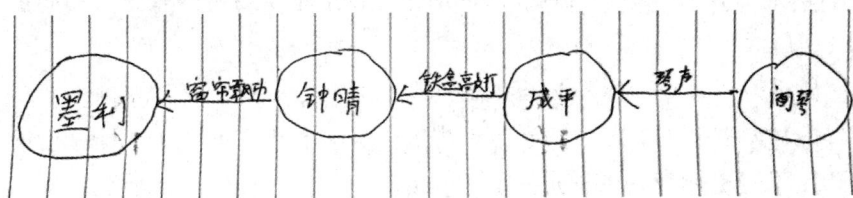

小圈之间连接着像绳子一样的箭头，聪明的班长就这样通过基础细节，把包括坏蛋在内的所有人都绑在了一起。

不过目前绑得还不够紧。

"可是还不知道这里面有没有人说谎吧？"龚老师直接点出问题。

"因为至少有两名犯人，所以在所在地点上一定有人说谎，可是像看见窗帘飘动这种细节没有说谎的必要，更有可能只是随口一提，合谋不会在这种小细节上说谎来包庇共犯，就算是为了制造不在场证明，也不应该采取这种不易察觉的方式，有很多更好的方法。不过……"田芊稍作停顿，用笔头敲打起本子，"因为犯人一定是两名以上，所以这几处细节不能一起成立，这里面一定有差错。当然，刚才也说了，没有必要在这种细节上说谎，所以差错出在是否一直持续上。"

"是否一直持续？"江老师感到疑惑，其他人也是一样的感觉。

田芊点点头，继续说："虽然刚才都回答了这些细节是一直持续的，可是这并不能说明是在时间段内持续，只能说明是在位于所在地点时持续。举个例子，如果钟晴是犯人之一，他就要在藏好奖杯后才到空地，作案期间看不见靠操场一侧的窗户，即使之后能够一直看到窗帘飘动，也不能说明作案期间窗户也是打开的，进而不能说明作案期间墨利在教室。"

"虽然有点抬杠，不过还是问一问。如果墨利是先开好窗再……"江老师继续问，然而田芊却是一副早有预料的样子。

"既然墨利被突然叫下来都随手关好窗，所以是不会没人的时候还开窗的哦。"她自信地伸出食指，模仿老师讲课的样子，"好了，说了这么多，终于可以进入正题了，现在要做的就是找到出错的细节，进而找出犯人。"

至此，捆住坏蛋的绳子终于绑紧了。

"从第一个小圈说起。"田芊指着本子上代表墨利的小圈，"假设墨利是犯人，就会在排练结束后直接前往旧楼，作案结束后再回教室，期间窗户还没有打开。

"所以……

"墨利无法单独作案，一定会有共犯，而这个共犯也会在下楼之后前往旧楼，而不是自己说的地点……"

"啊，我知道了。"江老师突然插嘴，"如果墨利是犯人，而钟晴也在所说的位置的话，他就无法一直看到窗帘飘动，除非他当时不在，而不在就意味着说谎，也就意味着……"

田芊点点头。

"于是就能得出第一个结论——如果墨利是犯人，那么钟晴就是共犯。"

听到这个结论时，他们二人的身体都不由得一颤，在之后才反应过来这不是在指出他们是犯人，只是在提出假设。不过，为什么要这样提出假设呢？

"不过，墨利和钟晴都没有进旧楼，不满足两人作案的条件，必须再增加至少一人。"她将笔尖移到代表钟晴的小圈，"如果钟晴是犯人，一开始就不会在树上，成平就无法一进门就听见声音。用和刚才一样的思路就能得出第二个结论——如果钟晴是犯人，那么成平就是共犯。"

成平的神情开始有些紧张起来。

"继续往下看。"她将笔尖移到代表成平的小圈，"如果成平是犯人，就不会直接去音乐室，阎琴就无法听到琴声。还是用一样的思路得出第三个结论——如果成平是犯人，那么阎琴就是共犯。"

阎琴的表情一如既往，视线也没有游向别处。至此，所有"嫌疑人"都提了一遍，进行了三次假设，得到了三个结论。

"现在终于可以得到最后的结论了。"说到这里，田芊断然放下笔，单手拿起本子，"这一页上由箭头连接的四个小圈，从左到右，如果左边的是犯人，那么往右一位也是犯人，以此类推。而右边是犯人时不能说明往左一位是犯人。"她如同宣告般说出，然后放下本子，深吸一口气。现在四人已经被绳子紧紧地绑在了一起。

一旁的龚老师想起来一开始提到的八种可能，再结合刚才的结论，如果是这样的话，就只会剩下……

"三种……"龚老师在自己脑中再确认了一遍，没错，就是三种！按照最后的结论，从左往右分别假设犯人，就能得到唯一的四人、三人和两人的组合。然而，想到这里，她突然意识到，这不仅仅是将八种可能性降到三种那么简单。

"这三种可能性里，无论是哪一种……"直到现在，龚老师才知道田芊是如何找出犯人的。

"无论哪一种都包含了最右边的两个小圈。所以，无论是多少人的组合，成平和阎琴一定是犯人。"

此时，所有人的视线都落在了被提及的两名犯人身上，他们依旧沉默着，没有辩解，似乎是也认同了田芊的推理。

"请……"沉默片刻，阎琴动起嘴唇，"请允许我们把第一个获得的奖杯带去比赛！"阎琴低下头，朝着龚老师喊出这样的请求，"奖杯是我一个人偷的，请不要……"

"不用说了。"成平走到她身边，"田芊说得没错，是我们做的。不过墨利和钟晴和这件事无关。老师……"说着，他也学着阎琴低下头，"请同意我们把奖杯带过去！"

"唉……"龚老师叹了口气，"你们这两个家伙……"

田芊走到一旁看着众人，听了龚老师在旧楼的回答之后，她就有想象过这样的情景。无论如何，他们肯定会继续恳求老师同意，所以找出犯人并无作用。老师让她这么做，或许只是为了营造一个可以沟通、有可能问出奖杯在哪的局面吧，毕竟有没有找出所有犯人，田芊也不清楚，自己的推理只能找出两个人，剩下的二人无法确定。如果只是为了沟通谈判，这样或许已经足够了。

田芊真正想知道的反而是另一件事。

"老师……"一个男生站了出来，"我也有参与……"说话的正是墨利，"老师，拜托了!"

"小利，你怎么也……"

墨利的认罪在所有人的意料之外，包括田芊，这就是她想要知道的事，她自己无法证明墨利是不是犯人。可是，听到他的认罪之后，田芊还是感到意外，反倒开始怀疑——真的是这样吗？而且，按照她的推理，如果墨利承认自己是犯人，那就说明……

"我、我也……"最后，钟晴也站了出来，四人在龚老师面前站成一排。

"你们……"对于他们的请求，龚老师还保留着一丝犹豫，但也知道自己不应该这么做。知道犯人只是为了谈话，现在轮到自己来解决问题了。

只是，这样的结果真的好吗？

"小芊想问什么？"关好门后，龚老师问她。

旧楼里的三人正要回到门卫室，在此之前，田芊说的话实在是无法令两位老师忽视。

"老师为什么可以断定偷奖杯的人一定在他们中间？"田芊看着龚老师问。

"要这么问的话……今天学校里除了我们几个之外也就他们四个了，而且他们也知道奖杯就在……"

"问题就在这里。"田芊打断龚老师，"艺术团每天放学都会留下来训练，而老师说过，整个艺术团都知道老师会在训练结束后来一趟荣誉室，昨天应该也不例外。"

"你说这些是要……"龚老师的神情有些动摇，她已经隐约知道了田芊想要说什么。

"老师没有离开荣誉室关窗的习惯，今天早上进门时荣誉室的窗户就开着，刚才也是我关的窗。如果老师只是在每次训练结束后才来，那么不只是今天，昨天老师离开荣誉室之后到今天发现奖杯被偷之前，都是可能的作案时间。并且，被偷走的奖杯并不单单是杂技队的荣誉，而是整个艺术团的，所以，全体艺术团成员都应该是嫌疑人。可是老师却认定偷走奖杯的人一定在他们四人中间……"

"只是单纯觉得他们可能性很大啦……"说出口之后，龚老师才意识到这句话和她的行为是不符的。

"可是老师没有查看昨天的监控，而是直接看了排练结束后的，应该有让老师锁定这个时间段的依据才对。"田芊也看出了龚老师的矛盾之处，"老师在排练之前也来过一次荣誉室吧？"

事到如今，龚老师只好承认。

"既然每次训练结束后都会来，那就没有必要刻意在其他时间再来一次，老师这么做就像是……"田芊稍作停顿，随即问出她真正想要问的问题，"就像是来确认奖杯还在不在一样。老师，您应该之前就知道他们有可能要偷奖杯了吧？"

"唉。"龚老师长叹一口气，事已至此，已经无法再继续隐瞒了。

"是……和爷爷有关吗？"田芊想起龚老师训斥阎琴时提到的人。

龚老师点点头。"小芊说得对。"她伸手揉了揉田芊的头，"这四个小鬼昨天训练时就一起来找我了。"看着荣誉室刚刚锁上的门，她回想起昨天的场景。

"请允许我们把第一个获得的奖杯带去比赛！"

昨天下午，在其他团员都离开后，杂技队的三名队员和艺术团助理之一的墨利一同来到龚老师面前说出这句话。一开始，她还对这个突如其来的请求感到疑惑，听了众人的解释后才逐渐理解。

这个请求与正在距离比赛场地半小时路程的一家医院里治疗的一名老人有关。三个捣蛋鬼总是不让人省心，而在这个老人面前，他们都会乖乖听话，他们都亲切地称呼这个老人为"爷爷"。龚老师只知道他的确是某个捣蛋鬼的亲爷爷，而具体是谁，她也回答不上来。这个坐在轮椅上的老人无论对哪个捣蛋鬼都是那么亲切，那么用心，或许是谁的亲爷爷已经不重要了。

爷爷与他们约定过，在他们首次参赛时去现场为他们加油。然而就在比赛前一天，爷爷的病情突然恶化，必须进行手术。虽然最后有惊无险，可是爷爷错过了他们的首次参赛演出。现场颁奖的只有前三名，第八名的奖杯直接邮寄到了学校，爷爷最终也没能见到奖杯。之后的几次比赛，虽说爷爷只要提前一天申请，也能去到现场，不过捣蛋鬼们更想让爷爷看到的是自己得第一。

是什么病？第一次跟着捣蛋鬼们去探病时，她就问了爷爷。

癌症。只有这个简短的回答。不久后又补上了一句：快了吧。是什么快了，两人都心里有数。

之后，她只再去探病过一次，就在前些时间。她能够明显感觉到，爷爷似乎已经忘记了一些以前的事，甚至是捣蛋鬼们的名字都反应了好一会儿。与此相伴的还有耳背、眼花……不知是不是受到病情的影响，又或许只是到年纪了。现在，每天早上爷爷都必须进行持续将近三个小时的治疗，在这期间只能躺在床上一动不动。一定很痛苦吧？所以，无论是否记得清楚，和三个捣蛋鬼玩闹时爷爷都会露出发自内心的笑容。

不过，也快了吧。

"他们来就是想借比赛的机会，让爷爷在现场看到那个奖杯。墨利应该是主动帮忙的吧，这小子，平时不怎么表露，其实很容易被感动呢。"龚老师挨着护栏，看着一旁的两人说，"我想他们既然是来单独找我的，应该也不太想让其他人知道，所以我就一直都没有说，想着知道是谁偷走的就行，这个不重要。"

"可是阿雪没有答应他们呢。"江老师在一旁点出。

"是啊。"龚老师再次叹气，"一开始还是有些犹豫的，不过，考虑到这个奖杯不仅仅是他们的荣誉，而是对整个艺术团而言都有重要意义，况且这个奖杯本身就易碎，体积也不方便携带，如果出现损坏，可是会伤了整个艺术团的心。所以最后我还是拒绝了。"

"他们应该不能接受吧？"

"是啊，所以还恳求了我好一会儿。我提出拍照就行了，不过他们不肯。之后我甚至还说了'锁上让你们再也拿不到'这样的气话，其实我也不知道柜门钥匙丢哪儿了。"

田芊想起来，刚才查看柜子时，柜门上的确有钥匙孔。

"现在想想，可能一开始就不留余地地拒绝好些，之后再慢慢说服他们一定要实物的话可以邮寄，不过这个办法也是我刚刚才想到的。"龚老师无奈地笑了笑。紧接着，她直起身子。

"先告诉我谁是犯人吧，看来得和他们好好谈一谈了。老师会处理好的，放心吧！"说完便朝着楼梯的方向走去。

谈话开始了吗？看着教学楼，田芊不禁冒出这样的疑问，虽然龚老师才带着四人离开没多久。

所有人都已经承认，却没有人说出奖杯在哪，他们依然抱着一丝希望在等待龚老师的让步。虽然都在把罪责往自己身上揽，可是田芊清楚，真正确定是犯人的只有两人，而之后承认的墨利和钟晴是不是真如他们自己所说有参与，田芊并不知道。尤其是墨利，尽管在之前的种种事件中田芊数次怀疑过他，也没有一次真正坐实，他真的会做出这种事情吗？田芊觉得自己似乎已经没有办法证明剩下的两人究竟有没有参与了，找出能够找到的犯人后，整件事便与她脱去了联系，不如说，其实一开始就与她无关。为什么要解决事件呢？与之前一样，这样的疑惑再次浮现。不过这一次又多了一个疑惑。

真的解决了吗？

"班长在想什么呢？"江老师打断了她的思考。龚老师带着四人去办公室谈话后，江老师继续待在大门前，毕竟披萨还没到。或许也有避嫌的原因吧？田芊想。毕竟这种场合还回办公室的话只会更尴尬，这也是她没有离开的原因。

"没、没什么……"田芊小声说道。

"还在想刚才的事吗？"老师立刻就看穿了她的想法。

田芊点点头。

"老师，你觉得……墨利真的有参与吗……"

"我觉得没有哦。"

"咦？"只是令她意想不到的回答，"为什么？"

"直觉而已啦，没有班长那么精彩的推理。不过，再怎么说我也是班主任呢。"

听到夸奖，田芊有些不好意思。

"小利是个善良的人，他这么做一定有他的理由，我们就相信他吧。"江老师继续盯着门口，等着外卖员到来。

虽然对墨利的了解还不多，不过田芊也认同老师的猜测。只是，承受不应该有的罪责真的好吗？她知道，现在这么想无济于事，自己无法证明他的清白。

还是说……其实可以？

每当田芊遇到自己不能解决的问题，都会去求助她心目中的"超人"。不过现在"超人"不在她身边，她也没有带手表出来。

"可以借老师的手机打个电话吗？"

"可以啊，要打给谁？"江老师一边问一边掏出手机给她。

田芊想起来这附近信号不太好，稍微走远一些后，她立刻按起那个熟悉的号码，不一会儿，电话就打通了。

"喂？江老师？是小芊她闯什么祸了吗？"

"原来在爸爸眼里我是这样的形象吗……"

"啊——小芊啊！怎么了？突然打电话过来？"

"遇到了些问题想求助爸爸。"

"原来如此。"爸爸点点头，"啊对了，你不在的时候爸爸已经看完《超能斗士》了哦，这集……"

"啊啊啊啊啊不要剧透！！"田芊立刻大声制止，声音传到了江老师那里，她还往这儿看了一眼。

"哈哈哈！开个玩笑。说吧，又遇到什么麻烦了？"

田芊把来学校之前直到现在的所有事情都事无巨细地复述了一遍，爸爸认真倾听了女儿说的每一个细节，时不时确认信息。

"嗯，情况我大概了解了。"听完复述后，爸爸平静地说。

"那爸爸有办法了吗？"田芊急切地问。

"嗯……"稍作思考后，爸爸问，"小芊，你有想过自己为什么还要插手这件事吗？"

是啊，为什么呢？虽然没有继续往下证明，可是剩下的交给龚老师处理就可以了。可是，如果为了解决问题而把不应该承担的责任揽在自己身上真的对吗？或者说，这样真的可以解决问题吗？至少田芊无法接受这样的做法。

"想过了。"她小声回答。

"既然这么说了，爸爸自然相信小芊。现在爸爸只能告诉你，作为班长，应该相信自己的同学，相信自己对同学的了解。"

"我相信……可是……"

"其实你掌握的信息已经足够了。"爸爸以引导的语气说，"仔细想想自己忽视的地方。"

爸爸还是像以往一样没有直接点明，田芊知道，这是爸爸希望她用自己的力量解决问题。虽然现在还没有什么头绪，但有了爸爸的提点，自己也稍微安心了一些。

"还有就是。"就在她准备说再见时，爸爸补充说，"就算我不剧透，你也肯定知道，最终一定是超能斗士战胜了坏蛋，不用想太多，放手去当一回英雄就好了！"

互相说再见后，父女俩挂断了电话。田芊开始回想今天的各种细节，进门、操场、道具室……再回想到刚才的电话之后，渐渐地明朗了起来。手机还给老师后，她走向了教学楼。

看着前面工位上的一大沓试卷，龚老师不禁感慨正科老师真累，当班主任就更累了。坐在自己的工位上，龚老师等着一会儿有人来敲门。她让认罪的四人都站在外面，10分钟后再一个一个进来坦白。

其实现在她也不认为所有人都有参与，不过，既然承认了，又没有归还奖杯，那就要受到相应的惩罚。现在更令她苦恼的，是如何说服他们交出奖杯，并稳定住他们的情绪，而不影响到下午的比赛。

爷爷这次会去现场呢。她忽然想起这一点。一定要让爷爷在现场亲眼看到奖杯实在是孩子气的想法，不过这么说他们又会生气吧？她能理解孩子们的想法，只是，孩子们似乎还没有理解爷爷的想法。一会儿也要和他们说起这个……

这么想着，敲门声响了起来。她看了眼手机屏幕，时间到了。第一个进来的会是谁呢？

"请进！"

进来的人出乎了她的预料。

"老师，我们可以先谈一谈吗？"走进门的女孩说。

"小芊？你怎么过来了？"龚老师不解地看着这个意外来客。在找出两名犯人之后，她觉得田芊应该已经无法再继续得出其他结论了。

一路上，田芊都在反复推敲自己的结论，以确保没有出错，现在她正在进行着最后一次确认，然后……

"我想一起解决问题。"

放开好人！

办公室内，田芊和龚老师面对面分别坐在两边。这是她刚才的位置，电脑屏幕上还留着刚才没有关掉的表格。她还把刚才的本子和笔也带了过来，一会儿会用到。

进来之前，她已经和门外的四人说好，让他们再等一等。

"是来帮忙求情？"成平小声问道。

田芊摇了摇头，说："不。不过，也是来解决问题的。"正准备走到门口时，她特意看了眼离她最远的墨利，而墨利也恰好看向门口。两人只匆匆对视了一瞬，墨利便低下头，闭上眼睛。现在的田芊已经可以读懂这一瞬的眼神，她笑了笑，扶一扶眼镜，扎紧马尾，握紧门把，开门。

或许龚老师需要时间再考虑怎么和他们说才好，对于田芊的到来，虽然感到意外，但也不抗拒。她曾经听江老师说过田芊之前解决的事件，或许这次也能解决问题。

"解决问题的关键是一句话。"田芊开始说，"老师和我回到门卫室时，李叔叔说听到不知道是谁说了一句'计划真的失败了'。"

"这句话怎么了吗？不就是因为偷走奖杯被我发现了。"龚老师回忆起他们当时的神情。

"老师觉得他们为什么要偷走奖杯？"

"那还用说，自然是要偷偷带去比赛现场。"

田芊摇摇头，说："有两处矛盾。首先，老师说过，艺术团成员都知道老师会在训练结束后去荣誉室，他们自然也知道，那么为什么还要在老师去之前动手呢？"

经这么一说，龚老师这才意识到这个问题。

"其次，在荣誉室时老师和我说过奖杯比较大，可是他们今天都没有带能装东西的包来，如果就这样直接拿着肯定会被发现。既然有这样的预谋，应该提早准备一个背包来才对。"

"说得有道理。"龚老师点点头，"那么为什么还要偷呢？还是在那个时候。"

"老师威胁过他们说会把柜门锁上，虽然实际上无法做到，但对于不知道老师没有钥匙的他们来说就会担心会不会真的锁上，再加上他们并不知道老师在此之前还去了一趟荣誉室，他们会认为老师到排练结束后就会过去上锁，所以决定先下手为强。"

"这么说，他们是在知道我会发现的情况下去偷的，可为什么……"龚老师马上就意识到了，"你的意思是，让我知道奖杯被他们偷走了才是目的？"

田芊点头。偷走奖杯的真正目的就是获得一个有力的谈判的筹码，在请求时，奖杯在自己手里就不会太被动。无论是否找出犯人，只要奖杯还在就能够继续交涉。然而，这正是问题所在。

"对哦，既然一定会让我知道，那为什么还说计划失败了呢？"龚老师终于发现了奇怪的地方。

"来想一想什么情况才算是失败吧！"田芊笑着说，"按照刚才的分析，只要奖杯还在自己手里就不能说是失败，反过来说，失败就意味着奖杯不在自己手里了。那么，怎样才会让奖杯不在自己手里呢？"

"嗯……既然偷了就一定会把奖杯藏起来，地点肯定只有他们自己知道。如果说奖杯不在自己手里，意思就是他们之中有人想要阻止，所以把奖杯另外藏在了别处？可是为什么……"龚老师思考片刻，摇了摇头。

"其实不需要往这个方向考虑，在去旧楼调查之前，老师已经许诺如果交出奖杯就当作没有发生过，如果要阻止，只需要把奖杯交给老师就可以了，为什么没有这么做呢？"

"是不想让其他人知道？"龚老师问，不过一会儿就想通了，"啊！说出'计划失败了'的时候他们就已经知道了，那就不会怕其他人知道，可以直接把奖杯给我，在这种情况下还没有交出奖杯就说明……"

"并没有人把奖杯藏在别处哦。"田芊接上龚老师的话，"所以，从这个方面考虑，计划并没有失败。"

"那现在问题又回到了为什么要说'计划真的失败了'……是啊，没有人动过奖杯……那为什么还说失败了呢？"

田芊已经料到了龚老师会有这样的反应。

"老师觉得他们口中的'计划'指的是什么？"田芊问道。

“就是拿奖杯和我谈判啊。”

“可是这样的话，计划并没有失败不是吗？”

龚老师想了想，摇摇头，示意她继续说。

“偷走奖杯是为了谈判，而谈判则是为了把奖杯带到现场，带到现场是为了让去到现场的爷爷看见。”田芊像老师讲课一般举起手中的笔，“所以，计划是让爷爷在现场看见奖杯。”

龚老师点头同意。“可是这又如何呢？”她还是没有想到这其中的区别。

“这样就能够让计划失败了。”田芊立刻回答，“还是用刚才的思路，如果能让爷爷在现场看到奖杯就不算失败，反过来说，失败就意味着爷爷不能在现场看到奖杯。”

龚老师推敲着这个结论。奖杯能否带去现场这条已经讨论过了，若要让计划失败就意味着……

“爷爷不能到现场？”她脱口而出，“可是，他们应该提前通知了爷爷才对，就算爷爷腿脚不便，提前出发也能到……”这时，她忽然领会了田芊想要告诉她的是什么，“有人通知了爷爷不去现场……”

田芊继续点头。

“应该是这样的：虽然确定了计划，但毕竟那是大家珍视的奖杯，如果弄坏了大家都不好受，所以，某人决定阻止计划，于是便想到了通知爷爷不用去现场的方法，用的借口估计是延期之类的吧，当然更有可能是直接说奖杯不能带过去了，毕竟他们都认为爷爷很看重奖杯。这也解释了为什么阻止计划后要告诉其他人——只有知道爷爷不会去现场才会死心交出奖杯。老师说过，医院到现场要半个小时，爷爷的话肯定需要更久吧？如果不更加提前出发就会赶不上。”

龚老师刚想问为什么他们还在坚持，马上脑海里就浮现出爷爷那慈祥的面容。这次比赛这三个捣蛋鬼很有可能拿第一，即使不能在现场亲眼见证两座奖杯的相遇，也要把奖杯带去医院，让爷爷见证他们的成长。

“通知的时间也很好确定。如果是来学校之前，那么很大可能是在昨天通知的，因为爷爷需要提前一天和医院申请，所以直接让爷爷不申请就行了。不过这样的话，根本不需要在作案之后才说，在学校见到其他人后就能说了，也就不会有偷奖杯。今天来学校之前，爷爷正在治疗，一直到

10 点，这段时间无法通知。而 10 点之后已经在排练了，期间没有离开过老师的视线。所以，通知爷爷的时间也在作案的时间段里。"

龚老师能够理解为什么是在这个时间段，一边是自己珍视的荣誉，一边是爷爷的见证，换作是自己，估计也会犹豫很久吧？她微微低下头，让田芊继续说下去。

"既然知道了有人在作案时间段内通知，那就来看看谁会通知吧。其实很简单，参与计划的人不会通知，因为这和计划本身矛盾，所以是没有参与计划的人通知的。"

"那么是谁？"龚老师问。

"不重要，已经得出需要的结论了。"说到这里，田芊翻开一直拿在手里的本子，将刚才被捆住的四个小圈展示给龚老师。接下来，才是她铺垫这么久之后真正想要说的结论。

"经过刚才的分析，得出了有人通知爷爷，并且通知爷爷的人没有参与计划这一结论。既然有人没有参与计划，那么无论这个人是谁，四人组合都会不成立，而唯一的三人组合在之前已经确定，所以墨利一定没有参与。"

她果断拿起笔将表示墨利的小圈画掉。

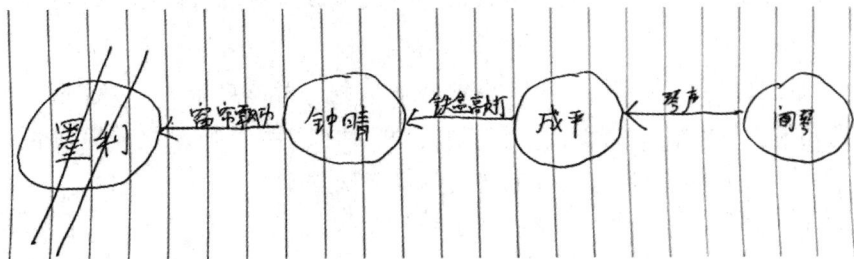

直到田芊如同宣判般说出结论，龚老师才反应过来，眼前这个女孩是三年级 1 班的班长。

其实她也不认为墨利真的有参与，不同于三个捣蛋鬼，墨利是一个很乖的孩子，就是很多时候只考虑别人，不太考虑自己，作为老师，她也说不上来这样究竟好不好。

证明了墨利没有参与，或许她和田芊都能松一口气，不过，现在的问题就是剩下的两种可能。

"现在来看一下怎样通知爷爷吧，老师觉得是怎么通知的?"田芊继续问。

"肯定是打电话吧？他们肯定有爷爷的联系方式，就算没有，打给医院就行了。"

"嗯，的确是打电话。"田芊点点头，"可是他们没有打电话的工具哦。"

这句意想不到的话让龚老师呆滞了片刻，自己并没有刻意去留意他们有没有通信工具。现在回想起来，今天早上他们借老王的手机一人玩了一局游戏，如果有人带了手机就不需要这么做了。另外，在排练前，她已经提前让他们把带来的东西都装进了布袋里，里面也没有手机、手表之类的东西。田芊应该就是通过这两点推断出他们没带通信工具的。

可是没有通信工具要怎么打电话呢？

"阎琴他们没有工具；在茶餐厅的时候，墨利说自己没有带，我也没有带；龚老师的手机在办公室；江老师的手机给了我用来录入表格，除此之外，学校里有手机的只剩下一个人。"

"门卫……"龚老师脱口而出，她再次回想起老王和他们争夺手机时的场景。他们要用手机，只能去找老王，当时他应该正准备下班吧，而且小李还没来吧，不然小李肯定会说的。所以，目前的结论就是，案发期间有人去过门卫室借手机。

"这里再补充两点吧。"田芊先把本子放到一旁的桌子上，"首先，电话通知很快就能结束，远比实行计划要快，所以不会影响到之前提到的三处细节。其次，刚才说参与计划的人不会通知其实并不全面，当然，在实行计划前不会通知，不然就不会去偷奖杯了。不过，在偷走奖杯之后，参与者可能会突然感到后悔，然后通过阻止计划来弥补。"

龚老师点点头，虽然可能性不大，但这种可能性的确是存在的。

"可是，老师说过，在四人和三人组合的情况下，作案时间很紧迫，几乎是刚刚偷走就被老师发现了，在这种情况下根本没有机会再去门卫室，就算勉强能去，王叔叔也已经离开了，向李叔叔借手机的话，李叔叔不可能不告诉我们。所以，要在偷走奖杯之后去门卫室，只有两人组合可以做到。"田芊再次举起笔，"可是，如果是两人组合，那么钟晴这时候应该就在门卫室附近的榕树上，应该会注意到才对。"

"在树上视野不同吧。你看，钟晴的证词说了没看见其他人，可是阎琴和成平去综合楼时明明会经过榕树，估计就是没有看到吧，毕竟树叶也会挡着。"

"经过时可能没有注意到，但打电话时一定会注意。"田芊当即反驳，"老师说过，爷爷现在已经有些耳背，而且记不太清事情了，在这种情况下，他们如果在门卫室附近打电话会怎么样？"

龚老师这才理解了她为什么要这么说。如果阎琴或者成平在门卫室附近打电话，对着这样的爷爷，一定会先提高音量说出自己是谁，这样树上的钟晴一定会听见。

"现在就可以确信参与者一定没有通知，剩下的问题就是已经被确定没有参与的墨利有没有通知了。"田芊再次拿起本子，"去门卫室借手机需要一个前提——知道即使是周六也有门卫值班。一开始我也不知道，是在去到操场之后才知道的。"她回忆起早上看见王叔叔时的情形，"而墨利和我一样是第一次周六回校，并且他没有去操场，而是直接去了训练室，所以他不知道有门卫。"

这时，龚老师回想起来，在道具室前和老王道别时，老王不一会儿就从自己眼前消失了，所以那个位置的确是看不见门卫室的。而且，在问墨利的证词时，他也说了一句"原来周六也是有门卫的啊"，他不可能在那个时候就知道门卫的作用，所以不会说谎。由此看来，墨利的确不知道，也就没有去门卫室借手机的可能。

"现在可以得出最后的结论了。"田芊再次打开本子，拿起笔，"墨利没有参与，且没有通知，说明有另外的人通知爷爷，而这个另外的人同样没有参与，并且参与者不少于两人，所以，墨利和钟晴没有参与，只有阎琴和成平是参与者，通知爷爷的是钟晴。"说着便将表示钟晴的小圈也画掉了。

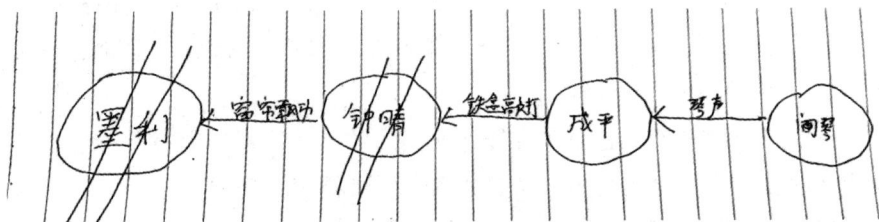

这就是最后的结论，既找出了犯人，又证明了谁不是犯人。

这时，有人推门进来，是阎琴，紧接着，其他三人也陆续走了进来。在得出最后的结论之后，恰好四人就推门而入，龚老师刚觉得巧，马上又想到刚才田芊似乎并没有关门，看来这是已经计划好的，让四人在外面静静地听着里面的对话。

"抱歉老师，耍了点小心思，嘿嘿……"田芊腼腆地笑了笑，"我只是希望老师能够知道，他们并不只是为了自己，他们爱着爷爷的同时，也依然珍视着大家努力取得的荣誉，所以才会犹豫，才会后悔，也才会到现在还在努力，他们一定有能力保护好奖杯。虽然现在爷爷可能来不及去现场了，但还可以把奖杯带去医院，让爷爷见证他们的成长。所以……"

她站起来，走向众人的方向，与他们站在一起。这一次，就当一回英雄吧！

"希望老师能够同意他们的请求！"她朝着老师低下头。

阎琴和成平见状也低下头来，齐声说："希望老师同意！"

之后是墨利："希望老师同意！"

剩下钟晴，他还有些犹豫，毕竟就是他让爷爷不去现场的，现在他有些动摇，握紧拳头后，最终也低下头，不过，并不是朝着老师。

"对不起！"他大声喊出，"这个奖杯对大家很重要，所以、所以我很害怕……"他的声音逐渐颤抖，然后变成呜咽，"但是、但是……我还是希望爷爷能够在现场看到这座奖杯啊！"

他渐渐抬起头，众人也朝着他那边看去。

"没关系的，其实是我不好，没和大家好好商量就……"阎琴也开始检讨。

"没事的，我也有不对的地方。"成平也跟着说。

"其实，我当时是告诉的爷爷，我们不能把奖杯带过去了，他不用来了，可是、可是爷爷对我说……"钟晴的泪水已经夺眶而出，"奖杯不重要……无论、无论有没有奖杯，爷爷都会去现场的！"接着，他断然转向老师，"所以，希望老师同意！"

钟晴已经说出来龚老师准备告诉他们的话——一直都觉得爷爷想看到的只是奖杯，可是比起奖杯，当然是你们更重要啊！现在，无须多言，这份爱已经传达到了。

"阎琴……你们把奖杯藏哪儿了?"沉默片刻后,龚老师开口。

"藏在旧楼旁边的植物园里,水池边有个不显眼的小洞。"阎琴最终选择坦白,将所有希望押在老师同意上。

"亏你们能想到这种地方……"随后,龚老师朝向另外两人,"墨利、钟晴,嗯……以后不是自己的责任就不要揽在自己身上,我理解你们想帮好朋友的忙,但也要多想想自己。"

两人点了点头。

"然后……"龚老师顿了一下,叹了口气,"拿奖杯去现场的时候小心点,弄坏了可就是我们共同的责任了。"虽然没有直接说出来,不过……

龚老师同意了。

"但是!但是!"正当众人已经准备庆祝时,龚老师高声打断,"未经允许私自拿走奖杯的责任还是要追究。我想想……"她思考片刻,说,"阎琴、成平,接下来一个月训练室和荣誉室的卫生,你们两个包了。"

这无疑往他们兴奋的情绪上洒了一点凉水,不过,众人依旧笑了起来。

"小平就不用做了,我一个人来就好啦!"阎琴对成平说。

"不不,既然参与了自然要接受惩罚,我也会一起做的。"成平说,"就是……一个月是不是太多了……"

龚老师盯着他的眼神瞬间锐利了起来。

"没、没事了……"

"我也来帮忙!"一旁的钟晴说道,"毕竟我已经承认了嘛,嘿嘿!"他笑了起来。

墨利也跟着笑着点头。他看了一眼田芊的方向,发现她正好也看过来这边,两人对视一笑。虽然还是没能聊起来,但对这个男生的了解又多了一些,田芊这么想着。

一切都已经圆满落幕,就是……似乎忘了什么东西?

"你们这是大团圆结局了?"突然,校门口处传来一个声音。往那边一看,是江老师拎着个大袋子走了进来。

"你突然过来干什么?"龚老师嫌她有些破坏气氛。

"什么干什么?"江老师举起手中的大袋子,"披萨!披萨到啦!快过来吃吧!"

是啊，过了这么久，大家都有些饿了。

之后的英雄

下午两点，经历了一系列事情，前来接送去比赛现场的车终于到了，众人也准备好了要在赛场上、在爷爷面前大显身手——带着他们的第一座奖杯。

田芊没有在完成老师交代的任务后立刻离开，而是等到了要出发的时候。其他人都已经先坐到了车上，只有阎琴还没上车，手里捧着奖杯站在外面。

"怎么了?"前来送行的田芊问她。

"没什么，只是在想些事情。"阎琴回答，"嗯……想了想，还是直接告诉你吧。其实爷爷……是我亲爷爷哦，奖杯一开始只是我和爷爷的约定，也是我拉上小平和我一起偷奖杯的。"车门与校门之间，阎琴进行了犯人的自白。

田芊静静地听着。她并不感到惊讶，其实已经有一种隐约的感觉告诉过她阎琴是主犯，或许是因为，无论是承认时还是接受惩罚时，阎琴都想要担下所有。

"小时候我告诉过爷爷自己想要成为英雄，爷爷只是笑着说支持我。爷爷的时间不多了，我一直希望能让爷爷看见我成为英雄的那一刻，所以我才会去努力到现在，不过本身对杂技表演也很感兴趣啦。"阎琴说着，渐渐露出有些调皮的笑容，"英语里的英雄（heroine）也有主角的意思哦! 所以我想舞台上的主角也是英雄吧? 动画片里的英雄经常到最后才出场，就和我在最后一个小圈里一样，不是吗?"她模仿起田芊拿本子记录时的动作。

田芊对着她笑了笑，看着她手中的奖杯，想象着她一会儿成为舞台焦点的样子。

"不过小芊也很厉害呢，能够从我说的一句话一直推理出有人借了门卫的手机。"阎琴也顺势承认了自己就是说出那句话的人。

听到夸奖，田芊有些不好意思。

"也不是单单靠那句话啦，其实是先知道有人用了王叔叔的手机的，只是没有告诉龚老师而已，嘿嘿……"田芊露出恶作剧般的微笑。

"哦?"这说得阎琴有些好奇，"是怎么知道的?"

"有两点。"田芊伸出两根手指，"首先，李叔叔说王叔叔没有在从监控看见你进入旧楼后前去查看，虽然龚老师说周六可能偷懒，可是在外面去道具室的时候王叔叔也去了，所以你去的时候，王叔叔应该也会去才对。并且，李叔叔说过门卫室附近的信号不好，需要走远一点才能打电话。"她瞥了眼阎琴身后的车窗，不过看不清里面，"所以我就想，是不是在你进入旧楼时，有人借了王叔叔的手机，而且这个人是你们三个之一，因为你们早上抢过王叔叔的手机，如果要借用，保险起见也会跟过去守在一旁。"

听着对方说出自己的调皮行为，阎琴有些不好意思。之后，她提出了自己的疑惑："有可能是王叔叔要打电话？"

"所以还有第二点。"田芊收起一根手指。

"是什么？"

"时间。"田芊回答，"龚老师问你们 12：02 到 12：10 之间的不在场证明，这个时间非常具体，而你们却都确信地点了头，一定有一个让你们能够确认时间的方式，你们所在的地方，三年级 1 班、音乐室、美术室，这些教室都有时钟，可是，在空地的钟晴又有什么方式可以确定时间呢？"

"所以你想到了手机屏幕。"阎琴脱口而出，她已经理解了田芊的思路，"果然很厉害呢，和小绘说的一样。"

阎琴口中的小绘是田芊的同班同学蒙绘，田芊这才知道她们认识，不过仔细想想也不奇怪。

"其实，一开始我也没有信心做这种事的，只是试探着问了小平，没想到他直接同意了。"阎琴轻轻捏了捏手里的奖杯，"要是他直接拒绝我，可能我就不会这么做了，当然，也就不知道能不能让老师同意。我也在想，小平是真的想帮我，还是只是害怕拒绝呢？这一切或许都要怪我。"渐渐地，她握住奖杯的力度比刚才更紧了些。

这个无心的问题恰好戳中了田芊，无论是龚老师、成平还是田芊自己，都展现了自己内心相似而又柔弱的一面，不过，也正是这种柔弱才让情感能够以温和的方式慢慢传达给他人。田芊会慢慢正视自己的柔弱，也帮一把眼前这个女孩吧。

"你和成平应该很要好吧？午饭吃一样的面包，而且……"田芊回忆起自己指出犯人时的情景，"你早就知道他会弹钢琴吧？"田芊笑着问。

他们不是第一次比赛，所以可能之前也在周末回校排练过，应该知道周末没有铃声。阎琴当时第一个发言说自己听到了广播音乐，或许只是对自己身边的男孩一个小小的恶作剧吧？而且，当时对成平会弹钢琴感到惊讶的只是另外两个男生和老师，阎琴并没有显露出惊讶的样子。

成平没有让其他人知道自己会弹钢琴，唯独让这个比他大一岁的女孩知道。或许之前的某个下午，就有一个男孩腼腆地邀请了窗外的女孩听他演奏一曲。

田芊的问题让阎琴顿时有些脸红，她只是微微点了点头。

"那就相信他好啦。"田芊带有一些开玩笑的语气说道。

"小琴！该出发啦！"这时，龚老师打开车窗朝这边喊。

"来啦！"回应后，她转身走向车辆，走了几步后，又回过头看向田芊，"替我转告小绘吧，说我正在努力实现梦想，让她也继续加油。"之后便快步走上了车辆。

田芊点点头，一直目送着车辆远去。

之后，三个捣蛋鬼顺利获得了第一名，爷爷也在现场看到了，他们合了影，将两座奖杯捧在最前面，照片里的所有人都笑得很开心。再后来，这张照片摆放在了各自家客厅的相框内，也摆在了爷爷的墓碑旁。他们都说，照片里是爷爷笑得最开心的一次，或许他们也成为爷爷生命中最后出场的英雄吧。

尾 声

"伙伴？"小女孩露出疑惑的神情。

"是啊，伙伴。英雄可不总是单打独斗的哦！"爷爷温柔地对着身旁的小女孩说，"所以，如果想成为英雄，就去寻找自己的伙伴吧！"

"嗯！"小女孩乖巧地点头。

她拿着自己的"魔杖"走出家门，踏上了寻找伙伴的旅程。与此同时，对屋传来的钢琴声也戛然而止。

选自浙江大学学生推理社社刊 Vol. 2《求是集录·时之卷》（2024 年 8 月）